中國古典文學基本叢書

蘇詩補注

第六册

〔宋〕蘇　軾　撰
〔清〕查慎行　補注
范道濟　點校

中　華　書　局

東坡先生編年詩卷四十一

古今體詩四十三首 起紹聖四年丁丑四月自惠州謫昌化軍安置，盡是年十二月。

吾謫海南[一]子由雷州[二]被命即行了不相知至梧[三]乃聞尚在藤也旦夕當追及作此詩示之[四]

九疑[五]聯綿屬衡湘[六]，蒼梧獨在天一方。孤城吹角烟樹裏，落月一作「日」未落江蒼茫。幽人拊枕坐太息，我行忽至舜所藏[七]。江邊父老能説子，白須紅頰如君長。莫嫌瓊雷隔雲海[八]，聖恩尚許遥相望。平生學道真實意，豈與窮達俱存亡。天其以我爲箕子，要使此意留要一作「遐」荒。他年誰作輿地志，海南萬里一作「古」真吾鄉。

〔一〕謫海南：《宋史·哲宗本紀》：「紹聖四年閏二月甲辰，以三省言，再貶蘇軾移昌化軍安置。」

〔二〕子由雷州：《哲宗本紀》：紹聖四年二月癸未，再貶蘇轍化州別駕，安置於雷州。《潁濱遺老傳》：「初以本官出知汝州，再謫知袁州。未至，降分司南京，筠州居住。居三年，責授化州別駕，雷州安置。」《元和郡縣志》：「梁武分合浦郡置合州，唐貞觀八年，改雷州。」《國史補》云：

「春夏(有)〔多〕雷，秋則伏地中。」謂之雷公。《投荒録》云：「以雷聲近在檐宇(間)〔之上〕，故名州。」《九域志》：「雷州海康郡，屬廣南西路，至瓊州四百里。」

〔三〕梧：《漢書·地理志》：蒼梧，越地，秦屬桂林。元封中，置十三州刺史，交州刺史部七郡，其一蒼梧。《元和郡縣志》：「屬嶺南道。武德五年，於蒼梧郡置梧州。」

〔四〕藤：《太平寰宇記》：「隋永平郡。唐武德四年，置藤州。開寶(七)〔六〕年，移州於大江西岸，東至梧州二百五里。」

〔五〕九疑：元結《九疑圖記》：「九疑山，方二千餘里，四州各近一隅，世稱九峰相似，望而疑之，謂之九疑。亦云舜登九峰，疑禹而悲，從臣作《九悲》之歌，因謂之九疑。九峰殊極高大，遠望皆可見也。」

〔六〕衡湘：《元和郡縣志》：吴分長沙爲衡陽、湘東二郡。徐靈期《南嶽記》：衡山周回八百里。《湘中記》：湘水在衡州城東，源出興安縣陽海山，至分水嶺，北流爲湘，至此又北流，入長沙界。

〔七〕舜所藏：《禮記》：「舜葬於蒼梧之野。」《元和郡縣志》：「道州延唐縣在州東一百里。九疑山在縣東南，舜所葬也。」

〔八〕瓊海：《瓊州志》：儋州北有淪水，西流十里，爲大江，南流入海，是爲瓊海。《太平寰宇記》：「瓊州北十五里極大海，泛大船，使西風，凡三日三夜到崖門。從崖門山入小江，一日至新會縣，如無西南風，無由渡海，却回船本州石濩水口住泊。」

丁丑歲予謫海南子由亦貶雷州五月十一日相遇於藤同行至雷六月十一日相別渡海余時病痔呻吟子由亦終夕不寐因誦淵明詩勸余止酒乃和原韻因以贈別庶幾真止矣

時來與物逝，路窮非我止。與子各意行，同落百蠻裏。蕭然兩別駕，各攜一穉子。子室有孟光，我室惟法喜。相逢山谷間，一月同卧起。茫茫海南北，粗亦足生理。勸我師淵明，力薄且爲己。微痾坐杯酌，止酒則瘳矣。望道雖未濟，隱約見津涘。從今東坡室，不立杜康祀。

慎按：此詩施氏原本不載，考題中歲月，乃初謫海外時作，今從《和陶》卷中分編於此。又按，王宗稷《年譜》：「丁丑三月，先生責瓊州別駕，五月至雷，有《雷州詩八首》。」傅藻《紀年録》亦云：「丁丑五月，與子由同行至雷，作《雷州詩》。」以愚考之，《譜》、《録》皆非也。《雷州八首》本秦少游作：「粵俗風俗殊」、「舊時日南郡」二首，今載《淮海集》中，乃《雷陽書事五首》之二。「白髮坐鉤黨」等六首，《淮海集》中《海康書事十首》之六，不知何以竄入公集，因仍踵訛，久而不察，所當亟爲删去者也。或詰余曰：「八章彼此互載，安知非蘇詩訛編秦集乎？」應之曰：「某所據者，史傳及詩序，非臆説也。」按，《宋史·秦觀傳》：「紹聖初，坐黨籍，再貶郴州，徙雷州。徽宗立，始放還，至藤而卒。」此少游居雷之歲月也。先生詩題云：「與子由五月十一日相遇於藤，同行至雷，六月十一日相别渡海。」此先生過雷之月日也。今觀詩中，多僑居此土，因時紀事之語。故斷爲秦作，無可疑者。若東坡，則遠謫海外，何云「南遷瀕海州」？計其住海康不過旬月，何云「灌園以糊口」？六月渡海，七月初已至儋州，何當有「籬落秋暑中」、「黄甘遽如許」、「海康臘已酉」、「東風已如雲」等句？再考《宋文鑑》，第二十卷「詩類」中，所選《海康書事五首》，皆係秦作，不云東坡作，則又余説之確證也。八首入《他集互見》卷，特辨正。

附子由次韻：

少年無大過，臨老重復止。自言衰病根，恐在酒杯裏。今年各南遷，百事付諸子。誰言瘴霧中，乃有相逢喜。連牀聞動息，一夜再三起。泝流俯仰得，此病竟何理。平生不尤人，未免亦求己。非酒猶止之，其餘真止矣。飄然從孔公，乘桴南海涘。路逢安期生，一笑千萬祀。

行瓊儋間肩輿坐睡夢中得句云千山動鱗甲萬谷酣笙鐘覺而遇清風急雨戲作此數句

四州〔一〕環一島〔二〕，百洞蟠其中。我行西北隅，如度月半弓。登高望中原，但見積水空〔三〕。此生當安歸，四顧真途窮。眇觀大瀛海，坐咏談天翁。茫茫太倉中一本作「區區魏中梁」，一米誰雌雄。幽懷忽破散，咏嘯來天風。千山動鱗甲，萬谷酣笙鐘。安知非群仙，鈞天宴未終。喜我歸有期，舉酒屬青童。急雨豈無意，催詩走群龍。夢雲忽變色，笑電亦改容。應怪東坡老，顔衰語徒工。久矣此妙聲〔四〕，不聞蓬萊宫。

〔一〕四州：《元和郡縣志》：漢武帝始置珠崖、儋耳二郡。唐貞觀中，以崖州之瓊山縣置瓊州。貞元中，升都督府，以儋、崖、振、萬四州隸焉。《太平寰宇記》：「貞觀五年，嶺南節度使李復請瓊、崖、振、儋、萬五州招討遊奕使。宋開寶六年，割崖州之地隸瓊州，改振州爲崖州。」《九域志》：「廣南西路瓊山郡，軍事，治瓊山縣。」同下州昌化軍、萬安軍、朱崖軍，爲四州。

〔二〕一島：《瓊州志》：黎母山在瓊州南界，黎人居山四旁，内爲生黎，外爲熟黎。大抵四州各占島之一陲，而山極高，洞極深，生黎之巢，人蹟罕至。

〔三〕積水空：《外紀》：「東坡在儋耳，自書云：吾始至南海，環視天水無際，悽然傷之，曰：何時得出此島也！已而思之，天地在積水中，九州在大瀛海中，中國在少海中，有生孰不在島者！」

〔四〕妙聲：《樂府解題》：「《水仙操》，（舊説）成連先生與伯牙至蓬萊山，聞海水（汲汩淜澌）〔汩滑崩折〕聲，山林窅冥，群鳥悲號，乃援琴而歌之，遂爲天下妙手。」

附子由次韻：《欒城集》題云「次韻子瞻過海」。

我還海康郡，猶在寰海中。送君渡海南，風帆若張弓。笑揖彼岸人，回首平生空。平生定何有，此去未可窮。惜無好勇夫，從此乘桴翁。幽子疑龍蝦，牙須竟誰雄。閉門亦勿見，一鼷同香風。晨朝飽粥飯，洗鉢隨僧鐘。有問何時歸，兹焉若將終。居家出家人，豈復懷兒童。老聃真吾師，出入初猶龍。籠樊顧甚密，俛首姑爾容。衆人指我笑，韁鎖無此工。一瞬千佛土，相期兜率宫。

次前韻寄子由

我少即多難，邅回一生中。百年不易滿〔一〕，寸寸彎强弓。老矣復何言，榮辱今兩空。泥洹尚一路〔二〕，公自注：古語云：什方薄伽梵，一路涅槃門。梵語「泥洹」，此云「涅槃」。所向餘皆窮。似聞崆峒西〔三〕，仇池迎此翁。胡爲適南海，復駕垂天雄。下視九萬里，浩浩皆積風。回望古合州〔四〕，屬此琉璃鍾〔五〕。離别何足道，我生豈有終。渡海十年歸，方鏡照兩童。還鄉亦何有，暫假壺公龍。峨眉向我笑，錦水爲君容。天人巧相勝，不獨數子工。指點昔遊處，蒿萊生故宫。

〔一〕百年易滿：李白詩：「白日何短短，百年苦易滿。」

〔二〕泥洹：《楞嚴經》：「如一衆生未成佛，終不於此取泥洹。」又云：「什方薄伽梵，一路涅槃門。」二語亦出《楞嚴經》，先生以爲古語，蓋失記耳。

〔三〕崆峒：《元和郡縣志》：「崆峒山，一名笄頭山，在原州城西，即黄帝謁廣成子學道處。」

〔四〕古合州：《元和郡縣志》：「梁武帝分合浦郡置合州。大同末，以合肥縣爲合州。此爲南合州。」《太平寰宇記》：「雷州海康郡，漢合浦之徐聞縣地。唐武德四年，復置南合州。貞觀元年，改東合州。八年，改雷州，東至海岸二十里，南至海一百三十里。遞角場，瓊州對岸。東南泛海入瓊，西南泛海至儋。」

〔五〕琉璃鐘：《楞嚴經》：「猶如有人，取琉璃椀，合其兩眼，雖有物合，而不留礙。」

過海得子由書

經過廢來久，有弟忽相求。門外三竿日，江關一葉秋。蕭疎悲白髮，漫浪散窮愁。世事江聲外，吾生幸自休。

慎按：此詩施氏原本不載，新刻本載《續補》下卷，今因題類編於此。

安期生并引

安期生，世知其爲仙者也。然太史公曰：「蒯通善齊人安期生，生嘗以策干項羽，羽不能用。羽欲封此兩人，兩人終不肯受，亡去。」予每讀此，未嘗不廢書而嘆。嗟乎！仙者非斯人而誰爲之？故意戰國之士如魯連、虞卿，皆得道者歟！

安期本策士，平日交蒯通。嘗干重瞳子，不見隆準公一作「翁」。應如魯仲連，抵掌吐長虹。

難堪踞牀洗，寧挹疑當作「揖」扛鼎雄。事既兩大繆，飄一作「漂」然翁遺風。乃知經世士，出世或乘龍。豈比山澤臞，忍飢噉柏松。縱使偶不死，正堪爲僕僮。茂陵秋風客，望祖別本作「祀」者，訛猶蟻蠭〔一〕。海上如瓜棗，可聞不可逢。

〔一〕望祖：《韻語陽秋》云：「漢武好大喜功，黷武嗜殺，而乃齋戒求仙，畢生不倦，可謂痴絶。李頎《王母歌》云：『若使鍊魄去三尸，後當見我天皇所。』觀武帝所爲，豈能鍊去三尸者乎？善哉！東坡之論也，『安期與羨門，乘龍安在哉？茂陵秋風客，勸爾麾一杯。帝鄉不可期，楚些招歸來。』言武帝非得仙之姿也。又有《安期生》詩，云：『嘗干重瞳子，不見龍準翁。』又云：『茂陵秋風客，望祖猶蟻蠭。』言安期尚不肯見高祖，而肯見武帝乎？其薄武帝甚矣。」○慎按，此詩前半以「不見隆準公」句爲眼，後云「望祖」，正與前相應。施氏注謂：「『望祖』訛，當作『望祀』。」改此一字，全首索然無氣色矣。讀書無識，輒欲妄改古人名句，可發一笑。

儋耳山〔一〕一本作「松林山」。

突兀隘空虚，他山總不如。君看道旁石，盡是補天餘。

〔一〕儋耳：《後漢書・明帝紀》注引楊浮《異物志》：「儋耳，南方夷。生則鏤其頰，皮（上）連耳匡，分爲數支，狀似雞腸，累累下垂至肩。」《賓退録》：「儋耳，本朱崖地，（在）中國極南。而《山海經》云：『儋耳之國，在大荒北。』則是極北別有一儋耳。朱崖之名，蓋晚出云。」《瓊州府志》：

「儋州城西高麻都有儋耳城遺址。唐平蕭銑，置儋州，始還治城東。天寶元年，改昌化郡。宋改昌化軍，南渡後，廢爲宜倫縣。」

愼按：曹能始《名勝志》：「松林山在儋州北二十里，即《隋志》之藤山也。」而附載此詩於後，不知能始何據？今從施氏原注《遺詩》卷中移編於此。

夜　夢 并引

七月十三日至儋州，十餘日矣，澹然無一事。學道未至，静極生愁，夜夢如此，不免以書自怡。

夜夢嬉遊童子如，父師檢責驚走書。計功當畢春秋餘，今乃粗及桓莊初。怛然悸寤心不舒，起坐有如挂鉤魚〔一〕。我生紛紛嬰百緣，氣固多習獨此偏。棄書事君四十年，仕不顧一作「願」留書繞纏。自視汝與邱孰賢？《易》韋三絶邱猶然，如我當以犀革編。

〔一〕挂鉤魚：按，昌黎詩：「歸舍不能食，有如魚中鉤。」新刻本改「中鉤」爲「挂鉤」，以還就注脚，今駁正。

愼按：本集《謝表》云：「四月十〔九〕〔七〕日起離惠州，七月二日已至昌化軍訖。」與本題正合。

遷居之夕聞鄰舍兒誦書欣然而作

幽居亂鼃黽〔一〕，生理半人禽。跫然已可喜，况聞絃誦音。兒聲自圓美，誰家兩青衿。且欣集齊咻，未敢笑越吟。九齡起韶石，姜子家日南。吾道無南北，安知不生今。海闊尚挂斗，天高欲橫參。荊榛短墻缺，燈火破屋深。引書與相和，置酒仍獨斟。可以侑我醉，琅然如玉琴。

〔一〕鼃黽：杜甫詩：「世（自）〔復〕輕驊騮，吾（方）〔甘〕雜蛙黽。」

夢歸惠州一本無此二字白鶴山居作

痿人常念起，夫我豈忘歸。不敢夢故山，恐興墳墓悲。生世本暫寓，此身念念非。鵝城亦何有〔一〕，偶拾一作「捨」，譌鶴氅遺。窮魚守故沼，聚沫猶相依。大兒當門户，時節供丁推。夢與鄰翁言，憫然憐我衰。往來付造物，未用相招麾。

〔一〕鵝城：即惠州也。本集《灊珍閣銘》：「蔚鵝城之南麓。」公自注引「舊《圖經》云『羅浮山北抵鵝城』，是也。」《名勝志》：「相傳初立州時，有木鵝浮至江上，因號鵝城。」

慎按：此詩和淵明《還舊居》韻，施氏原本不載，今從《和陶》卷中分編。

和陶贈劉柴桑韻二首

其一

萬劫互起滅，百年一踟躕。漂流四十年，今乃言卜居。且喜天壤間，一席亦吾廬。稍理蘭桂叢，盡平狐兔墟。黄橼出舊枿，紫茗抽新畬。我本早衰人，不謂老更劬。邦君助畚鍤，鄰里通有無。竹屋從低深，山窗自明疎。一飽便終日，高眠忘百須。自笑四壁空，無妻老相如。

慎按：《和淵明贈劉柴桑》詩二首，施氏原注本止載「周」字韻一首，今從《續補》卷中類編於此。

其二

紅藷與紫芋〔一〕，遠插墻四周。且放幽蘭春，莫争霜菊秋。窮冬出甕盎，磊落勝農疇。淇上白玉延，公自注：淇上出山藥，一名玉延。能復過此不。一飽忘故山，不思馬少游。

〔一〕藷、芋：《太平寰宇記》：「儋州風俗，占藷、芋之熟，紀天文之歲。」《瓊州志》：瓊山在縣南六十里，下有白石村，土石皆白，如玉而潤。種藷、芋，特肥美。藷有紅、白、甜三種。芋即《食貨志》之蹲鴟也。

勸農并引

海南多荒田，俗以貿香爲業〔一〕。所産秔稌，不足於食。乃以藷、芋雜米作粥糜以取飽。予既哀之，乃和淵明《勸農》詩，以告其有知者。

其一

咨爾漢黎，均是一民〔二〕。鄙夷不訓〔三〕，夫豈其真。怨忿劫質，尋戈相因。欺謾莫訴，曲自我人。

〔一〕貿香：《南方草木狀》：「蜜香、沉香、雞骨香、黄熟香、棧香、青桂香、馬蹄香、雞舌香，此八物同出於一樹。欲取香，伐之。經年，其根幹枝節，各有別色也。木心與節堅黑，沉水者爲沉香，與水面平者爲雞骨香，根爲黄熟香，幹爲棧香，細枝未爛者爲青桂香，其節根輕而大者爲馬蹄香，其花成實乃香爲雞舌香，乃珍異之木也。」《瓊州志》：黎峒産木，頗類椿及欅柳，葉似橘，花白，子若檳榔，大如桑椹，土人謂之蜜香。欲取者，先斷其積年老根，經歲朽爛，而木心與枝節不壞者，即香也。

〔二〕黎民：《瓊州志》云：五指山，在安定縣南，一云黎母山。黎人居山四旁，内爲生黎，外爲熟黎。《方輿志》：「生黎各有（洞）〔峒〕主，貝布爲衣，兩幅前後爲（裙）〔裾〕，掩不至膝，椎髻額前，男文臂腿，女文身面。」

〔三〕鄙夷：韓愈《羅池廟碑記》：「柳侯爲州，不鄙夷其民，動以禮法。」

其　二

天禍爾土，不麥不稷。民無用物，珍怪是植。播厥熏木，腐餘是穡。貪夫污吏，鷹摯狼食。

其　三

豈無良田，膴膴平陸。獸蹤交締，鳥喙諧穆。驚麏朝射，猛豨夜逐。芋羹藷糜，以飽耆宿。

其　四

聽我苦言，其福永久。利爾耝耜，好爾鄰偶。斬艾蓬藋，南東其畝。父兄搢梃，以抶游手。

其　五

天不假易，亦不汝匱。春無遺勤，秋有厚冀。雲舉雨決，婦姑畢至。我良孝愛，袒跣何媿。

其六

逸諺戲侮，博奕頑鄙。投之生黎，俾勿冠履。霜降稻實，千箱一軌。大作爾社〔一〕，一醉醇美。

〔一〕作社：杜甫詩：「今年大作社，拾遺能住否。」

慎按：以上六首，施氏原本不載。新刻本《和陶》卷中合爲一首，今從陶集分六章，每章八句，分編於此。

附子由次韻：《欒城後集》題云：「子瞻和淵明勸農詩六首哀儋耳之不耕予居海康農亦甚惰其耕者多閩人也然其民甘於魚鰍蝦蟹故蔬菓不毓冬溫不雪衣被吉貝故藝麻而不績生蠶而不織羅紈布帛仰於四方之負販工習於鄙朴故用器不作醫奪於巫鬼故方術不治予居之半年凡羈旅之所急求皆不獲故亦爲此篇以告其窮庶或有勸焉。」

我還海康，實編於民。少而躬耕，老復其真。乘流得坎，不問所因。願以所知，施及斯人。

我行四方，稻麥黍稷。果蔬蒲荷，百種咸植。糞溉耘耔，乃復有穡。爾獨何爲，閉口而食。

掇拾於川，搜捕於陸。俯鞠婦子，仰薦昭穆。閩乘其媮，載來逐逐。計無百年，謀止信宿。

我歸無時，視汝長久。孰爲沮溺，風雨相耦。築室東皋，取足南畝。后稷爲烈，夫豈一手。

斲木陶土，器則不匱。績麻繅蠒，衣則可冀。藥餌具前，病安得至。坐而告窮，相視徒媿。

莫爲之先，冥不謂鄙。一夫前行，百夫具履。以爲不信，出視同軌。期爾十年，風變而美。

和陶九日閒居并引

明日重九，雨甚，展轉不能寐。起，索酒，和淵明一篇，醉熟昏然，殆不能佳也。

九日獨何日，欣然愜平生。四時靡不佳，樂此古所名。龍山憶孟子，栗里懷淵明。鮮鮮霜菊豔，溜溜糟牀聲。閒居知令節，樂事滿餘齡。登高望雲海，醉覺三山傾。長歌振履商，起舞帶索榮。坎坷識天意，淹留見人情。但願飽秔稌，年年樂秋成。

慎按：此詩施氏原本不載，詩中有「登高望雲海」之句，故知此詩爲海外作，今從《和陶》卷中分編。

聞子由瘦公自注：儋耳至難得肉。

五日一見花猪肉，十日一遇黄雞粥〔一〕。土人頓頓食藷芋〔二〕，薦以薰鼠燒蝙蝠。舊聞蜜唧嘗嘔吐，稍近蝦蟇緣習俗。十年京國厭肥羜，日日烝花壓紅玉。從來此腹負將軍，公自注：俗諺云：大將軍食飽，捫腹而嘆，曰：「我不負汝。」左右曰：「將軍固不負此腹，此腹負將軍，未嘗出少智慮也。」今者固宜安脱粟。人言天下無正味，蝍蛆未遽賢麋鹿。海康别駕復何爲，帽寬帶落一本作「帶寬帽落」驚童僕。相看會作兩臞仙，還鄉定可騎黄鵠。

〔一〕黄雞粥：未詳。

〔二〕食藷：《南方草木狀》：「珠崖之地，人皆不業耕稼，惟掘地種甘藷，秋熟收之，蒸曬，切如米粒，以充糧糗，是名藷糧。」《本草》：「薯蕷，一名土藷，即山藥也。因唐代宗名預，改爲藷藥。又因宋英宗名署，改爲山藥。」

附子由次韻：

多生習氣未除肉，長安夜眠嬾食粥。屈伸久已效熊虎，倒挂漸擬同蝙蝠。衆笑忍飢長杜門，自恐暮年還入俗。經旬輒瘦駭鄰父，未信腦滿添黄玉。海夷旋覺似齊魯，山蕨仍堪嘗菽粟。孤船會復見洲渚，小車未用安羊鹿。海南老兄行尤苦，樵爨長須同一僕。此身所至即所安，莫問歸期兩黄鵠。

客俎經旬無肉又子由勸不讀書蕭然清坐乃無一事

病怯腥鹹不買魚，爾來心腹一時虚〔一〕。使君不復憐烏攫，屬國方將掘鼠餘。老去獨收人所棄，悠一作「游」哉時到物之初。從今免被孫郎笑，絳帕蒙頭讀道書。

〔一〕心腹一時虚：《老子》：「虚其心，實其腹。」

去歲與子野游逍遥堂日欲没因並西山叩羅浮道院至已二鼓矣遂宿於西堂今歲索居儋耳子野復來相見作詩贈之

往歲追歡地，寒窗夢不成。笑談驚半夜，風雨暗長檠。雞唱山椒曉，鐘鳴霜外聲。只今無一作「那」復見，髣髴似三生。

慎按：此詩施氏原本不載，新刻載《續補》下卷，據題，當是丁丑冬作，今編次於此。

停　雲并引

自立冬以來，風雨無虚日。海道斷絶，不得子由書，乃和淵明《停雲》詩以寄。

其　一

停雲在空一作「東」，黯其將雨。嗟我懷人，道修且阻。眷此區區，俯仰再撫。良辰過鳥〔一〕，逝不我佇。

〔一〕過鳥：杜甫詩：「餘生如過鳥。」

其　二

颶作海渾〔一〕，天水溟濛。雲屯九河，雪立三江。我不出門，寤寐北窗。念彼海康，神馳往從。

〔一〕颶：蘇叔黨《颶風賦》：「仲秋之夕，客有叩門，指雲物而告曰：『海氣甚惡，非祲非祥。斷霓飲海而北指，赤雲夾日而南翔。此颶之漸也。』語未卒，庭户肅然，槁葉蔌蔌。驚鳥疾呼，怖獸辟易。忽野馬之決驟，矯退飛之六鷁。襲土囊而暴怒，掠衆竅之叱吸。少焉，排户破牖，殞瓦擗屋。擂擊巨石，掠拔喬木。勢翻渤海，響振坤軸。鼓千尺之濤瀾，襄百仞之陵谷。吞泥沙於一卷，落崩崖於再觸。虎豹讋駭，鯨鯢犇蹙。予亦爲之股慄毛聳，索氣側足。夜拊榻而九徙，晝命龜而三卜。蓋三日而後息也。」

其　三

凛然清癯，落其驕榮。餽奠化之，廓兮忘情。萬里遲子，晨興宵征。遠虎在側，以寧先生。

其　四

對奕未終，摧然斧柯。再遊蘭亭〔一〕，默數永和。夢幻去來，誰少誰多。彈指太息，浮雲幾何。

〔一〕再遊蘭亭：宋姚寬云：「考蘭亭之會，自（王羲之）（右軍）、謝安四十二人。後，（唐）大曆中，朱迪、吴筠、章八元等三十七人經蘭亭故址，聯句有『賞是文詞會，歡同癸丑年』之句。東坡和陶，必用此事也。」

慎按：施氏原本載此詩於《遺詩》卷中，合爲一章。今依《淵明集》，分爲四章，每章八句。以題考之，當是海南作，故移編於此。

附子由次韻：《欒城集》題云：「丁丑十月海道風雨儋雷郵傳不通子瞻和淵明停雲四章以致相思之意轍亦次韻以報」。

雲跨南溟，南北一雨。瞻望豈遥，陷阱斯阻。夢往從之，引手相撫。笑言未半，捨我不佇。

晚稻欲登，白露宵濛。人飲嘉平，漿酒如江。自注：雷人以十月臘祭，凡三日，飲酒作樂。我獨何爲，觀成於窗。此心了然，來無所從。

欣然而笑，是無枯榮。手足相依，所鍾則情。情忘意消，神凝不征。可以安身，可以長生。

跛鼈飛揚，誰匪南柯。運歷相尋，憂喜雜和。我游其外，所享則多。削跡拔木，其如予何。

過子忽出新意以山芋作玉糝羹色香味皆奇絶天上酥酡一作「陀」，訛則不可知人間决無此味也

香似龍涎仍釅白，味如牛乳更全清〔一〕。莫將南《苕溪漁隱》作「北」海金虀膾，輕比東坡玉

糁羹。

〔一〕牛乳：《涅槃經》：「辟如從牛出乳，從乳出酪，從酪出酥。」

慎按：此詩施氏原本載《遺詩》二十九首中，以意推之，當是海外作，故改編於此。

十月初吉菊始開乃與客作重九因次淵明己酉歲九月九日一首胡廣飲菊潭而壽然李固傳贊云其視胡廣猶糞土也〔一〕

今日我重九，公自注：海南氣候不常，有月即中秋，有菊即重陽。誰謂秋冬交。黄花與我期，草中實後凋。香餘白露一作「雲」乾，色映青松高。悵望南陽野，古潭霏慶霄〔二〕。伯始真糞土〔三〕，平生夏畦勞。飲此亦何益，内熱中自焦。持我萬家春〔四〕，一酬五柳陶。夕英幸可掇，繼此木蘭朝。

〔一〕菊潭：盛弘之《荆州記》：「菊水出穰縣，太尉胡廣患風疾，飲此水，遂瘳，年八十二薨。」孟浩然詩：「行至菊花潭。」

〔二〕慶霄：謝宣遠詩：「慶霄薄汾陽。」注云：「慶雲也。」

〔三〕伯始：《後漢書》：「胡廣，字伯始。」

〔四〕萬家春：謂嶺南萬户酒。

慎按：此詩施氏原本不載，補注本載《和陶》卷中，今移編於此。

宥老楮

我墻東北隅，張王二字皆去聲維老穀〔一〕。樹先樗櫟大，葉等桑柘沃。流膏馬乳漲〔二〕，墮子楊梅熟〔三〕。胡爲尋丈地，養此不材木。蹶之得輿薪，規以種松菊。静言求其用，略數得五六。膚爲蔡侯紙〔四〕，子入桐君録〔五〕。黄繒練成素〔六〕，黝面頮作玉。灌灑烝生菌〔七〕，腐餘光吐燭。雖無傲霜節，幸免狂酲毒。孤根信微陋，生理有倚伏。投斧爲賦詩，德怨聊相贖。

〔一〕老穀：《本草》：「構，一名穀桑。」《毛詩疏》：「（構）〔穀〕，幽州人謂之穀桑，荆陽人謂之穀，中州人謂之楮。殷中宗時，桑穀共生，是也。」

〔二〕膏乳：《本草》：「楚人呼『乳』爲『穀』，其木中白汁如乳，故以爲名。」

〔三〕墮子楊梅：《抱朴子》：「楮實赤者，（服）〔餌〕之（令）老者（成）〔還〕少。」《酉陽雜俎》：醫方貴楮實，初夏生，六七月漸深紅色如楊梅，乃成熟，八九月采取。

〔四〕紙：陸璣《詩疏》：「江南人績其皮以爲布，又（持）〔擣〕以爲紙，謂之穀皮紙。潔白光輝，其裏甚好。」陶弘景曰：「南人呼穀紙，亦爲楮紙。」

〔五〕桐君録：施氏原注：「《藥録》載：『楮實正赤時，收取中子，陰乾用之。』劉禹錫《試茶詩》：『桐君有録那知味。』」此段新刻本删去，今補録。

〔六〕繒素：按，《詩疏》：「穀皮可爲布。」裴淵《廣州記》：蠻夷取穀皮爲罽布，以擬氊，甚煖。故詩云然。王氏注謂「世以楮實練絹」，不知何據。施氏補注復引之，吾所不取，今駁正。

〔七〕烝菌：《莊子》：蒸生菌。《廣州記》：其木腐後成菌耳，味甚佳。

觀碁并引

予素不解碁，嘗獨游廬山白鶴觀〔一〕，觀中人皆闔户晝寢，獨聞碁聲於古松流水之間，意欣然喜之。自爾欲學，然終不解也。兒子過乃粗能者，儋守張中日從之戲，予亦隅坐竟日，不以爲厭也。

五老峰前，白鶴遺址。長松蔭庭，風日清美。我時獨游，不逢一士。誰歟碁者，户外屨二。不聞人聲，時聞落子。紋枰坐對，誰究此味。空鈎意釣，豈在魴鯉。小兒近道，剥啄信指。勝固欣然，敗亦可喜。優哉游哉，聊復爾耳。

〔一〕廬山白鶴觀：陳舜俞《廬山記》：「廬山峰巒奇秀，巖穴深邃，林泉茂美，爲江南第一。白鶴觀復爲廬山第一。」虞集《白鶴觀記》：「唐開元道士劉混成（名玄和）故居。初，以老子降詔，天下皆建白鶴觀。九江之觀在德化之白鶴鄉。景隆中，遷於山陽。宋祥符中，改名承天觀，舊名古柏壇。」《廬山紀事》：白鶴觀在凌霄峰西南。

糴米

糴米買束薪，百物資之市。不緣耕樵得〔一〕，飽食殊少味。再拜請邦君，願受一廛地。知非笑昨夢，食力免内愧〔二〕。春秧幾時花，夏稗忽已穟。悵焉撫耒耜，誰復識此意。

〔一〕耕樵得：《後漢書·周燮傳》：「有先人草廬，結於岡畔，下有陂田，常肆勤以自給。非身所耕漁，則不食也。」按，先生「不緣耕樵得」二句，正用此事。

〔二〕食力：《後漢書·徐穉傳》：「家貧，常自耕稼，非其力不食。」

入寺

曳杖入寺門，輯杖挹世尊〔一〕。我是玉堂仙，謫來海南村。多生宿業盡，一氣中夜存。旦隨老鴉起，飢食扶桑暾。光圓摩尼珠，照耀玻瓈盆。來從佛印可〔二〕，稍覺魔忙奔。閒看樹轉午，坐到鐘鳴昏。斂收平生心，耿耿聊自温。

〔一〕世尊：《翻譯名義》：「世尊，天上人間所共尊，具十號義：無虚妄，故名如來；良福田，故名應供；知法界，故名正徧知；具三明，故名明行足；不還來，故名善逝；知衆生國土，故名世間解，與無等，故名無上士，調他心，故名調御大夫，爲衆生眼，故名天人師，知三聚，故名佛，具(此)〔兹〕十德，名世間尊。」

〔三〕印可：《維摩經》：「若能如是坐者，佛所印可。」《傳燈録》：「慧光問達摩曰：『諸佛印可得聞乎？』師曰：『諸佛法印非從人得。』」

次韻子由三首

東亭

仙山佛國本同歸，世路玄關兩背馳〔一〕。到處不妨閒卜築，流年自可數期頤。遥知小檻臨廛市，定有新松長棘茨。誰道茅簷劣容膝，海天風雨看紛披。

〔一〕玄關：王簡栖《頭陀寺碑》：「玄關幽鍵，感而遂通。」

附子由原作：《欒城集》題云「寓居二首」。

十口南遷粗有歸，一軒臨路閲奔馳。市人不慣頻回首，坐客相諳便解頤。慙愧天涯善知識，增添城外小茅茨。華嚴未讀河沙偈，偃仰明窗手自披。

東樓〔一〕

白髮蒼顔自照盆，董生端合是前身。獨棲高閣多詞客，爲著新書未絶麟〔二〕。小醉易醒風力軟，安眠無夢雨聲新。長歌自誚真堪笑，底處人間是所欣。公自注：柳子厚詩云：高歌返故室，自誚非所欣。

〔一〕東樓：《名勝志》：「雷州城南有蘇公樓。蘇黄門以論熙、豐邪説，安置雷州。章惇下令，流人不許占官舍，郡人吴國鑑造屋於此，以處子由。惇又以爲强奪民居，賴有僦券而止。」○慎按，《遺老傳》：「子由居雷州，未期年。或言：方南行，兄弟相遇中途。至雷，賃富民屋以居，復移循州。」云云。所云富民，即吴國鑑也。計子由寓此不久，其移循年月，别無可考。

〔二〕著新書：慎按，此詩第二句以董仲舒比子由。第四句復云「爲著新書未絶麟」，意是時子由方著《春秋傳》，而未成，故云爾。合《潁濱遺老傳》，考之可見。

附子由原作：

月從海上湧金盆，直入東樓照病身。久已無心問南北，時能閉目待儀麟。颶風不作三農喜，舶客初來百物新。歸去有時無定在，漫隨里俗共欣欣。

椰子冠〔一〕

天教日飲欲全絲，美酒生林不待儀。自漉疎巾邀醉客，更將空殼付冠師。公自注：《前漢·高紀》注云：薛有作冠師。規模簡古人争看，簪導輕安髮不知。更著短簷高屋帽，東坡何事不違時。

〔一〕椰子：《南方草木狀》：「椰樹實大如寒瓜，外有粗皮，次有殼，圓而且堅。」《孫公談圃》：「椰子本出伽盧國，其實中有酒，能醉人。若他國所釀，多不同。」《太平寰宇記》：「椰子樹如檳榔而高大，殼堪爲器，皮堪縛船。」

附子由原作：《欒城集》題云「過姪寄椰子冠」。

衰鬢秋來半是絲，幅巾緇撮强爲儀。垂空旋取海棕子，束髮裝成老法師。變化密移人不悟，壞成相續我心知。茅簷竹屋南溟上，亦似當年廊廟時。

次韻子由月季花再生〔一〕

幽芳本長春，暫瘁如蝕月。且當付造物，未易料枯枿〔二〕。也知宿根深，便作紫筍茁。乘時出婉娩，爲我暖栗烈一作「洌」。先生蚤貴重，廟論推英拔。而今城東瓜，不記《召南》茇。陋居有遠寄，小圃無闊蹕。還爲久處計，坐待行年匝。公自注：子由明年六十。臘果綴梅枝，春杯浮竹葉。誰言一萌動，已覺萬木活。聊將玉蘂新，公自注：世謂此玫瑰花也。插向綸巾折。

〔一〕月季花：《本草》：「月季花，一名鬭雪紅，逐月開花，薔薇類也。」

〔二〕枯枿：庾信《枯樹賦》：「(枯)〔槎〕枿(年)〔千〕年。」

附子由原作：《欒城集》題云「所寓堂後月季再生與遠同賦」。

客背有芳叢，開花不遺月。何人縱尋斧，害意肯留枿。偶乘秋雨滋，冒土見微茁。猗猗抽條穎，頗欲傲寒冽。勢窮雖云病，根大未容拔。我行天涯遠，幸此城南茇。小堂劣容卧，幽閣粗可蹕。中無一尋空，外有四鄰匝。窺墻數柚實，隔屋看椰葉。葱蒨獨兹茁，愍愍待其活。及春見開敷，三嗅何忍折。

次韻子由浴罷

理髮千梳净，風晞勝湯沐。閉息萬竅通，霧散名乾浴。頹然語默喪，靜見天地復。時令具薪水，漫欲濯腰腹。陶匠不可求，盆斛何由足。公自注：海南無浴器，故常乾浴而已。老雞卧糞土，振羽雙瞑目。倦馬驟風沙，奮鬣一噴玉。垢净各殊性〔一〕，快惬聊自沃。雲母透蜀紗，琉璃瑩蘄竹〔二〕。稍能夢中覺，漸使生處熟。《楞嚴》在牀頭，妙偈時仰讀。返流〔三〕歸照性〔四〕，獨立遺所矚〔五〕。未知仰山禪〔六〕，已就季主卜。安心會自得〔七〕，助長母相督。

〔一〕垢浄性：《維摩經》：「垢浄爲二，見垢實性，則無浄相。」
〔二〕琉璃：韓愈《蘄簟》詩：「一府傳看黄琉璃。」
〔三〕返流：《楞嚴經》：「汝今欲逆生死欲流，反窮流根至不生滅，當驗此等六受用根，誰合誰離？誰深誰淺？誰爲圓通？誰不圓滿？」又云：「於外六塵，不多流逸，因不流逸，旋元自歸。塵既不緣，根無所偶，反流全一，六用不行。」
〔四〕照性：《楞嚴經》：「覺海性澄圓，圓澄覺元妙，元明照〔生〕所（生），所立照性亡。」
〔五〕所矚：《楞嚴經》：「是諸〔近〕遠（近），諸有物性，雖復差殊，同汝見精清浄所矚，則諸物類自有差別。」又云：「若是見者應有所指，若非見者應無所矚。」
〔六〕仰山禪：《高僧傳》：「袁州慧寂參大潙山禪師，時號跛脚驅烏。凡所商榷，多示其相，謂之仰山門風。今傳仰山法示成圓相行於代也。」
〔七〕安心自得：《楞嚴經》：「跋陀婆羅於浴僧時隨例入室，忽悟水因，既不洗塵，亦不洗體，中間安然，得無所有。」

附子由原作：

逐客例幽憂，多年不洗沐。予髮櫛無垢，身垢要須浴。顛隮本天運，憤恨誰當復。茅簷容病軀，稻飯飽枵腹。形骸但癯瘁，氣血尚豐足。微陽閲九地，浮彩見雙目。枯槁如束薪，堅緻比温玉。長齋雖云净，閲月聊一沃。石泉瀚巾帨，土釜煮桃竹。南窗日未移，困卧久彌熟。《華嚴》有餘帙，默坐心自讀。諸塵忽散盡，法界了無矚。恍如仰山翁，欲就溈叟卜。猶恐墮聲聞，大願勤自督。

借前韻賀子由生第四孫斗老

今日散幽憂，彈冠及新沐。况聞萬里孫，已報三日浴。朋來四男子，大壯泰臨復。開書喜見面，未飲春生腹。無官一身輕，有子萬事足。舉家傳吉夢，殊相驚凡目。爛爛開眼電，磽磽峙頭玉。公自注：李賀《杜豳公之子唐兒歌》：頭玉磽磽眉刷翠，杜郎生得真男子。但令强筋骨，可以耕衍沃〔一〕。不須富文章，端解耗楮一作「紙」竹。君歸定何日，我計久已熟。長留五車書，要使九子讀。公自注：吾與子由，共九孫男矣。簞瓢有内樂，軒冕無流矚。人言适似我，窮達已可卜。蚤謀二頃田，莫待八州督。公自注：吾前後典八州。

〔一〕衍沃：張衡《西京賦》：「廣衍沃野，厥田上上。」

獨覺

瘴霧三年恬不怪，反畏北風生體疥。朝來縮頸似寒鴉，焰火生薪聊一快。紅波翻屋春風起，先生默坐春風裹。浮空眼纈散雲霞，無數心花發桃李〔一〕。翛然獨覺午窗明，欲覺猶聞醉鼾聲。回首向來蕭瑟處，也無風雨也無晴。

〔一〕心花：《圓覺經》：「心花發明。」道家《元氣論》：「氣運息調，榮枝葉也。性清心悦，開花也。固精留胎，結實也。」

附子由次韻：

咄咄書空中有怪，内熱搜膏發癰疥。羹藜飯芋如固然，飽食安眠真一快。午雞鳴屋呼不起，欠伸吉貝重衾裹。此身南北付天工，竹杖芒鞋即行李。夜長却對一燈明，上池溢流微有聲。幻中非幻人不見，本來日月無陰晴。

十二月十七日夜坐達曉寄子由

燈燼不挑垂暗蘂，爐灰重撥尚餘薰。清風欲發鴉翻樹，缺月初升犬吠雲。閉眼此心新活計，隨身孤影舊知聞。雷州別駕一作「乘」應危坐，跨海清光與子分。

附子由次韻：

月入虚窗疑欲旦，香凝幽室久猶薰。清風巧爲吹餘瘴，疎雨時來報斷雲。南海炎涼身已慣，北方毁譽耳誰聞。遥知挂壁瓢無酒，歸舶還將一勺分。

謫居三適

旦起理髮

安眠海自運，浩浩朝黄宫。日出露未晞，鬱鬱濛霜松。老櫛從我久，齒疎含清風[一]。一洗耳目明，習習萬竅通。少年苦嗜睡，朝謁常怱怱。爬搔未云足[二]，已困冠巾重。何異服轅馬，沙塵滿風騣。琱鞍響珂月，實與杻杻同。解放不可期，枯柳豈易逢[三]。誰能書此樂，獻與腰金翁當作「公」。

〔一〕櫛齒：《詩》：「其比如櫛。」疏：「其比迫如櫛齒之相次。」劉熙《釋名》：「梳，言其齒疏也。」

〔二〕爬搔：嵇康《絶交書》：「性復多蝨，爬搔無已。」

〔三〕枯柳：《傳燈録》：「癩馬揩枯柳。」注見十九卷《遊法華山》詩下。

慎按：末句「翁」字韻，據《欒城集》，當作「公」。

附子由次韻：

道人雞鳴起，趺坐存九宫。靈液流下田，茯苓抱長松。顛毛得餘潤，冉冉欺霜風。俯就無數櫛，九九爲一通。洗沐廢已久，徐之勿怱怱。氣來自湧泉，至此知幾重。近聞西邊將，袒裼擁馬駿。歸來建赤油，不復儕伍同。笑我守尋尺，求與真源逢。人生安有安，未肯易三公。

午窗坐睡

蒲團蟠一作「盤」兩膝，竹几閣雙肘。此間道路熟，徑到無何有。身心兩不見，息息安且久。睡蛇本亦無，何用鉤與手。神凝疑夜禪，體適劇卯酒。我生有定數，禄盡空餘壽。枯楊不飛花，膏澤回衰朽。謂我此爲覺，物至了不受。謂我今方夢，此心初不垢。非夢亦非覺，請一作「敢」問希夷叟。

附子由次韻：

定中龍眠膝，定起柳生肘。心無出入異，三昧亦何有。晴窗午陰轉，坐睡一何久。頹然擁褐身，剥啄叩門手。搴帷顧我笑，疑我困宿酒。不知吾喪我，冰消不遺壽。空虛無一物，彼物自枯朽。夢中得靈藥，此藥從誰受。侵尋入四肢，欲洗自無垢。從今百不欠，只欠歸田叟。

夜臥濯足

長安大雪年，束薪抱衾裯。雲安市無井，斗水寬百憂。今我逃空谷，孤城嘯鵂鶹。得米如得珠，食菜不敢留。況有松風聲，釜鬲鳴颼颼。瓦盎深及膝，時復冷暖投。明燈一爪翦〔二〕，快若鷹辭韝。天低瘴雲重，地薄海氣浮。土無重膇藥〔三〕，獨以薪水瘳。誰能更包裹，冠履裝沐猴。

〔二〕爪翦：《莊子》：「爲天子之諸御，不爪翦，不穿耳。」

〔三〕重膇：《左傳》：「郇瑕氏，土薄水淺，其惡易覯，易覯則民愁，民愁則墊隘，於是有沉溺重膇之疾。」注云：「沉溺濕疾，重膇足腫。」

附子由次韻：

海民慢寒備，不畜衾與裯。雖苦地氣洩，亦無徒跣憂。逐客久未安，集舍上鵂鶹。念昔使胡中，車馳卒不留。貂裘遡北風，什襲猶飀飀。中途履冰河，馬倒身自投。宛足費馮翼，千里煩帣韝。十年事湯劑，風雨氣輒浮。南來足憂患，此病何時瘳。名身孰親疎，慎勿求封侯。

【校記】

一、《吾謫海南子由雷州被命即行了不相知至梧乃聞尚在藤也旦夕當追及作此詩示之》注二引《元和郡縣志》云云，今本《元和郡縣志》無此引文，實轉引自曹學佺《名勝志·廣東名勝志》卷之八《雷州府》。○同注引《投荒志》云云，實轉引自李昉《太平御覽》卷一百七十二《州郡部十八·雷州》第二條。又，樂史《太平寰宇記》卷一百六十九《嶺南道·雷州海康郡》亦有載。

二、《行瓊儋間肩輿坐睡夢中得句云千山動鱗甲萬谷酣笙鐘覺而遇清風急雨戲作此數句》注二引《樂府解題》云云，實轉引自李昉《太平御覽》卷五百七十八《樂部十六・琴中》第一條。

三、《次前韻寄子由》注四引《元和郡縣志》云云，此引文不見於今本《元和郡縣志》，實轉引自曹學佺《名勝志・廣東名勝志》卷之四《惠州》。另，引文又見於樂史《太平寰宇記》卷一百六十九《嶺南道・太平軍》，位於初白下文引《太平寰宇記》「漢合浦之徐聞縣地」與「唐武德四年復置南合州」二句之間。

四、《夢歸惠州白鶴山作》注一引「公自注」云云，實轉引自《名勝志・廣東名勝志》卷之四《惠州》。

五、《勸農・其一》注二引《方輿志》云云，實轉引自《名勝志・廣東名勝志》卷之十《瓊州府・安定縣》。

六、《停雲・其二》注一引蘇叔黨《颶風賦》云云。按，此賦收入中華書局本《蘇軾文集》卷一，亦見於四庫本《東坡全集》卷三十三。然四部叢刊初編本影宋刊《皇朝文鑑》卷十收此賦，謂蘇過作，宋祝穆《古今事文類聚・前集》卷三收此賦，亦謂蘇過作，宋吕祖謙《宋文鑑》卷十、元祝堯《古賦辨體》卷八亦同。

七、同上《其四》注一引宋姚寬云云，乃引自姚寬《西溪叢語》卷上，其中「東坡和陶」一語，於原文乃在句首。

八、《十月初吉菊始開乃與客作重九因次淵明己酉歲九月九日一首胡廣飲菊潭而壽然李固傳贊云其視胡廣猶糞土也》注一引盛弘之《荆州記》云云，實轉引自宋史鑄《百菊集譜》卷三。

九、《宥老楮》注四引陶弘景云云，實轉引自明徐光啓《農政全書》卷三十八《種植・木部》「穀」第三條。

十、《觀碁》注一引陳舜俞《廬山記》云云，實轉引自明桑喬《廬山紀事》卷六「白鶴觀」條下引注。○同注又引虞集《白鶴觀記》云云，虞氏《道園學古録》及《道園遺稿》均不見此文，實轉引自《廬山紀事》卷六「白鶴觀」條下引注。

十一、《次韻子由月季花再生》注一引《本草》云云，其中「薔薇類也」，於原文乃在「逐月開花」一句之前。

十二、《獨覺》注一引道家《元氣論》云云，實轉引自張君房《雲笈七籤》卷五十六《諸家氣法》。

東坡先生編年詩卷四十二

古今體詩五十一首起元符元年戊寅，合明年己卯在儋州作。

正月五日與兒子過出游作

謫居澹無事，何異老且休。雖過靖節年，未失斜川游。春江渌未波，人卧船自流。我本無所適，汎汎隨鳴鷗。中流遇伏洄，捨舟步層邱。有口可與飲，何必逢我儔。過子詩似翁，我唱而一作「兒」輒酬。未知陶彭澤，頗有此樂不？問點爾何如，不與聖同憂。問翁何所笑，不爲由與求。

慎按：此詩和《游斜川》作，施氏原本不載，今從《和陶》卷中據題分編。

子由生日〔一〕

上天不難知，好惡與我一。方其未定間，人力破陰騭。小忍待其定，報應真可必。季氏生而仁，觀過見其實。端如柳下惠，焉往不三黜。天有時而定，壽考未易畢。兒孫七男子，公自注：子由三子四孫。次第皆逢吉。遥知設羅門，獨掩懸罄室〔二〕。回思十年事，無愧篋中筆〔三〕。但願白髮兄，年年作生日。

〔一〕子由生日：按，子由生仁宗寶元二年己卯二月二十日，迨戊寅，六十矣。此詩應編本年《清明》詩後，姑從施氏之舊。

〔二〕懸罄室：《左傳》：「室如懸罄，野無青草，何恃而不恐？」

〔三〕篋中筆：杜甫詩：「篋中有舊筆，情至時復援。」

附子由次韻：

弟兄本三人，懷抱喪其一。頎然仲與叔，耆老天所騭。師心每獨往，可否輒自必。折足非所恨，所恨覆鼎實。上賴吾君仁，義止海濱黜。悽酸念母氏，此恨何時畢。平生賢孟博，苟生不謂吉。歸心天若許，定卜老泉室。凄凉百年後，事付何人筆。於今兄獨知，言之泣生日。

以黃子木拄杖爲子由生日之壽

靈壽扶孔光，菊潭飲伯始。雖云閒草木，豈樂蒙此恥。一時偶收用，千載相瘢痏。海南無嘉植，野果名黃子。堅瘦多節目，天材任操倚。嗟我始翦裁，世用或緣此。貴從老夫手，往配先生几。相從歸故山，不愧仙人杞〔一〕。

〔一〕仙人杞：《抱樸子》：「枸杞，(一)〔或〕名仙人杖，或(云)西王母杖，或名天精，或名却老，或名地骨，或名枸杞也。」

附子由次韻：

老至亦有漸，五十惟杖始。行年日辰匝，幸免鄉閭耻。罪重瘡難平，餘痂未脱痏。登山足猶健，不用扶兒子。我兄念辛勤，贈此携且倚。他年賜環日，田舍尤須此。早收藤節杯，旋綴烏皮几。茅簷數間足，不用伐桐杞。

上元夜過赴儋守召獨坐有感〔一〕

使君置酒莫相違，守舍何妨獨掩扉。静看月窗盤蜥蜴，卧聞風幔落伊威。燈花結盡吾猶夢，香篆消時汝欲歸。搔首淒涼十年事，傳柑歸遺滿朝衣。

〔一〕儋守：時張中爲儋州守，詳注後。

按：方回《瀛奎律髓》：「此詩元符元年戊寅作，坡公年六十三矣，在儋州(已)〔亦〕半年餘。十年前事，當是元祐丁卯以翰林學士侍宴端門，戊辰知貢舉，皆在朝。至五十九，自中山謫惠州。乙亥年賦詩，有云『前年侍玉輦』，〔即〕元祐八年癸酉正月也。『去年中山府』，〔即〕甲戌正月也。『今年江海上』，即乙亥正月也。當是時，又安知涉海而(過)〔逢〕上元耶？

過於海舶得邁寄書酒作詩遠和之皆粲然可觀子由有詩相慶也因用其韻賦一篇并寄諸子姪

我似老牛鞭不動，雨滑泥深四蹄重。汝如黄犢走却來，海闊山高百程送。庶幾門户有八慈，不恨居鄰無二仲。他年汝曹笏滿牀，中夜起舞踏破甕。會當洗眼看騰躍，莫指癡腹笑空洞。譽兒雖是兩翁癖，積德已自三世種。豈惟萬一許生還，尚恐九十煩珍從。六子晨耕簞瓢出，衆婦夜績燈火共〔一〕。《春秋》《古史》乃家法〔二〕，詩筆《離騷》亦時用。但令文字還照世，糞土腐餘安足夢。

〔一〕夜績：《漢書·食貨志》：「冬，民既入，婦人相從夜績。女工必相從者，所以省費燎火，同巧拙而合習俗也。」

〔二〕《古史》：子由以司馬遷作《史記》淺近疎略，故因遷之舊而作《古史》。

慎按：晁説之《嵩山集》有《蘇叔黨墓志》，其略云：「通直郎蘇過叔黨，東坡先生之季子，母同安夫人王氏。元祐五年，年十九，以詩賦解兩浙路。七年，先生爲（吏）部尚書，任右承務郎。明年，先生即謫英州，繼貶惠州，遷儋耳，萬死不測之險，獨侍先生往來。初至海（外）〔上〕，爲文一篇，曰《志隱》。先生因欲自爲《廣志隱》，以極窮通得喪之理焉。嘗命叔黨作《孔子弟子列傳》。

先生（放歸）〔還〕，卒於陽羨。叔黨遂家於潁昌。偶從湖陰營水竹數畝，名曰小斜川，自號斜川居士。宣和五年十二月，以疾卒於鎮陽道中，年五十（一）〔二〕。」云云。《宋史》叔黨雖有傳，而附見先生之後。此志叙次爲獨詳，故具録之，以備稽考。

附子由原作：

孟子自誇心不動，未試永嘉鐵輪重。弟兄六十老病餘，萬里同遭海隅送。長披羊裘類嚴子，罷食猪肝同閔仲。大男留處事田畝，幼子隨行供釜甕。低眉語笑接鄰父，彈指吁嗟到蠻洞。茅茨一日敢忘葺，桑柘十年須勉種。來時邂逅得相攜，歸去逡巡應復從。莫驚憂患爾來同，久知出處平生共。雖令子孫治家學，休炫文章供世用。潁川築室久未成，夜來忽作西湖夢。

清明日聞過誦書聲節閑美感念少時悵焉追懷先君宮師之遺意且念淮德二幼孫無以自遣乃和淵明二篇隨意所寓無復倫次也

其一

今日復何日，高槐布初陰。良辰非虛名，清和盈我襟。孺子卷書坐，誦詩如鼓琴。却去一作「念」四十年，玉顔如汝今。閉户未嘗出，出爲鄰里欽。家世事酌古，百史手自斟。當年二老人，喜我作此音。淮、德入我夢，角羈未勝簪。孺子笑問我，君一作「翁」何念之深〔一〕。

〔一〕念深：《漢書·陸賈傳》：「右丞相陳平常燕居深念。賈往，不請，直入坐。陳平方念不見賈，賈曰：『何念深也？』」

其二

雀鷇含淳音，竹萌抱静一作「靖」節。公自注：先君少時詩，失其全篇。誦我先君詩，肝肺爲澄澈。猶如一作「爲」鳴鶴和，未作獲麟絶。願因騎鯨李，追此御風列。丈夫貴出世〔一〕，功名豈人傑？家書三萬卷，獨取服食訣〔二〕。地行即空飛，何必挾日月〔三〕。

〔一〕丈夫：《傳燈録》：「國（清）〔一〕欽禪師曰：『出家乃大丈夫事。』」

〔二〕服食訣：道書有《服餌要訣》一卷，《太清神仙服食經》五卷。

〔三〕挾日月：《黄庭内景經》：「出日入月呼吸存。」注：「謂常存日月于兩目，使照一身，與日月光共合也。」〇按，先生所用正是修煉家語，施氏原注引《莊子》「昭昭乎如揭日月而行」，與詩意不合。

慎按：以上二首和淵明《郭主簿》韻，施氏原本不載，今從新刻本《和陶》卷中分編于此。

海南人不作寒食而以上巳上冢予攜一瓢酒尋諸生皆出矣獨老符秀才在因與飲至醉符蓋儋人之安貧守靜者也〔一〕

老鴉銜肉紙飛灰，萬里家山安在哉？蒼耳林中太白過，鹿門山下德公回。管寧投老終歸去，王式當年本不來。記取城南一作「南城」上巳日，木棉花落刺桐開〔二〕。

〔一〕老符：《瀛奎律髓》云：「昌黎不謫潮州，後世豈知有趙德？東坡不落海南，後世豈知有符林？」按，林即老符之名也。

〔二〕刺桐：《南方草木狀》：「刺桐，其木爲材。三月三時，布葉繁密，後有花，赤色，間生葉間，旁照他物皆朱，殷然。三五房凋，則三五復發，如是竟歲。」

往年宿瓜步夢中得小絶録示謝別本無「謝」字民師〔一〕

吴塞蒹葭空碧海，隋宫楊柳只金堤。春風自恨無情水，吹得東流竟日西。

〔一〕民師：本集有《與謝民師推官尺牘》，當即其人，他無可考。

慎按：此詩施氏原本不載，據《外集》，編「南海」卷中，今從《續補》下卷移編於此。

五色雀并引

海南有五色雀，常以兩絳者爲長，進止必隨焉。俗謂之鳳凰云。久旱而見輒雨，潦則反是。吾卜居儋耳城南，常一至庭下。今日又見之進士黎子雲及其弟威家。既去，吾舉酒祝曰：「若爲吾來者，當再集也。」已而果然，乃爲賦詩。

粲粲五色羽，炎方鳳之徒。青黄縞玄服，翼衛兩紱朱。仁心知閔農，常告雨霽符。我窮惟四壁，破屋無瞻烏。惠然此粲者，來集竹與梧。鏘鳴如玉珮，意欲相嬉娱。寂莫兩黎生，食菜真臞儒。小圃散春物，野桃陳雪膚。舉杯得一笑，見此紅鸞雛。高情如飛仙，未易握粟呼。胡爲去復來，眷眷豈屬吾。回翔天壤間，何必懷此都。

和陶乞食韻

莊周昔貸粟，猶欲舂脱之。魯公亦乞米，炊煮尚不辭。淵明端乞食，亦不避嗟來。嗚呼天下士，死生寄一杯。斗水何所直，遠汲苦姜詩〔一〕。幸有餘薪米，養此老不才。至味久不壞，可爲子孫貽。

〔一〕姜詩：後漢人，注詳第一卷《甘泉寺》下。

和陶和胡西曹示顧賊曹韻

長春如稚女〔一〕，飄飖倚輕飈。卯酒暈玉頰，紅綃卷生衣。低顔香自斂，含睇意頗微。寧當配一作「娣」黄菊，未肯似一作「姒」戎葵〔二〕。誰言此弱質，閲世觀盛衰。頩然疑薄怒，沃盥未可揮。瘴雨吹蠻風，凋零豈容遲。老人不解飲，短句餘清悲。

〔一〕長春：按，《本草》：「金盞草，一名長春花，言耐久也。」但金盞花色深黄，今詩云「卯酒暈玉頰，紅綃卷生衣」，乃是紅色，當另是一種。

〔二〕戎葵：羅願《爾雅翼》：蜀葵名戎葵，亦名胡葵。《夏小正》云：四月小滿後五日，胡葵華。即此。

游城南謝氏廢園作

喬木卷蒼藤，浩浩崩雲積。謝家堂前燕，對語悲一作「非」宿昔，仰看桄榔樹，玄鶴舞長翮。新年結荔子，主人黄壤隔。溪陰宜館我，稍省薪水役。相如賣車騎，五畝亦可易。但恐服烏來，此生還蕩析。誰能插籬槿〔一〕，護此殘竹柏。

〔一〕籬槿：謝靈運詩：「插槿（别作）〔當列〕墉。」沈約詩：「槿籬疎復密。」

按：此詩和陶《使都經錢溪》韻。

和陶擬古九首

其一

有客叩我門，繫馬門前柳。庭空鳥雀散，門閉客立久。主人枕書卧，夢我平生友。忽聞剥啄聲，驚散一杯酒。倒裳起謝客，夢覺兩愧負。坐談雜今古，不答顔愈厚。問我何處來，我來無何有。

附子由次韻：

客居遠林薄，依墻種楊柳。歸期未可必，成陰定非久。邑中有佳士，忠信可與友。相逢話禪寂，落日共杯酒。艱難本何求，緩急肯相負。故人在萬里，不復爲薄厚。未盡鬻衣衾，時勞問無有。

其二

酒盡君可起，我歌已三終〔一〕。由來竹林人，不數濤與戎。有酒從孟公〔二〕，慎勿從揚雄。崎嶇頌沙麓，塵埃汙西風。昔我未嘗達，今者亦安窮。窮達不到處，我在阿堵中。

〔一〕三終：《禮記·鄉飲酒》：「間歌三終，合樂三終。」疏云：「每一篇而一終，一歌則一吹也。」

〔三〕孟公：《（後）漢書》：「陳遵，字孟公。先是揚雄作《酒箴》，以諷成帝，其文爲酒客難法度士，遵大喜之。」

附子由次韻：

閉門不復出，兹焉若將終。蕭然環堵間，乃復有爲戎。我師柱下史，久以雌守雄。金刀雖云利，未聞能斫風。世人欲困我，我已長安窮。窮甚當辟穀，徐觀百年中。

其　三

客去室幽幽，服鳥來座隅〔一〕。引吭伸兩翅，太息意不舒。吾生如寄耳，何者爲吾廬。去此復何之，少安與汝居。夜中聞長嘯，月露荒榛蕪。無問亦無答，吉凶兩何如〔二〕。

〔一〕座隅：《史記》賈誼《鵩賦》：「止於座隅，貌甚閒暇。」

〔二〕吉凶：《鵩賦》：「野鳥入室兮，主人將去。請問於鵩兮，予去何之。吉乎告我，凶言其菑。」

附子由次韻：

蕭蕭髮垂素，晡日迫西隅。道人閔我老，元氣時卷舒。歲晚風雨交，何不完子廬。萬法滅無餘，方寸可久居。將掃道上塵，先拔庭中蕪。一净百亦净，物我皆如如。

其四

少年好遠遊，蕩志隘八荒。九夷爲藩籬，四海環我堂。盧生與若士，何足期渺茫。稍喜海南州，自古無戰塲。奇峰望黎母〔一〕，何異嵩與邙。飛泉寫萬仞〔二〕，舞鶴雙低昂。分流未入海，膏澤彌此方。芋魁倘可飽，無肉亦奚傷。

〔一〕黎母：《瓊州志》：五指山，一名黎母山。《名勝志》：「山在瓊州府定安縣南。一云婺女星常降此山，名黎婺。一云昔雷攝一蛇卵在山中，生一女。有交阯（人）〔蠻〕過海采香，因與野合。其後子孫衆多，是爲黎人之祖。故曰黎母。黎人多居山之四旁。」

〔二〕飛泉：《瓊州志》：「昌江，在昌化縣城南十里。源自五指山，至侯村分南北二派。南江西流經赤坎村，會海潮成港。北江繞縣南流，西至泥浦，與潮相匯，（經）〔徑〕入海。」

附子由次韻：

夜夢披髮翁，騎驎下大荒。獨行無與游，闖然入我堂。高論何峥嶸，微言何渺茫。我徐聽其説，未離翰墨塲。平生氣如虹，宜不葬北邙。少年慕遺文，奇姿揖昂昂。衰罷百無用，漸以圓斵方。隱約就所安，老退還自傷。

其　五

馮冼古烈婦，翁媪國於兹。策勳梁武後，開府隋文時。三世更險易，一心無磷緇。錦繖平積亂，犀渠破餘疑。廟貌空復存〔一〕，碑版漫無辭。我欲作銘誌，慰此父老思。遺民不可問，僂句莫予欺。犦牲菌雞卜〔二〕，我當一訪之。銅鼓〔三〕壺盧笙〔四〕，歌此送迎詩。

〔一〕廟貌：慎按，《（南）〔北〕史》：「冼夫人卒於隋仁壽初，謚誠敬夫人。」《名勝志》：「冼夫人祠在高州東門外。」《元和郡縣志》，隋大業中，始開朱崖，立十縣。又置儋耳、臨振二郡。而高州《誠敬夫人廟碑》：高祖賜夫人臨振縣湯沐邑。則是大業以前已有臨振縣矣。唐武德五年，改臨振郡爲振州。宋開寶五年，又改崖州。臨振既爲夫人湯沐邑，則海南亦當有廟，非獨高州也。

〔二〕犦牲：（文苑英華）〔《唐文粹》卷二十一〕張説《宋公遺愛碑》：「頌曰：犦牛牲兮菌雞卜，神降福兮公壽考。」

〔三〕銅鼓：裴淵《廣州記》：狸獠鑄銅鼓，以高大爲貴，面闊五尺餘，鼓腰隆起，或作海魚，周回有蝦蟇十二相對。朱輔《溪蠻叢笑》：「蠻地多銅鼓，如大鐘，長笫，二十六乳，重百餘觔，其文多環以甲士，中空無底。」

〔四〕壺盧笙：《溪蠻叢笑》：「葫盧笙，潘安仁賦所云：『曲沃懸匏，汶陽瓠篠』，皆笙之材也。蠻所吹〔葫〕蘆笙，亦匏瓠餘意，但列管六，與《説文》十三簧不同耳。」此説與施注小異，故録之。

附子由次韻：

佛法行中原，儒者恥論茲。功施冥冥中，亦何負當時。此方舊雜染，渾渾無名緇。治生守家室，坐使斯人疑。未知酒肉非，能與生死辭。熾哉吴閩間，佛事不可思。生子多穎悟，德報豈吾欺。時俾正法眼，一出照曜之。誰爲邑中豪，勤誦我此詩。

其六

沉香作庭燎〔一〕，甲煎紛相和〔二〕。豈若炷微火，縈烟嫋一作「嬝」清歌。貪人無饑飽，胡椒亦求多。朱劉兩狂子，隕隊如風花。本欲竭澤魚，奈此明年何。公自注：朱初平、劉誼欲冠帶黎人，以取水沉。

〔一〕沉香：注見四十一卷《勸農》詩下。

〔二〕甲煎：李（高）〔嶠〕《謝臘日（口脂面藥啓）〔賜臘脂口脂表〕》：「然之以桂（花）〔火〕蘭蘇，柔之以辛夷甲煎。」

附子由次韻：

憂來感人心，悒悒久未和。呼兒具濁酒，酒酣起長歌。歌罷還獨舞，黍麥力誠多。憂長酒易消，脱去如風花。不悟萬法空，子如此心何。

其七

雞窠養鶴髮〔一〕，及與唐人游。來孫亦垂白，頗識李崖州〔二〕。再逢盧〔三〕與丁〔四〕，閱世真東流。斯人今在亡，未遽掩一邱。我師吴季子，守節到晚周。一見春秋末，渺焉不可求。

〔一〕雞窠：詳見施氏原注引《洞微志》中。

〔二〕李崖州：《〔新〕唐書》：「李德裕，字文饒。穆宗即位，擢翰林學士，進中書舍人，出爲浙西觀察使。歷相文宗、武宗，拜太尉，進封趙國公。宣宗大中元年，貶崖州司户參軍，明年卒，年六十三。」

〔三〕盧：《宋史》：「盧多遜，河内人。舉進士，爲翰林學士。太平興國初，拜中書侍郎平章事。與趙普不協，會有以多遜交通秦王事聞，削官爵，并家屬流配崖州。卒於流所，年五十二。」

〔四〕丁：《宋史》：「丁謂，字公言，長洲人。進士甲科，累擢知制誥，權三司使。上《會計録》，遷參知政事。天禧中，寇準爲相，尤惡謂。謂媒孽其過，準罷相。拜謂中書門下平章事。仁宗即位，謂潛結内侍雷允恭，傳達中旨。及允恭誅，降謂分司西京，再貶崖州司户參軍，籍其家。」

附子由次韻：

杜門人笑我，不知有天遊。光明徧十方，咫尺陋九州。此觀一日成，衮衮通法流。竿木常自隨，何必返故邱。老聃白髮年，青牛去西周。不遇關尹喜，履迹誰能求。

其八

城南有荒池〔一〕，瑣細誰復採。幽姿小芙蕖，香色獨未改。欲爲中州信，浩蕩絶雲海。遥知玉井蓮〔二〕，落蕊不相待。攀躋及少壯，已失一作「矣」那容悔。

〔一〕城南池：《名勝志》：「儋州城南有桄榔菴，菴（前）〔南〕有清水池，池中荷花，四季不絶，臘月尤勝。宋知軍陳覺《清水池》詩有『坡老未須譏瑣細，解（隨）〔陪〕梅菊到冰霜』之句。」

〔二〕玉井蓮：韓愈詩：「太華峰頭玉井蓮，開花十丈藕如船。」

附子由次韻：

粗田種紫芝，有根未堪採。逡巡歲月度，太息毛髮改。晨朝玉露下，滴瀝投滄海。須牙忽長茂，枝葉行可待。夜燒沉水香，持戒勿中悔。

其九

黎山有幽子，形槁神獨完。負薪入城市，笑我儒衣冠。生不聞詩書，豈知有孔顔。翛然獨往來，榮辱未易關。日暮鳥獸散〔一〕，家在孤雲端。問答了不通，歎息指屢彈。似言君貴人，草莽栖龍鸞。遺我古一作「吉」貝布〔二〕，海風今歲寒。

〔一〕鳥獸散：《漢書·李陵傳》：「各鳥獸散，猶有得脱，歸報天子者。」

〔二〕古貝：《文昌雜録》：「閩（嶠）〔嶺〕以南多木棉，采其花爲布，號吉貝。後讀《南史》，言林邑等國出古貝木，其花成對，如鵝毳，抽其緒，紡之以作布，與苧不異。正此種也。蓋俗訛『古』爲『吉』耳。」釋氏《翻譯名義》：劫貝，即木棉也。《瓊州志》：「東猺山在文昌縣東一百里，此山之形似猿猺，其地多田，種藷芋給食，緝紡吉貝以爲衣。」方勺《泊宅編》：「吉貝，即古白氎（布）〔巾〕。」此數處，皆以「古」爲「吉」，録存備考。

附子由次韻：

海康雜蠻蜑，禮俗久未完。我居近閭閻，願先化衣冠。衣冠一有恥，其下胡爲顔。東鄰有一士，讀書寄賢關。歸來奉親友，跬步行必端。慨然顧流俗，歎息未敢彈。提提烏鳶中，見此孤翔鸞。漸能衣裘褐，袒裼如惡寒。

和陶田舍始春懷古并引

儋人黎子雲兄弟，居城東南，躬農圃之勞。偶與軍使張中同訪之。居臨大池，水木幽茂。坐客欲爲醵錢作屋，予亦欣然同之。名其屋曰載酒堂，用淵明《懷古田舍》作二首。

其一

退居有成言〔一〕，垂老竟未踐。何曾淵明歸，屢作敬通免。休閒等一味，妄想生愧靦。公自注：淵明本用「緬」字，今聊取其同音。聊將自知明〔二〕，稍積在家善。城東兩黎子，室邇人自遠。呼我釣其池，人魚兩忘反。使君亦命駕，恨子林塘淺。

〔一〕成言：《左傳》：「宋向戌從子木成言於（晉）〔楚〕。」

〔二〕自知明：《老子》：「知人者智，自知者明。」

其二

茅茨破不補，嗟子乃爾貧。菜肥人愈一作「亦」，訛瘦，竈閒井常勤。我欲致薄少，解衣勸坐人。臨池作虛堂，雨急瓦聲新。客來有美載，果熟多幽欣。丹荔破玉膚，黄柑溢芳津。借我三畝地，結茅爲子鄰。鴂舌倘可學，化爲黎母民。

郊行步月作

缺月不早出，長林踏青冥。犬吠主人怒，愧此閭里情。怪我夜不歸，茜袂窺柴荆。雲間與地上，待我兩友生。驚鵲再三起，樹端已微明。白露浄原野，始覺邱陵平。暗蛩方夜績，孤螢亦宵征。歸來閉户坐，寸田且默耕。莫赴花月期，免爲詩酒縈。詩人如布穀〔一〕，聒聒常自名。別本作「鳴」，訛。

〔一〕如布穀：《後漢書·馮衍傳》：「詞如循環，口如布穀。」

按：此詩和陶《辛丑七月赴假還江陵夜行途中口號》韻。

和陶庚戌歲九月中於西田穫早稻

蓬頭三一作「二」獠奴〔一〕，誰謂愿且端。晨興灑埽罷，飽食不自安。願治此圃畦，少資主游觀。晝功不自覺，夜氣乃潛還。早韭欲争春，晚菘先破寒。人間無正味，美好出艱難。蚤知農圃樂，豈有非意干。尚恨不持粗，未免騂我顏。此心苟未降，何適不間關。休去復歇去，菜食何所嘆。

〔一〕獠奴：杜甫有《示獠奴》詩，又有《課隸人伯夷辛秀信行等入山斬陰木》詩，又，《信行修水筒》詩云：於斯答恭敬，足以殊殿最。此詩起二語正用此。

和陶丙辰歲八月中於下潠田舍穫

聚糞西垣下，鑿泉東垣隈。勞辱何時休，宴安不可懷。天公豈相喜，雨霽與意諧。黄菘一作「松」養土膏一作「羔」，老楮生樹雞。未忍便烹煮，繞觀日百回。跨海得遠信，冰盤鳴玉哀。茵蔯點膾縷，照坐如花開。一與蜑叟醉，蒼顔兩摧頹。齒根日浮動，自與粱肉乖。食菜豈不足一作「好」，呼兒拆雞棲。

慎按：以上十七首皆海南作，施氏原本不載，今從新刻本《和陶》卷中類編於此。

答海上翁

山一作「仙」翁不復見新詩，疑是河南石壁曦。海水豈容鯨飲盡，然犀何處覓瓊枝。

慎按：此詩不解何謂，施氏原本不載，今從《續補》下卷移編。

貧家凈掃地

貧家凈掃地，貧女好梳頭。下士晚聞道〔一〕，聊以拙自修。叩門有佳客，一飯相邀留。春炊勿草草，此客未易媮。慎勿用勞薪，感我如薰蕕。德人抱衡石，銖黍安可廋？

〔一〕晚聞道：《莊子》：「早湛於人僞，而晚聞大道也。」

新　居

朝陽入北林，竹樹散疎影。短籬尋丈間，寄我無窮境。舊居無一作「纔」一席，逐客猶遭屏〔一〕。結茅得茲地，翳翳村巷永。數朝風雨涼，畦菊發新穎。俯仰可卒歲，何必謀二頃。

〔一〕遭屏：本集先生《與程全父尺牘》云：「初至，僦官屋數椽，近復遭迫逐。」王定國《甲申雜記》云：「潭州彭(氏)子民隨董必察訪廣西，時子瞻在儋州，董至雷，議過儋。彭涕泣曰：『人人家有子(弟)〔孫〕。』董感悟，止遣一小使臣至儋，遂有逐出官舍之事。」

慎按：施氏原注：「東坡至儋耳，軍使張中請館於行衙，又別飾官舍，爲安居計。朝廷命湖南提舉常平董必者察訪廣西，遣使臣過海逐出之。中坐黜死，雷州監司悉鐫秩。」云云。先生《送張中》詩有「懸知冬夜長」之句，則張中離儋必於冬月，公之被逐移居當是秋末冬初事，原本編此詩於上巳之後，殊失次第，今改正。

送昌化軍使張中〔一〕一本有「罷官赴闕」四字。

孤生知永棄，末路嗟長勤。久安儋耳陋，日與雕題親。海國此奇士，官居我東鄰。卯酒無虚日，夜碁有達晨。小甕多自釀，一瓢時見分。仍將對牀夢，伴我五更春。暫聚水上萍，忽散風中雲。恐無再見日，笑談來生因。空吟清詩送，不救歸裝貧。

〔一〕昌化軍：《九域志》：廣南西路昌化軍，唐儋耳昌化郡。本朝熙寧六年，廢爲軍，治宜倫縣。東至瓊州二百六十里，西至海十里，南至崖州四百八十里。

按：此詩和陶《與殷晉安别》韻，張中平生不詳，特以先生故罷官，甚至斥死，其人可知矣。宜送行詩至再至三，惓惓不釋也。

再送張中

胸中有佳處，瘴海不能腓。三年無所愧，十口今同歸。汝去莫相憐，我生本無依。相從大塊中，幾合幾分違。莫作往來相，而生愛見悲。悠悠含山日，炯炯留清輝。懸知冬夜長，不恨晨光遲。夢中與汝一本作「無與」别，作詩記忘遺。

按：此詩和陶《王撫軍座送客》韻。

三送張中

留燈坐達曉，要與影晤言。下帷對古人，何暇復窺園。使君本學武，少誦十三篇。頗能口擊賊，戈戟亦森然。才智誰不如，功名嘆無緣。獨來向我説，憒漶當奚宣。一見勝百聞，往鏖皋蘭山。白衣挾三矢，趁此征遼年。

慎按：此詩和《答龐參軍》韻。以上三首，施氏原本皆不載，今考據本題，從《和陶》卷中分編。

次韻子由贈吴子野先生二絶句

其一

馬跡車輪滿四方，若爲閉著一本作「暑」，訛小茅堂。安一作「仙」心欲捉左元放，癡疾一作「絶」還同顧長康。

其二

江令蒼苔圍故宅〔一〕，謝家語燕集華堂。先生笑説江南事，只有青山繞建康。

〔一〕江令蒼苔：江淹《青苔賦》：余鑿山楹爲室，有青苔焉，踦屋上生，斑駁下布。

慎按：《欒城集》「康」字韻絶句凡三首，時子由自雷再徙循州，贈吴子野詩也，自此以後兩蘇無唱和之什矣。

附子由原作： 原題云「雨中招吴子野先生一絶又答吴和二絶」。

柴門不出蓬生徑，暑雨無時水及堂。辟穀賴君能作客，暫來煎蜜餉桃康。自注：循州作。

三間洲水小茅屋，不比麻田新草堂。問我秋來氣如火，此間何事得安康。

慣從李叟遊都市，久伴藍翁醉晝堂。不似蘇門但長嘯，一生留恨與嵇康。自注：子野昔與李士寧縱游京師，與藍喬同客曾魯公家，甚久。

被酒獨行徧至子雲威徽先覺四黎之舍三首

其一

半醒半醉問諸黎，竹刺藤梢步步迷。但尋牛矢覓歸路，家在牛欄西復西。

其二

總角黎家三四童，口吹葱葉送迎翁〔一〕。莫作天涯萬里意，谿邊自有舞雩風。

〔一〕吹葱葉：事未詳。

其三

符老風情奈老何，朱顔減盡鬢絲多。投梭每困東鄰女，換扇惟逢春夢婆。公自注：是日復見符林秀才，言换扇事。

過黎君郊居

半園荒草没佳蔬，煮得占禾半是藷。萬事思量都是錯，不如還叩仲尼居。

慎按：此詩施氏原本不載，今從《續補》下卷移編於此。

游城東學舍作

聞有古學舍，竊懷淵明欣。攝衣造兩塾，窺户無一人。邦風方杞夷，廟貌猶殷因。先生饌已缺，弟子散莫臻。忍饑坐談道，嗟我亦晚聞。永言百世祀〔一〕，未補平生勤。今此復何國，豈與陳蔡鄰。永媿虞仲翔，絃歌滄海濱。

〔一〕百世祀：《史記·陳世家》：「盛德之後，必百世祀。」

按：此詩和陶《示周續之祖企謝景夷三郎》中韻。

吾謫海南盡賣酒器以供衣食獨有一荷葉杯工製美妙留以自娱乃和淵明連雨獨飲二首

其　一

平生我與爾一作「我」，舉意輒自一作「相」然。豈止磁石鐵〔一〕，雖合猶有間。此外一子由，出處同偏僊。晚景最可惜，分飛海南天。糾纆別本作「纏」，訛不吾欺，寧此憂患先。顧引一杯酒，誰謂無往還。寄語海北人，今日爲何年。醉裏有獨覺，夢中無雜言。

〔一〕磁鐵：《抱朴子》：「磁石引鍼。」《大涅槃經》：「磁石去鐵雖遠，以其故，鐵則隨著。」

其　二

阿堵不解醉，誰歟此頽然。誤入無功鄉，掉臂嵇阮間。飲中八仙人，與我俱得仙。淵明豈知道，醉語忽談天。偶見此物真，遂超一作「趨」天地先。醉醒可還酒，此覺無所還〔一〕。清風洗徂暑，連雨催豐年。牀頭伯雅君，此子可與言。

〔一〕無所還：《楞嚴經》：「佛告阿難，今當示汝無所還地。」

得鄭嘉會〔一〕靖老書欲於海舶載書千餘卷見借因讀淵明贈羊長史詩云愚生三季後慨然念黄虞得知千載事上賴古人書次其韻以謝鄭君

我非皇甫謐，門人如摯虞。不持一作「特」兩鴟酒，肯借一車書。欲令海外士，觀經似鴻都。結髪事文史，俯仰六十餘。老馬不耐放，長鳴思服輿。故知根塵在，未免病藥俱〔二〕。念君千里足，歷塊猶踟躕。好學真伯業〔三〕，比肩可相如。此書久已熟，救我今荒蕪。顧慚桑榆迫，久一作「豈」厭詩書娱。奏賦病未能，草玄老更疎。猶當距楊墨，稍欲懲荆舒。

〔一〕鄭嘉會：慎按，先生《半月泉題名》：「蘇軾、曹輔、劉季孫、鮑朝懋、鄭嘉會、蘇堅同游。元祐六年三月十一日。」刻石在湖州德清縣慈相寺中，余家有榻本。詩題中所謂「鄭會嘉」當即「嘉會」之訛，今從石刻改正。本集又有《與鄭嘉會尺牘》，云：「此中枯寂，殆非人世。然居之甚安。况諸史滿前，甚可與語者也。著書則未暇。日與小兒編排齊整之，以須異日歸之左右也。」正謝其借書事，故備録之。

〔二〕病藥：《傳燈録》：「道吾和尚《一鉢歌》：『藥是病，病是藥，到頭兩事都拋却。』」

〔三〕伯業：《三國志》：山陽太守袁遺，與袁術等同時起兵。裴松之注云：「遺，字伯業，紹從兄。

張超（常）〔嘗〕薦其包羅載籍，綜練百氏，求之今日，邈焉（寡）〔靡〕儔。魏太祖稱『長大而能勤學者，惟吾與袁伯業耳。』」

按：程鉅夫《雪樓集·跋東坡帖》云：「蘇公坐謫時，有在都城見叔黨而障面者。及還儋耳，鄭嘉會靖老乃能以海舶載書千餘卷爲借，亦可嘉已。公和淵明《贈羊長史》詩以謝之，千載而下，知有靖老，士烏可不自附於青雲哉！此帖言所借書收掌如法，前輩借人書籍愛護如此，皆盛德事。」

和陶五月旦日作和戴主簿

海南無冬夏，安知歲將窮。時時小摇落，榮悴俯仰中。上天信包荒〔一〕，佳植無由豐。鉏耰代一作「待」，訛肅殺，有擇非霜風。手栽蘭與菊，侑我清宴終。擷芳眼已明，飲酒腹尚冲。草去土自隤，井深牆愈隆。勿笑一畝園，蟻垤齊衡嵩。

〔一〕包荒：《易·泰卦》：「九二，包荒，用馮河。」疏云：「體健居中而用乎泰，能包含荒穢，受納馮河者也。」

和陶怨詩楚調示龐主簿鄧治中

當歡有餘樂，在戚亦頹然。淵明得此理，安處故有年。嗟我與先生，所賦良奇偏。人間少宜適，惟有歸耘田。我昔墮軒冕，毫釐真市廛。困來卧重裀，憂媿自不眠。如今破茅屋，一夕或三遷。風雨睡不知，黄葉滿枕前。寧當出怨句，慘慘如孤烟。但恨不早悟，猶推淵明賢。

慎按：以上六首，施氏原本皆不載。以本詩考之，確是南海秋冬作，今從新刻《和陶》卷中編次於此。

倦夜

倦枕厭長夜，小窗終未明。孤村一犬吠，殘月幾人行。衰鬢久已白，旅懷空自清。荒園有絡緯〔一〕，虚織竟何成。

〔一〕絡緯：《炙轂子雜録》：莎雞。《古今注》：「一名促織，一名絡緯。」

用過韻冬至與諸生飲酒

公自注：符、吴皆坐客。其餘皆即事實録也。

小酒〔一〕生黎法〔二〕，乾糟瓦盎中。芳辛知有毒，滴瀝取無窮。涑醴寒初泫，春醅暖更醲。華夷兩尊合，醉笑一歡同。里閈峨山北，田園震澤東。歸期那敢説，安訊不曾通。鶴鬢驚全白，犀圍尚半紅。愁顔解符老〔三〕，壽耳鬭吴翁〔四〕。得穀鵝初飽，亡猫鼠益豐。黄薑收土芋，卷耳斫霜叢〔五〕。兒瘦緣儲藥，奴肥爲種松疑當作「菘」。頻頻非竊食，數數尚乘風。河伯方夸若，靈媧自舞馮。歸途陷泥淖，炬火燎茅蓬。膝上王文度，家傳張長公。和詩仍醉墨，戲海亂群鴻。

〔一〕小酒：《宋史·食貨志》：「廣南東西路，自春至秋，酤成即鬻，謂之小酒。臘釀，候夏而出，謂之大酒。」

〔二〕生黎法：《太平寰宇記》：「瓊、儋之俗，呼山嶺爲黎，人居其間，號曰生黎。（釀）〔醞〕酒不用麯糵。有木曰嚴樹，取其皮葉，擣後清水浸之，以粳釀和之，香甚，能醉人。又有石榴，亦取花葉和釀醞之，數日成酒。」熟則以竹筒吸之。

〔三〕符老：即符林秀才。

〔四〕吴翁：即吴子野。時訪先生於海外。

〔五〕卷耳：本集《蒼耳録》云：「一名羊負來。《詩》謂之卷耳。《疏》謂之枲耳，俗謂之道人頭。海南無藥，惟此生舍下。」

縱筆三首

其一

寂寂東坡一病翁，白鬚一作「頭」蕭散滿霜風。小兒誤喜朱顏在，一笑那知是酒紅。

按：《冷齋夜話》引山谷語云：「不易其〔心〕〔意〕而造其語，謂之换骨法。規撫其意而形容之，謂之奪胎法。白居易詩云：『醉貌如霜葉，雖紅不是春。』東坡：『兒童誤喜朱顔在，一笑那知是酒紅。』此所謂奪胎法也。」

其二

父老争看烏角巾〔一〕，應緣曾現宰官身〔二〕。溪邊古路三叉口，獨立斜陽數過人。

〔一〕烏角巾：杜甫詩：「錦里先生烏角巾。」

〔二〕現宰官身：《法華經》：「妙音菩薩現種種身，處處爲衆生説是經典，或現居士身，或現宰官身。」又，《普門品》云：「應以宰官身得度者，即現宰官身而爲説法。」

按：《春渚録》云：「〔山谷與〕東坡（與山谷）同見清老，清語坡前身爲五祖戒和尚。」故嶺外詩云：應緣曾現宰官身。豈真戒禪師後身耶？

其三

北船不到米如珠，醉飽蕭條半月無。明日東家當祭竈，隻雞斗酒定膰吾。

夜燒松明火

歲暮風雨交，客舍悽薄寒。夜燒松明火〔一〕，照室紅龍鸞。快燄初煌煌，碧烟稍團團。幽人忽富貴，蕙一作「繐」帳芬椒蘭。珠煤綴屋角，香㵐流銅槃。公自注：㵐，松瀝也，出《本草》注。坐看十八公，俯仰灰燼殘。齊奴朝爨蠟，萊公夜長嘆。海康無此物，燭盡更未闌。

〔一〕松明火：本集《雜記》一條云：海南多松，「己卯蠟月二十（三）〔二〕日，墨竈火發，幾焚屋。遂罷作墨，大小五百丸。餘松明一車，（仍）〔留〕以照夜。」

【校記】

一、《過於海舶得邁寄書酒作詩遠和之皆粲然可觀子由有詩相慶也因用其韻賦一篇并寄諸子姪》「慎按」引晁説之《嵩山集》云云，誤。按，《嵩山集》乃晁公遡之集名，晁説之集名《景迂生集》，初白偶誤也。初白引文見《景迂生集》卷二十，題爲《宋故通直郎眉山蘇叔黨墓誌銘》。引文中「以疾卒於鎮陽道中」一句，於原文乃在「宣和五年十二月」一句之前。

二、《和陶擬古九首·其五》注一引《南史》「冼夫人卒於隋仁壽初，謚誠敬夫人」，誤。《南史》無此引文，實引自《北史》卷九十一《烈女·譙國夫人冼夫人傳》。另，又見於《隋史》卷八十《烈女·譙國夫人傳》。○注二引《文苑英華》張説《宋公遺愛碑》云云，誤。《文苑英華》無此文，實引自宋姚鉉《唐文粹》卷二十一。另，張説《張燕公集》卷十一收此文。

三、同上《其六》注二引李高《謝臘日口脂面藥啓》云云，「李高」乃「李嶠」之誤。此引文轉引自《文苑英華》卷五百九十六，題名曰「謝臘日賜臘脂口脂表」。引文「柔之以辛夷甲煎」於原文爲首句，「桂花」作「桂火」。

四、同上《其九》注二引《文昌雜録》云云，實轉引自陶宗儀《説郛》卷四十七下，此卷收《雜録》三部，《文昌雜録》列第一，作者爲龐元英。曾慥《類説》卷四十七《遯齋閒覽》「吉貝布」條亦有載，然與引文頗異，且未注明出處。《説郛》卷二十五上范正敏《遯齋閒覽》「吉布」條有載，亦未注明出處。清汪森《粵西叢載》卷十九引《文昌雜録》此文，而作者卻爲陳襄。○同注引《瓊州志》云云，實轉引自曹學佺《名勝志·廣東名勝志》卷之十《瓊州府文昌縣》。

五、《吾謫海南盡賣酒器以供衣食獨一荷葉杯工製美妙留以自娱乃和淵明連雨獨飲二首·其一》注一引《抱朴子》「磁石引鍼」，今本《抱朴子》無此引文，實轉引自李賢《太平御覽》卷五十一《地部十六·石上》。

東坡先生編年詩卷四十三

古今體詩五十二首 起元符三年庚辰春在儋州，五月移廉州安置，八月杪離廉州作。

庚辰歲人日作時聞黃河已復北流〔一〕老臣舊數論此今斯言乃驗二首〔二〕

其一

老去仍棲隔海村，夢中時見作詩孫。天涯已慣逢人日，歸路猶欣過鬼門〔三〕。三策已應思賈讓〔四〕，孤忠終未赦虞翻。典衣剩買河源米〔五〕，屈指新篘作上元。

〔一〕黃河北流：《宋史·河渠志》：「元祐初，河流雖北，而孫村低下，河北諸郡皆被災，於是回河東流之議起。安壽深以東流爲是，文彥博、呂大防皆主其説。蘇轍謂呂公著：『〔不如〕〔盍〕因舊而修其未備？』會范百禄行視東西二河，亦云：『東流高仰，北流順下，決不可回。』時吴安持與李偉力主回河，請置修河司，從之。七年十月，以大河東流，賜吴安持三品服，李偉再任。紹聖元年，都水使王宗望上言：『東、北兩流，頻年紛争不決，伏自奉詔凡九月，上稟成算，使全河東還故道，乞付史館紀績。』至元符二年六月，河決内黄，東流遂斷絶。八月，左司諫王祖道請正吴安持、李偉等之罪，詔可。」

〔二〕老臣數論：元祐三年，先生任翰林學士時上劄子云：「黄河自天禧以來故道漸淤，每決而西。熙寧中，決於曹村，又決小吴。先帝知河之欲西北流，故不復塞。今都水使者王孝先乃欲於北京南開孫村河，欲奪河身以復故道。此豈獨一方之安危？天下之休戚也。臣聞自孫村至海口舊管堤埽四十五所，歲支物件五百餘萬。今欲興修已壞堤埽，準備河水復行東道，此莫大之患，不貲之費也。臣采察衆論，以爲此役不可不罷。若今歲罷役，不過枉費九百萬物料。若更接續興修，則來歲當役數十萬人，仍費三千餘萬。不若將三千萬物料，分作數年，因水所行之地稍立隄防，數年之後，必漸安流，何苦興必不可成之役乎？」元祐四年八月，子由在翰林，第四疏有曰：「臣兄軾前在經筵，因論黄河等事爲衆人所疾。迹不自安，遂求引退。」云云。

〔三〕鬼門：本集《到昌化軍謝表》云：「並鬼門而東騖，浮瘴海以南遷。」《名勝志》：「鬼門關，在鬱林州北流縣西十里，兩山相對，間闊三十步，往來交阯，皆由此關，其南尤多瘴癘。諺云：『鬼門關，十人去，九不還。』唐沈佺期詩：『昔傳瘴江路，今到鬼門關。』」

〔四〕三策：《漢書·溝洫志》：「待詔賈讓言：治河有上、中、下三策。」

〔五〕河源米：《惠州志》：南齊時析龍川縣置河源縣，以縣東北有三河之源，故名。施氏原注：「海南無秔秫，河源縣屬惠州，當是秔秫所産也。」

其　二

不用長愁挂月村，檳榔生子竹生孫。公自注：海南勒竹，每節生枝如竹竿大，蓋竹孫也。新巢〔一〕語燕還窺研〔二〕，舊雨來人不到門。春水蘆根看鶴立，夕陽楓葉見鴉翻。此生念念隨泡影〔三〕，莫認家山作本元〔四〕。

〔一〕新巢：《瀛奎律髓》：「海南人日，燕已來巢，亦異事。」

〔二〕窺研：鄭谷《燕》詩：「閒几研中窺水淺，落花徑裏得泥香。」

〔三〕泡影：秦譯《金剛經》：「一切有爲法，如夢幻、泡影。」《浄名疏》云：「上水爲因，下水爲緣。得有泡起，斯須即無。有物遮光，則有影見，物異影異，物動影動。」

〔四〕認本元：《楞嚴經》：「徒獲此心，未敢認爲本元心也。」

庚辰歲正月十二日天門冬酒熟予自漉之且漉且嘗遂以大醉二首〔一〕

其　一

自撥牀頭一甕雲，幽人先已醉濃芬。天門冬熟新年喜，麴米春香並舍聞。公自注：杜子美詩云：聞道雲安麯米春。蓋酒名也。菜圃漸疎花一作「雲」漠漠，竹扉斜掩雨紛紛。擁裘睡覺知何處，吹面東風散縠紋。

〔一〕天門冬酒：《爾雅》：「蘠冬，一名滿（門）冬。」《抱朴子》：「門冬，（一）〔或〕名顛棘，可作散，絞其汁作酒，以服散，尤佳。楚人呼爲天門冬。」《本草》：「天門冬，根白或黄紫色，大如手指，可取汁作酒。」《山居要録》有造天門冬酒法。

慎按：《枕中記·服食法》云：采天門冬根食之，去三蟲伏屍。後一段云：釀酒，初熟微酸，久停則香美，諸酒不及也。新刻本引注舛訛，施氏原本所無也。今補注駁正。

其二

載酒無人過子雲，年來家醖有奇芬。醉鄉杳杳誰同夢，睡息齁齁得自聞。口業向詩一本作「時」，訛猶小小，眼花因酒一本作「醉」尚紛紛。點燈更試淮南語，汎溢東風有縠紋〔一〕。

〔一〕汎溢東風：《周禮·酒正》：「辨五齊之名，一曰泛齊。」鄭康成注云：「泛者，成而滓浮泛泛然，如今宜城醪。」《埤雅》引《造化權輿》云：「東風，東方之風氣也。故涷非東風不能解，泛非東風不能溢。」

追和戊寅歲上元〔一〕

賓一作「春」鴻社燕巧相違〔二〕，白鶴峰頭白板扉。石建方欣洗牏厠〔三〕，姜龐不解嘆蚾一作「蟰」蛸。一龕京口嗟春夢，萬炬錢塘憶夜歸。合浦賣珠無復有，當年笑我泣牛衣〔四〕。

〔一〕戊寅上元：詩見四十二卷中。

〔二〕賓鴻：《苕溪詩話》：「坡翁（詩）『（賓鴻）社燕巧相違』，《月令》『鴻雁來賓』事，嘗疑人未曾用。及觀劉夢得詩：『暮霞千萬狀，賓鴻次第飛。』顧况云：『安得凌風翰，肅肅賓天京。』老杜云：『別浦雁賓秋。』（知古人必有所本也）」

〔三〕牏厠：《〔石林〕詩話（總龜）》云：「古人用事，有趁筆快意而誤者。子瞻詩『石建方欣洗牏厠』，據《漢書》，本作『厠牏』，蓋中衣也。二字義不應顛倒用。」

〔四〕牛衣：《漢書·王章傳》注：「牛衣，龍具也。《演繁露》：『龍具之制，不知何若。案，《食貨志》：「董仲舒曰：貧民常衣牛馬之衣。」則牛衣者，編草使暖以被牛體，蓋蓑衣之類。』」

按：本集先生自題此詩後云：「戊寅上元在儋耳，過子夜出，余獨守舍，作『違』字韻詩。今庚辰上元，已再期矣。家在惠州白鶴峰下，過子不眷婦子，從余此來，其婦亦篤孝，悵然感之，故和前篇，有『石建』、『姜龐』之句。又，復悼懷同安君，末章故復有『牛衣』之句，悲君亡而喜子存也。」

和陶雜詩十一首

其一

斜日照孤隙，始知空有塵。微風動衆竅，誰信我忘身。一笑問兒子，與汝定何親。從我來海南一本作「南海」，幽絶無四隣。耿耿如缺月，獨與長庚晨〔一〕。此道固應爾，不當怨尤人。

〔一〕缺月、長庚：韓愈詩：「東方未明大星没，惟有太白配殘月。」

其二

故山不可到，飛夢隔五嶺。真游有黄庭，閉目寓兩景。室空無可照，火滅膏自冷。披衣起視夜，海闊河漢永。西窗半明月，散亂梧楸影。良辰不可繫，逝水無留一本作「由」，詭騁。我苗期後枯〔一〕，持此一念静。

〔一〕後枯：嵇康《養生論》：「爲稼於湯之世，必一溉者後枯。」

其　三

真人有妙觀，俗子多妄量。區區勸粒食，此豈知子房。我非徒跣相，終老懷未央。兔死縛淮陰，狗功指平陽。哀哉亦可羞，世俗皆羊腸。

其　四

相如偶一官，（强）〔嗤〕鄙蜀父老。不記犢鼻時，滌器混傭保〔一〕。著書曾幾何一作「許」，渴肺灰土燥〔二〕。琴臺有遺魄〔三〕，笑我歸不早。作書遺故人，皎皎我懷抱。餘生幸無愧，可與君平道。

〔一〕犢鼻、滌器：《漢書·司馬相如傳》：「相如之臨邛，盡賣車騎，買酒舍，乃令文君當壚，相如身自著犢鼻褌，與傭保雜作，滌器於市中。」

〔二〕渴肺：《相如傳》：「相如口吃而善著書，常有消渴病。」

〔三〕琴臺：王褒《益州記》：「相如宅在笮橋北。李膺云：『市橋西二百步，得相如舊宅，南有琴臺故墟。』《方輿勝覽》：『琴臺後爲金花寺。城内者非其舊也，即今之金泉舖是矣。』」

其五

孟德黠老狐，姦言嗾鴻豫。哀哉喪亂世，梟鸞各騰翥〔一〕。逝者知幾人，文舉獨不去。天方斲漢室，豈計一郗慮。昆蟲正相齧，廼比藺相如去聲。我知公所坐，大名難久住。細德方險微〔二〕，豈有容公處。既往不可悔，庶爲來者懼。

〔一〕梟鸞：《史記·賈生傳》：「嗚呼哀哉，逢時不祥，鸞鳳伏竄兮，鴟梟翱翔。」

〔二〕細德險微：《賈生傳·弔屈原賦》：「見細德之險微兮，摇增翮逝而去之。」施氏原注引句錯訛，今補注。

其六

博大古真人，老聃關尹喜。獨立萬物表，長生乃餘事。稚川差可近，倘有接物意。我頃登羅浮，物色恐相值。徘徊朱明洞，沙水自清駛。滿把菖蒲根，歎息復棄置。

其七

藍喬一本作「橋」，訛近得道〔一〕，常苦世褊迫。西游王屋山，不踐長安陌。爾來寧復見，鳥道度太白。昔與吴遠遊，同藏一瓢窄。潮陽隔雲海，歲晚倘見客。伐薪供養火〔二〕，看作棲鳳宅。

〔一〕藍喬：吴子野曾與藍喬同客曾魯公家，見子由詩注。

〔二〕養火：孫思邈《七返丹砂法》：「用六一泥固（劑）〔濟〕訖，以文火漸（養）〔燒〕，數至六七日，即武火一日，成。如此七轉，堪服。其火每轉須減損之，不減，恐藥不住也。」

其八

南榮晚聞道〔一〕，未肯化庚桑。陶頑鑄强獷，枉費塵與糠。越子古成之，韓生教休糧。參同得靈鑰〔二〕，九鎖一作「鏁」啓伯陽〔三〕。鵾城見諸孫，貧苦我爲傷。空餘焦先室，不傳元化方。遺像似李白，一奠臨江觴。

〔一〕南榮：《莊子》：庚桑子謂南榮趎曰：「今吾才小，不足以化子，胡不南見老子？」

〔二〕靈鑰：道書真一子有《還丹内象金鑰匙》一卷。

〔三〕伯陽：《神仙傳》：「魏伯陽，吴人也。性好道術，後與弟子三人作丹，丹成。知弟子心懷（未）〔不〕盡，乃試之曰：『丹雖成，（宜）〔當〕先（與犬）試之〔犬〕。』乃與犬食，即死。弟子曰：『先生當服之否？』伯陽曰：『吾委家入山，不得道，亦（恥）〔不〕復還。』乃服丹，入口即死。弟子相謂曰：『作丹以求長生，服之即死，奈何？』獨一弟子曰：『吾師非（常）〔凡〕人也，服（此）〔丹〕即死，得無意乎？』(因取丹)〔亦乃〕服(之)〔丹〕，(亦)〔即復〕死。二弟子乃出山，欲爲伯陽求棺木。二子去後，伯陽即起，將所服丹納死弟子及犬口中，皆起，遂皆仙去。伯陽作《參同契》，五行相類，凡三十卷。假爻象以論作丹之意。」

其九

餘齡難把玩〔一〕，妙解寄筆端。常恐抱永嘆，不及邱明還。親友復勸我，放心餞華顛。虚名非我有，至味知誰餐。思我無所思，安能觀諸緣。已矣復何嘆，舊説《易》兩篇。

〔一〕把玩：柳子厚文：「前過三十〔七〕年，與瞬息無異。後所得者，其不足把玩，亦已審矣。」

其十

中韓本自聖，陋古不復稽。巨君縱獨慾，借經作巖崖。遂令青衿子，珠璧人人懷。鑿齒井蛙耳，信謂天可彌。大道久分裂，破碎日愈離。我如終不言，誰悟角與羈〔一〕。吾琴豈得已，昭氏有成虧。

〔一〕角羈：《禮記·内則》：「三月之末，擇日翦髮爲鬌，男角女羈。」注：「夾囟曰角，午達曰羈。」疏云：「夾囟兩旁，當角之處，留髮不翦，一從一横，曰午。今女翦髮，留其頂上，從横各一，相交通達，故曰午達。不如兩角相對，但從横各一在頂上，故曰羈。羈者，隻也。」

其十一

我昔登朐山〔一〕，出日觀滄涼。欲濟東海縣，恨無石橋梁。今兹黎母國，何異于公鄉〔二〕。蠔浦既黏山，暑退亦飛霜。所欣非自謂〔三〕，不怨道里長。

〔一〕朐山：《太平寰宇記》：「大海在海州城東（十五）〔二十八〕里，南接朐山縣界，北接懷仁縣界。」《志》云：朐山在城南四里，始皇東巡，立石東海上朐界中，以爲秦東門。

〔二〕于公鄉：《海州志》：孝婦冢在郯城，孝婦竇氏。于公，郯人，爲郡決曹，以争孝婦獄，辭疾去。故居在東海城北十里，名于公浦。按，于公鄉即此地也。

〔三〕自謂：柳宗元詩：「高歌反故室，自謂非所欣。」

愼按：吴中新刻本淵明《雜詩》，凡十二首，其末章用「理」字韻，止六句，疑非全作，先生亦缺和詩。

和陶始作鎮軍參軍經曲阿

虞人非其招，欲往畏簡書。穆生責醴酒，先見我不如。江左古弱國，强臣擅天衢。淵明墮詩酒，遂與功名疎。我生值良時，朱金義當紆。天命適如此，幸收廢棄餘。獨有愧此翁，大名難久居〔一〕。不思犧牛龜，兼取熊掌魚。北郊有大賚〔二〕，南冠解囚拘。眷言羅浮下，白鶴返故廬。

〔一〕大名難久居：《史記·越世家》：「范蠡〔曰〕〔以爲〕大名之下，難以久居。」

〔二〕北郊：《宋史·禮志·北郊》：「方邱，配帝、神州、岳鎮、海瀆七十一位，壇在宫城之北。以夏至祭皇地祇。别爲壇於北郊，以孟冬祭。元祐七年冬，哲宗親祠，遂合祭天地。建中靖國元年，曾布主北郊之説，遂罷合祭。」

慎按：《宋史·徽宗本紀》：「元符三年庚辰，正月，即位，二月，始聽政。四月，范純仁等復宫觀，蘇軾等徙内郡。」是年未嘗舉郊祀之典。明年辛巳，改元建中靖國，十一月乃合祀天地於圜邱，時先生已没矣。今詩云「北郊有大賚」，蓋謂新君即位，例當有郊祀恩赦耳。

桃花源并引

世傳桃源事，多過其實。考淵明所記，止言先世避秦亂來此。則漁人所見，似是其子孫，非秦人不死者也。又云「殺雞作食」，豈有仙而殺者乎？舊説南陽有菊水，水甘而芳，居民三十餘家，飲其水，皆壽，或至百二三十歲。蜀青城山老人村，有見五世孫者。道極險遠，生不識鹽醯，而溪中多枸杞，根如龍蛇，飲其水，故壽。近歲道稍通，漸能致五味，而壽益衰。桃源蓋此比也歟！使武陵太守得而至焉，則已化爲争奪之場久矣！嘗意天壤間若此者甚衆，不獨桃源。予在潁州，夢至一官府，人物與俗間不異，而山川清遠，有足樂者。顧視堂上，榜曰「仇池」，覺而念之，仇池，武都氏故地，楊難當所保，余何爲居之？明日，以問客。客有趙令時德麟者，曰：「公何問此？此乃福地，小有洞天之附庸也。杜子美蓋云：『萬古仇池穴，潛通小有天。』」他日，工部侍郎王欽臣仲至謂余曰：「吾嘗奉使過仇池，有九十九泉，萬山環之，可以避世，如桃源也。」

凡聖無異居，清濁共此世。心閒偶自見，念起忽已逝。欲知真一處，要使六用廢。桃源信不遠，杖藜可小憩。躬耕一本作「耘」任地力，絶學抱天藝。臂雞有時鳴，尻駕無可税。苓龜亦晨吸，杞狗或夜吠。耘樵得甘芳，齕齧謝炮製。子驥雖形隔，淵明已心詣。高山不難越，淺水何足厲。不如我仇池，高舉復幾歲。從來一生死，近又等一作「算」，訛癡慧。蒲澗安期境，羅浮稚川界。夢往從之遊，神交發吾蔽。桃花滿庭下，流水在户外。却笑逃秦人，有畏非真契。

和歸去來兮詞并引

子瞻謫居昌化，追和淵明《歸去來詞》，蓋以無何有之鄉爲家，雖在海外，未嘗不歸云爾。

歸去來兮，吾方南遷安得歸！卧江海之澒洞，弔鼓角之悽悲。迹泥蟠而愈深，時電往而莫追。懷西南之歸路，夢良是而覺非。悟此生之何常，猶寒暑之異衣。豈襲裘而念葛？蓋得觕而喪微。我歸甚易，非馳非奔。俯仰還家，下車闔門。藩垣雖缺，堂室故存。挹吾天醴，注之窪尊。飲月露以洗心，飡朝霞而眩顔。混客主而爲一，俾婦姑之相安。知盗竊之何有，乃掊門而折關。廓圜鏡以外照，納萬象而中觀。治廢井以晨汲，滃百泉之夜還。守静極以自作，時爵躍而鯢桓。歸去來兮，請終老於斯游。我先人之敝廬，復舍此而焉求？均海南與漢北，挈往來而無憂。畸人告予以一言，非八卦與九疇。方饑須糧，已濟無舟。忽人牛之皆喪，但喬木與高丘。驚六用之無成，自一根之返流。望故家而求息，曷中道之三休？已矣乎，吾生有命歸有時，我初無行亦無留。駕言隨子聽所之，豈以師南華而廢從安期？謂湯稼之終枯，遂不溉而不耔。師淵明之雅放，和百篇之新詩。賦《歸來》之清引，我其後身蓋無疑。

余喜淵明歸去來辭因集字爲十詩一本題云「集歸去來詩十首」。

其一

命駕欲何向，欣欣春木榮。世人無往復，鄉老有逢迎。雲外流泉遠，風前飛鳥輕。相攜就衡宇，酌酒話交情。

其二

涉世恨形役，告休成老夫。良欣就歸路，不復向迷途。去去徑猶一作「有」菊，行行田欲蕪。情親有還往，清酒引尊壺。

其三

與世不相入，膝琴聊自一作「盡」歡。風光歸笑傲，雲物寄游觀。言話審無倦，心懷良獨安。東皋清有趣，植杖日盤桓。

其　四

世事非吾事，駕言歸路尋。向時迷有命，今日悟無心。庭内菊歸酒，窗前風入琴。寓形知已老，猶未倦登臨。

其　五

雲岫不知遠，巾車行復前。僕夫尋老木，童子引清泉。矯首獨傲世，委心還樂天。農夫告春事，扶老向良田。

其　六

富貴良非願，鄉關歸去休。携琴已尋壑，載酒復經邱。翳翳景將入，涓涓泉欲流。農夫人不樂，我獨與之游。

其　七

觴酒命童僕，言歸無復留。輕車尋絶壑，孤棹入清流。乘化欲一作「亦」安命，息交還絶游。

琴書樂三徑，老矣亦何求。

其八

歸去復歸去，帝鄉安可期。鳥還知已倦，雲出欲何之。入室還携幼，臨流亦賦詩。春風吹獨立，不是傲親知。

其九

役役倦人事，來歸車載奔。征夫問前路，稚子候衡門。入息亦詩策，出游常酒尊。交親書已絶，雲壑自相存。

其十

寄傲疑今是，求榮感一作「定」昨非。聊欣尊有酒，不恨室無衣。邱壑世情遠，田園生事微。柯庭還獨盻別作「睡」，訛，時有鳥歸飛。

慎按：施氏原本《和陶詩》二卷，凡一百零五首，《歸去來辭》亦在數内，此十章，向不載《和陶》卷中。今從新刻本采録，又增入補遺二章。自《飲酒》二十首起，至此止，分編各卷，共一百三十三首，而《歸去來辭》不與焉。《西清詩話》云：淵明又有《問來使》詩，云：「爾從〔山〕中〔山〕來，早晚發天目。我屋南山下，今生幾叢菊。薔薇葉已抽，秋蘭氣當馥。歸去來山中，山中酒應熟。」此詩《陶集》中不載，蓋疑天目非陶居。然太白詩云：「陶令歸去來，田家酒應熟。」乃用此耳。洪邁《對雨編》亦云。先生想未見原詩，故缺和章耳。

附黄魯直《跋子瞻和陶詩一首》：

子瞻謫嶺南，時宰欲殺之。飽喫惠州飯，細和淵明詩。彭澤千載人，東坡百世士。出處雖不同，風味乃相似。

按：東坡《和陶》詩，起於揚州，終於儋州。在惠州作者不過十分之三、四，而山谷云：飽喫惠州飯，細和淵明詩。蓋未加詳考耳。

題過所畫枯木竹石三首

其一

老可能爲竹寫真，小坡今與石傳神。山僧自覺菩提長，心境都將赴卧輪。

附黄魯直次韻一首：

眼入毫端寫竹真，枝掀葉舉是精神。因知幻化出無象，問取人間老斵輪。

按：《山谷集》次韻止此一首，後二首缺和。

其　二

散木支離得自全，交柯蚴蟉欲相纏。不須更説能鳴雁，要以空中得盡年。

按：《聲畫集》云：「一本此首係第一篇。」

其　三

倦看澀勒暗蠻村，亂棘孤藤束瘴根。惟有長身六君子，猗猗（一作「依依」）猶得似淇園。

真一酒歌并引

布算以步五星，不如仰觀之捷；吹律以求中聲，不如耳齊之審。鉛汞以爲藥〔一〕，策《易》以候火〔二〕，不如天造之真也。是故神宅空樂出虛蹋踘者以氣升，孰能推是類以求天造之藥乎？於此有物，其名曰真一〔三〕。遠遊先生方治此道〔四〕，不飲不食，而飲此酒，食此藥，居此堂。予亦竊其一二，故作《真一之歌》。

空中細莖插天芒，不生沮澤生陵岡。涉閱四氣更六陽，森然不受螟與蝗。飛龍御月作秋涼〔五〕，蒼波改色屯雲黄。天旋雷動玉塵香，起搜十裂照坐光。跏趺牛噍安且詳，動摇天關出瓊漿〔六〕。壬公飛空丁女藏，三伏遇井了不嘗。釀爲真一和而莊，三杯儼如侍君王。湛然寂照非楚狂〔七〕，終身不入無功鄉。

〔一〕鉛汞：《金丹訣》：「還丹交媾，不出於水火金木上。丹基在一，但辨得真鉛真汞二物。真陰真陽大道也。」又云：「修至藥，須用真鉛汞。修丹不悟真一之理，互説金石爲藥。又不得節符火候，還丹因何而立乎？」

〔二〕策《易》候火：《金丹訣》：「夫託《易》象，藥不須觔，立三百〔六〕〔八〕十四銖，象月兩弦，上下對望二八十六，故立一十六兩，剩少即不合爻象，節符用事也。」又云：「起伏法，象陽符陰符，藥物並不得逾觔，故合大衍一周，周而復始，乾坤大理，運軸大數，又合乾策二百一十六，坤策百四十四，總喻合天符行度之數。即火符自然五日一候，足當用五爻，十符。十日兩候，足當用十爻，二十符。十五日三候，足當用十五爻，三十符。終亥起子，進退加爻藏伏，時節乃合，天道參同自然，須依更漏用火，即合符不差。」

〔三〕真一：《雲笈七籤》：《三元真一經》云：「變氣布結，神得以靈，衆真歸一，而元功成焉。此元氣之根始也。」

〔四〕遠遊：即吴子野，本集有《吴子野絶粒不睡》詩，見前。

〔五〕飛龍御月：《大還丹秘契圖》云：三月《夬》卦，五陽爻。斗建辰支應戌時，象九五飛龍在天，得其志也。

〔六〕天關：《黄庭經》：「三關之中精氣(微)〔深〕，口爲(天)〔心〕關精神機。」

〔七〕楚狂：《列仙傳》：「陸通者，楚狂接輿也，好養(性)〔生〕，游諸名山。」

慎按：此詩大意取道家三一還丹之訣，借題以寓言。「空中細莖插天芒」以下六句，言麥得四時之氣以成，故性温和也。「天旋雷動玉塵香」二句，屑麥造麴法也。「蹦趺牛噍安且詳」至末，雜記蒸米、釀酒，及釀成後品格香味，飲之可解渴而不可醉也。通篇大指如此，但前後錯落，如羚羊挂角，無迹可求耳。

慎按：本集《雜記·〔記授真一酒法〕》云：「予在白鶴新居，鄧道士忽叩門。時已三鼓，月色如霜。有携斗酒、丰神英發如吕洞賓者，曰：『子嘗真一酒乎？』就坐，各飲數杯，擊節高歌。袖出一書授余，乃《真一法》及《修養九事》，末云『九霞仙人李靖書』。既別，恍然。」〔《真一酒法》〕又云：「嶺南不禁酒，近得一釀法，乃是神授。只用白麪、糯米、清水三物，謂之真一法酒。釀成玉色，有自然香味。(紹聖三年五月望日，敬造真一法酒成，請羅浮道士鄧守安拜奠北斗真君。)」云云。據此，則此詩當是惠州作，而蘇氏原本編入「海外」卷中，或釀酒在惠州，作歌則在儋州，未可知也。今仍其舊。

汲江煎茶

活水還須活火烹〔一〕，自臨釣石取深清。大瓢貯月歸春甕，小杓分江入夜瓶。雪乳一作「茶雨」已翻煎處脚，松風忽作瀉時聲。枯腸未易禁三椀，坐一作「卧」聽荒城長短更。

〔一〕活火：《砦溪詩話》：「唐趙璘述《因話録》，載其家兵部君（約）性嗜茶，能自煎，嘗謂人曰：『茶須緩火炙，活火煎。』東坡詩（蓋）〔亦〕用此。」施氏原注亦引此條，末云：「活火謂炭之焰也。」諸刻本皆不云「公自注」，新刻不知何所據，今删去。

按：楊誠齋極賞此詩，謂一篇之中句句皆奇，一句之中字字皆奇。

贈李兕彦威秀才《外集》題中無「彦」字。

魏王大瓢實五石，種成濩落將安適？可憐公子持十牛，海上三年竟何得。先生少負不羈才，從軍數到單于臺。天山直欲三箭取，白衣將軍何人哉。夜逢怪石曾飲羽，戲中戟枝何足數。誓將馬革裹尸還，肯學班超苦兒女。封侯衛、霍知幾許，老矣先生困羈旅。酒酣聊復説平生，結襪猶堪一再鼓。棄書捐劍學萬人，紈袴儒冠皆誤身。窮途政似不龜手，與世羞爲西子顰。如今唯有談天口，雲夢胸中吞八九。世間萬事寄黄粱，且與先生説烏有。

戲贈孫公素

披扇當年笑温嶠，握刀晚歲戰劉郎。不須戚戚如馮衍，便與時時説李陽。

愼按：以上二首，施氏原本不載。《外集》編《南海》卷中，今從之。

儋耳

霹靂收威暮雨開，獨憑闌檻倚崔嵬。垂天雌霓雲端下，快意雄風海上來。野老已歌豐歲語，除書欲放逐臣回。殘年飽飯東坡老，一壑能專萬事灰〔一〕。

〔一〕一壑能專：按，《漢書·叙傳》：「漁釣於一壑，則萬物莫奸其志。」王介甫用其意，作詩曰：「我亦暮年專一壑。」陳後山詩亦有「他日入東專一壑」之句。

愼按：此詩施氏原本不載，今從新刻《續補》下卷移編於此。

余來儋耳得吠狗曰烏觜甚猛而馴隨予遷合浦過澄邁泅而濟路人皆驚戲爲作此詩

烏喙本海獒，幸我爲之主。食餘已瓠肥，終不憂鼎俎。晝馴識賓客，夜悍爲門户。知我當北還，掉尾喜欲舞。跳踉趁童僕，吐舌喘汗雨。長橋不肯躡，徑渡清深浦。拍浮似鵝鴨，登岸劇虓虎。盜肉亦小疵，鞭箠當貰汝。再拜謝厚恩，天不遣言語〔一〕。何當寄家書，黄耳定乃祖〔二〕。

〔一〕天不遺言：元稹《望雲騅歌》：「色沮聲悲仰天訴，天不遺言君未識。」

〔二〕黄耳：《晉書·陸機傳》：「有駿犬名黄耳，既羈，寓京師，久無家問，乃以竹筒盛書，繫其頸。犬尋路南走，遂至其家，得報還洛，因以爲常。」

澄邁〔一〕驛通潮閣二首〔二〕

其一

倦客愁聞歸路遥，眼明一作「前」飛閣俯長橋。貪看白鷺横秋浦，不覺青林没晚潮。

〔一〕澄邁：《太平寰宇記》：「澄邁縣在舊崖州西九十里。隋置縣，以邁山爲名。」按《志》，縣西又有澄江，故名。

〔二〕通潮閣：《名勝志》：「通潮閣乃澄邁驛閣也。」《舊志》：通潮閣，一名通明閣，在澄邁縣西。

其二

餘生欲老海南村，帝遣巫陽招我魂。杳杳天低鶻没處，青山一髮是中原。

洞酌亭并引

瓊山郡東〔一〕，衆泉觱發，然皆冽而不食。丁丑歲六月，南遷過瓊，始得雙泉之甘於城之東北隅。以告其人，自是汲者常滿。泉相去咫尺而異味。庚辰歲六月十七日，遷於合浦，復過之。太守承議郎陸公求泉上之亭名與詩，名之曰「洞酌」，其詩曰：洞酌一本有「彼」字兩泉，挹彼注兹。一瓶之中，有澠有淄。以瀹以烹，衆喊莫齊。自江徂海，浩然無私。豈弟君子，江海是儀。既味我泉，亦嚌我詩。

〔一〕瓊山郡：《九域志》：廣南西路瓊州瓊山郡，軍事，去東京八千五百里，西南至昌化軍四百三十里，東北至雷州五百九十里，西北至海十三里。

六一本作「九」，訛月二十日夜渡海〔一〕

參横斗轉欲三更，苦雨終風也解晴。雲散月明誰點綴，天容海色本澄清。空餘魯叟乘桴意，粗識一本作「無復」軒轅奏樂聲。九死南荒吾不恨，兹游奇絶冠平生。

〔一〕渡海：王氏《交廣春秋》：「朱崖、儋耳，大海中極南之外，對合浦徐聞縣。清朗無風之日，遥望朱崖州，如囷廩大。從徐聞對渡，北風舉帆，一日一夜而至。周圍二千餘里，徑渡八百里。」《太平寰宇記》：「（朱）〔珠〕崖去雷州徐聞縣隔一小海。」

慎按：方回《瀛奎律髓》謂此詩「紹聖四年責儋州時作，六月二十渡海，七月十三日至儋」云云。以余考之，訛也。本集《和淵明移居詩序》云：「丁丑，余謫海南，子由亦謫雷州。五月十一日相遇於藤，同行至雷。六月十一日與子由相别渡海。」則南遷時渡海乃六月十一日，非二十日也。又，按本集《到昌化軍謝表》，至儋州在七月二日，亦非十三日也。今從施氏原本，定爲北歸時作。

自雷適廉〔一〕宿於興廉村净行院〔二〕

荒凉海南北，佛舍如雞棲。忽行一作「此」榕林中，跨空飛栱枅。當門洌碧井，洗我兩足泥。高堂磨新甎，洞户分角圭。倒牀便甘寢〔三〕，鼻息如虹霓。童僕不肯去，我爲半日稽。晨登一葉舟，醉兀十里溪。醒來知何處，歸路老更迷。

〔一〕自雷適廉：按，《宋史》：「元符三年正月，徽宗即位。四月，蘇軾等徙内郡。」傅藻《紀年録》：「庚辰五月，被命移廉州安置。」本集《廉州謝表》有「許承恩而内徙」之句。六月晦日，碇大海中，有小記一條。又有《七月四日渡合浦記》，云：「余自海康適合浦，連日大雨，水無津涯。自興廉净行院下乘小舟至官寨，聞自此而西皆漲水。或勸乘蜑船並海即白石。」云云。施氏原注亦云：「六月離儋耳，七月四日至廉州。」與此正合。〔《名勝志·廣東名勝志·廉州府》〕：「《元和郡縣志》：『今廉州即漢合浦郡理。』《唐書》：『貞觀八年，改合浦郡爲廉州，取大廉洞爲名。』《宋朝會要》：『開寶五年，移廉州治於長沙塲。太平興國八年，廢州，置太平軍於海門鎮。咸平元年，復爲廉州。』《舊志》：『東漢費貽爲合浦守，政治清簡，民懷其德。合浦江山皆名「廉」者，以貽之故也。』」

〔二〕興廉村：《廣州志》：合浦縣有興廉坊、净行院，今廢。

〔三〕甘寢：韓愈詩：倒身甘寢百疾愈。

雨夜宿净行院

芒鞋不踏利名場，一葉輕一作「虛」舟寄淼茫。林下對牀聽夜雨，静無燈火照凄涼一本作「僧房」。

慎按：此詩施氏原本不載，今從新刻《續補》下卷因題附編。

廉州龍眼質味殊絶可敵荔支

龍眼與荔支〔一〕，異出同父祖。端如甘與橘〔二〕，未易相可否〔三〕。異哉西海濱，琪樹羅玄圃。纍纍似桃李，一一流膏乳。坐疑星隕空，又恐珠還浦。圖經未嘗説，玉食遠莫數。獨使一作「有」皺皮生，弄色映琱俎。蠻荒非汝辱，幸免妃子污。

〔一〕龍眼：《南方草木狀》：「龍眼樹如荔支，但枝葉稍小。殼青黃色，肉白而帶漿，一朵五六十顆，作穗葡萄。荔支過即龍眼熟，故謂之荔支奴。魏文帝詔：『南方果之珍異者，有龍眼、荔支，令歲貢焉。』」

〔二〕甘橘：韓彦直《橘録序》云：「橘（生）〔出〕温郡，甘乃其别種。甘自别爲八種，橘又自别爲一十四種。」

〔三〕可否：按，「否」字，《廣韻》載「四紙」者，符鄙切，載「有」韻者，方久切，未有入「七麌」者。考之他人詩亦然，不知先生何據。

合浦〔一〕愈上人〔二〕以詩名嶺外將訪道南岳留詩壁上云閒伴孤雲自在飛東坡居士過其精舍戲和其韻

孤雲出岫豈求伴，錫杖凌空自要飛。爲問庭松尚西指，不知老奘幾時歸〔三〕。

〔一〕合浦：（輿地廣記）〔《元豐九域志》卷九〕：「廣南西路廉州，領縣二，其一爲合浦。」《太平寰宇記》：漢舊縣。太平興國中，省入石康縣。咸平元年，復置。

〔二〕愈上人：未詳。

〔三〕老奘：《舊唐書》：「玄奘，姓陳氏，偃師人，大業末出家。博涉經論，嘗謂翻譯者多訛謬，故就西域，廣求異本，以參驗之。貞觀初，往游西域，經百餘國，撰《西域記》十二卷。十九年，歸京師。」《續高僧傳》：玄奘，本名禕，陳仲弓之後。貞觀中歸自西域，奉詔翻譯經論七十三部，一千三百三十卷。

愼按：施氏原注：「此詩墨跡，公自題其後云：『元符三年八月十日。』」新刻删去，「『不知老咲幾時歸』，墨蹟作『幾年』。」今補録。

梅聖俞之客歐陽晦夫使工畫茅菴已居其巾一琴横牀而已曹子方作詩四韻僕和之云〔一〕

寂莫王子猷，回船剡溪路。迢遥戴安道，雪夕誰與度。倒披王恭氅，半掩袁安户。應調折絃琴〔二〕，自和撚須句〔三〕。

〔一〕歐陽晦夫：《困學紀聞》：「晦夫名闢，桂州人。梅聖俞有詩送之，云：『我家無梧桐，安可久棲鳳？』東坡南遷，至合浦，晦夫時爲石康令，出其詩稿數十幅。事見《桂林志》。注坡詩者，以爲文忠之族，非也。」○愼按，《百斛明珠》載東坡題跋，有《書梅聖俞贈歐陽闕詩後》一段，所載晦夫之名，訛作「闕」。考《宛陵集》與《困學紀聞》，同應作「闢」。又按，《百斛明珠》記先生《題聖俞詩後》云：「『客心如萌芽，忽與春風動。又隨落花飛，去作江南夢。我家無梧桐，安可久棲鳳？』右宛陵先生梅聖俞送晦夫詩。先君與聖俞游，時余與子由年甚少，世未有知者，聖俞亟稱之。家有老人泉，聖俞作詩云：『歲月不知老，家有雛鳳凰。百鳥戢其翼，不敢呈文章。』聖俞没今四十年矣，過合浦，見其門人歐陽晦夫，出所爲送行詩。晦夫年六十六，余尚少一歲，鬚鬢皆皓然，固窮亦略相似，於是執手大笑，曰：『聖俞所謂鳳者，例如是哉！』元符三年月日。」

〔二〕折絃：賈島詩：「坐聞西牀琴，凍折兩三絃。」

〔三〕撚鬚句：《談苑》：唐盧延讓詩：「吟安一箇字，撚斷數莖鬚。」

歐陽晦夫惠琴枕

中郎不眠仰看屋〔一〕，得此古椽圍尺竹〔二〕。輪囷濩落非笛用，剖作袖琴徽軫足。流傳幾處到淵明，卧枕綸巾酒新漉。孤鸞別鵠一作「鶴」誰復聞〔三〕，鼻息齁齁自成曲。

〔一〕仰看屋：《漢書·蓋寬饒傳》：「在許伯座，仰視屋而嘆。」《南史·梁衡山侯恭傳》：「仰眠牀上，看梁屋而著書。千秋萬歲，誰傳此者？」

〔二〕圍尺竹：劉禹錫詩：「青松鬱成塢，修竹盈尺圍。」

〔三〕孤鸞別鵠：陶淵明詩：「知我故來意，取琴爲我彈。上絃驚別鵠，下絃離孤鸞。」

琴枕

清眸作金徽，素齒爲玉軫。響泉竟何用，金帶常苦窘。斕斑漬珠泪，宛轉堆雲鬢。君若安七絃，應彈卓氏引。

慎按：此詩施氏原本不載，今從新刻《續補》上卷因題附録。

留别廉守[一]

編萑別本作「萑」，非以苴豬，墐塗以塗之。小餅如嚼月，中有酥與飴。懸知合浦人，長誦東坡詩。好在真一酒，爲我醉宗資。

〔一〕廉守：傅藻《紀年録》載廉守張左藏，而逸其名。當是從武職改知州者。

鉼　笙并引

庚辰八月二十八日，劉幾仲餞飲東坡[一]。中觴，聞笙簫聲，杳杳若在雲霄間，抑揚往返，粗中音節。徐而察之，則出於雙鉼，水火相得，自然吟嘯。蓋食頃乃已。坐客驚嘆，得未曾有，請作《鉼笙》詩記之。

孤松吟風細泠泠，獨繭長繅女媧笙[二]。陋哉石鼎逢彌明[三]，蚯蚓竅作蒼蠅聲。鉼中宫商自相賡，昭文無虧亦無成[四]。東坡醉熟呼不醒，但云作勞吾耳鳴。

〔一〕劉幾仲：爵里未詳。

〔二〕女媧笙：《禮記·明堂位》：「女媧之笙簧。」疏：「女媧氏，風姓，承庖犧制度，始作笙中簧。」

〔三〕石鼎：韓愈《石鼎聯句序》：「道士軒轅彌明與劉師服侯喜相遇，指石鼎賦詩，彌明云：『時於蚯蚓竅，微作蒼蠅鳴。』」

〔四〕無虧成：《莊子·齊物論》：「有成與虧，故昭氏之鼓琴；無成與虧，故昭氏之不鼓琴也。」

慎按：傅藻《紀年録》：先生於庚辰七月到廉，八月被命授舒州團練副使，移永州安置。其别廉月日自明，計其居廉州，不及兩月也。

歐陽晦夫遺接羅琴枕戲作此詩謝之

携兒過嶺今七年，晚一作「遠」途更著黎衣冠〔一〕。白頭穿林要藤帽，赤脚渡水須一作「愁」花縵。不愁故人驚絶倒，但使俚俗相恬安。見君合浦如夢寐，挽鬚握手俱汍瀾。妻縫接羅霧縠細，兒送琴枕冰徽寒。無弦且寄陶令意，倒載猶作山公看。我懷汝陰六一老，眉宇秀發如春巒。羽衣鶴氅古仙伯〔二〕，岌岌兩柱扶霜紈。至今畫像作此服，凛如退之加渥丹。爾來前輩皆鬼録，我亦帶脱巾欹寬。作詩頗似六一語，往往亦帶梅翁一作「公」酸。

〔一〕黎衣冠：《太平寰宇記》：「海南風俗，男子則髽首插梳，帶人齒爲瓔飾，績木皮爲衣。女人以五色布爲帽，以斑布爲裙，號曰都籠。」

〔二〕仙伯：杜甫詩：「諸公乃仙伯，杖藜長松陰。」

【校記】

一、《庚辰歲人日作時聞黄河已復北流老臣舊數論此今斯言乃驗二首·其二》注三引《淨名疏》云云，實轉引自法雲《翻譯名義集》卷五《增數譬喻篇》第五十三「三喻泡者」條與「四喻影者」條，初白合二者爲一條。

二、《追和戊寅歲上元》注三引《詩話總龜》云云，誤。《詩話總龜》無此引文，實出自葉夢得《石林詩話》。

三、《和陶雜詩十一首·其四》注三引王褒《益州記》、李膺云及《方輿勝覽》云云，均轉引自曹學佺《名勝志·四川名勝志》卷之二《成都府二》「司馬相如宅」條。

四、《和陶始作鎮軍參軍經曲阿》注二引《宋史·禮志·北郊》云云，按，《禮志·北郊》爲《宋史》第一百卷，而引文前二句「方邱配帝、神州、岳鎮、海瀆七十一位」一句則爲《宋史》第九十九卷《禮志·南郊》之文字，初白將兩卷之文字合而爲一。

五、《真一酒歌》注一引《金丹訣》云云，實轉引自張君房《雲笈七籤》卷六十三。其中「修至藥須用真鉛汞」一句，於原文乃在「還丹因何而立乎」一句之後。○注二引《金丹訣》云云，亦轉引自《雲笈七籤》卷六十三。

六、《六月二十日夜渡海》注一引王氏《交廣春秋》云云，實轉引自《水經注》卷三十六「温水」。

七、《自雷適廉宿於興廉村净行院》注一引《元和郡縣志》云云，《元和郡縣志》無此引文，實轉引自

《名勝志·廣東名勝志》卷之九《廉州府》。○同注下引《唐書》、《宋朝會要》、《舊志》云云，均轉引自《名勝志》上述同卷。

八、《合浦愈上人以詩名嶺外將訪道南岳留詩壁上云閒伴孤雲自在飛東坡居士過其精舍戲和其韻》注一引《輿地廣記》云云，誤，此段引文實出自宋王存《元豐九域志》卷九《廣南西路·廉州》。

九、《歐陽晦夫遺接羅琴枕戲作此詩謝之》注一引《太平寰宇記》云云，於原文實爲兩條，「男子則髽首插梳」至「績木皮爲衣」，出《太平寰宇記》卷一百六十九《瓊州》「風俗」。而「績木皮爲衣」於原文乃在「男子則髽首插梳」一句之前，初白删節而引，順文意而顛倒之。引文自「女人以五色布爲帽」至末，乃出《太平寰宇記》同卷《萬安州》「風俗」。

東坡先生編年詩卷四十四

古今體詩四十三首庚辰九月離廉州，歷藤、梧、廣、韶，是冬，在韶州度歲，明年辛巳正月度嶺作。

慎按：《年譜》謂先生於庚辰歲除度嶺，然考之《全集》，有《九成臺銘》及《南華長老題名》，乃建中靖國元年正月一日所作，則在韶州度歲可知。

次韻王鬱林〔一〕

晚途流落不堪言，海上春泥手自翻。漢使節空餘皓首，故侯瓜在有頹垣。平生多難非天意，此去殘年盡主恩。誤辱使臣相拉拭〔二〕，寧聞老鶴更乘軒。

〔一〕王鬱林：名失考。《輿地廣記》：「鬱林州，古蠻夷之地，秦立桂林郡，宋開寶七年，廢黨、牢二州，入鬱林。」《九域志》：「廣南西路鬱林郡，軍事，治南流縣，西南至廉州二百〔一十〕里。」

〔二〕拉拭：《漢書・朱博傳》：「爲左馮翊。長陵大姓尚方禁，少時嘗盜人妻，被斫，創著其頰，府功曹受其賂，白除禁調守尉。博聞知，以他事召見，視其面，果有瘢。博辟左右問禁：『是何等創也？』禁自知得情，叩頭伏狀。博笑曰：『大丈夫固時有是，馮翊欲灑卿恥，拉拭用禁，能自效不？』禁且喜且懼，對曰：『必死。』博因親信之，以爲耳目。」注云：「拉拭，摩也。」

藤州江上一作「下」夜起對月贈邵道士〔一〕

江月照我心，江水洗我肝。端如徑寸珠〔二〕，墮此白玉盤〔三〕。我心本如此，月滿江不湍。起舞者誰歟，莫作三人看。嶠南瘴癘一作「毒」地，有此江月寒。乃知天壤間，何人不清安。牀頭有白酒，盎若白露漙。獨醉還獨醒，夜氣清漫漫。仍呼邵道士，取琴月下彈。相將乘一葉，夜下蒼梧灘〔四〕。

〔一〕邵道士：名彦肅，見本集詩題下。

〔二〕徑寸珠：（雲笈七籤）〔《仇池筆記》卷下〕：「真人之心，如珠在淵。衆人之心，若瓢在水。」

〔三〕白玉盤：李白詩：「小時不識月，呼作白玉盤。」

〔四〕蒼梧灘：《漢書·地理志》：蒼梧，越地。元封五年，置十三州刺史。交州部七郡，蒼梧乃其一。《名勝志》：「藤江在藤縣。源出交阯，至邕州，左右江至此與繡江合，又東流至番禺入海。蘇子瞻繫舟藤城下，即此處也。有鴨兒灘，在縣南。金環灘，在峽內。」

徐元用使君〔一〕與其子端常邀僕與小兒過同游東別本作「金」，訛山浮金堂戲作此詩〔二〕

昔與徐使君，共賞錢塘春。愛此小天竺，時來中聖人。松如遷客老，酒似使君醇。繫舟藤城下，弄月鐔江濱〔三〕。江月夜夜好，山雲朝朝新。使君有令子，真是石麒麟。我子乃散材，有如木輪囷。二老白接䍦，兩郎烏角巾。醉卧松下石，扶歸江上津。浮橋半没水，揭此碧鱗鱗。

〔一〕徐元用：按，施氏原注：「元用名疇。」以余考之，「疇」當作「壔」，東坡倅杭時，壔爲仁和令，姓名載《咸淳臨安志》中，此詩起四句正記錢塘事。而稱「使君」，意此時徐爲藤守，復于此同游東山也。「疇」與「壔」，偏旁小異，兩處必有一訛。

〔二〕東山浮金堂：《名勝志》：「東山在藤縣東一里。鐔江在縣東南。唐武德初，有宣撫使至此艤舟，游慈聖寺。以金杯挹井水，杯墮井中。汲水至乾，不見杯。得一龜，長尺二寸。宣撫解紅帛繫其腰，放之井，祝曰：爾若有靈，當漲盃出。及歸至寺門，見龜踴躍塘内。次日游乾亨寺，忽見前杯自澗流出。是夜風浪忽起，船中有一寶劍浮水而去。乃名其地曰鐔津，亦曰劍江。」

〔三〕鐔江：注詳浮金堂下。

送鮮于都曹〔一〕歸蜀灌口舊居〔二〕

籋盡霜須照碧銅，依然春雪在長松。朝行犀浦〔三〕催收芋〔四〕，夜渡繩橋看伏龍〔五〕。莫嘆倦游無駟馬〔六〕，要將老健敵千鍾。子雲三世惟身在，爲向西南説病容。

〔一〕鮮于都曹：名字失考。

〔二〕灌口：《成都（志）〔記〕》：「江水自羊膊山，北連甘松，至於灌口。春耕之際，需之如金，曰金灌口。李膺《益州記》：「湔水路西七里灌口山，古所謂天彭闕也。」《元和郡縣志》：導江縣在成都府西，「縣西二十六里有灌口山、灌口鎮。漢文翁穿湔江溉灌，故名。」

〔三〕犀浦：《元和郡縣志》：「犀浦在成都縣界，垂拱中，置犀浦縣，（因）〔昔〕李冰所造石犀而名。」施氏原注云：「犀浦在郫縣。」不知何據。

〔四〕收芋：杜甫詩：「紫收岷嶺芋。」

〔五〕繩橋伏龍：《吴船録》：「橋之廣十二丈，（繩長一百二十丈，）上布竹笆；每數木以一架，挂橋於半空，大風過之，如漁人曬網，染家晾彩布之狀。須捨輿疾步，稍從容則震掉不可行。」〔《名勝志・灌縣》〕：「《方輿勝覽》：『繩橋前有翠圍山。』〔范石湖《離堆詩序》云〕：『沿江兩（岸）〔厓〕中斷，李冰鑿此以分江水，上有伏龍觀，是冰鎖孽龍處。』」

〔六〕倦游無駟馬：《漢書・司馬相如傳》：「長卿故倦游。」又，《華陽國志》載相如《題昇仙橋》云：

「不乘赤車駟馬，不過汝下也。」

書堂嶼

蒼山古木書堂嶼〔一〕，北出湘水百餘步。誰爲往來虧世界，至今人指安禪處。豈無驚蛇與飛鳥，後來那復知其趣。不知我身今是否，空記名稱在常住。

〔一〕書堂嶼：按《舊志》，書堂嶼有三，一在梧州，一在韶州曲江縣，一在仁化縣，未詳孰是。考《水經》，「湘水出零陵始（興）〔安〕縣。」注云：「湘、灕同源，分爲二水。南爲灕水，北則湘川。」今詩云「北出湘水百餘步」，當是梧州之書堂嶼矣。

慎按：此詩施氏原本不載，今從新刻《續補》遺上卷編次於此。

送邵道士彥肅還都嶠

乞得紛紛擾擾身，結茅都嶠與仙鄰〔一〕。少而寡欲顏常好，老不求名語益真。許邁有妻還學道，陶潛無酒亦從人。相隨十日還歸去，萬劫清游結此因。

〔一〕都嶠：司馬子微《天地宫府圖序》云：「三十六小洞天，第二十都嶠山洞，在容州普寧縣，仙人劉根治之。」《名勝志》：「都嶠山，在梧州容縣南山。有八峰，有南、北二洞，南洞寬廣平坦，北洞差狹，爲星壇者八。中峰絶頂，有中宫院。」

書韓幹二馬

赤髯碧眼老鮮卑，回策如縈獨善騎。赭一作「赬」，訛白紫騮俱絶世，馬中湛岳有妍姿。

觀大水望朝陽巖作〔一〕

朝陽巖前不結廬，下眺江水百步餘。春泉濺濺出乳竇，青莎白石半洿涂。不到津頭二三日，誰知江水漲天墟。遥望横盃不敢濟，巖口正有人罾魚。

〔一〕朝陽巖：元結《游朝陽巖記》云：「至零陵，愛其郭中有水石之異，泊舟尋之，得巖與洞。以其東向，遂以名之焉。」柳宗元記云：「由朝陽巖東南水行至蕪江，可取者三，莫如袁家渴。」《詩話總龜》：「朝陽巖在永州城南一里餘，下臨瀟水。元結（取）〔所〕名，（自爲）歌云：『朝陽巖下瀟水深，朝陽洞中寒泉清。零陵城郭夾瀟水，巖洞幽奇當郡城。』」施昱《游記》云：「出永州西門，舟行二里，不及百步至山頂，有上、下二巖。上巖石广聳植，石側一亭，曰觀瀾。過此再歷石磴數十級，乃至下巖，大江汩汩循其前。」

慎按：《紀年録》：先生於庚辰八月末到廉州，作木杮下水，歷容、藤至梧。是歲復有移永州之命。先生《謝表》亦云：「先自昌化貶所移廉州，又自廉州移舒州〔節度〕〔團練〕副使，永州居住。行至英州，復朝奉郎，提舉成都玉局觀。」云云。先生移永州之命，當在本年八月以後，其曾至永州與否，本集及《紀年録》皆無可考。可據者，止有此詩。而施氏原本又不載，《外集》載「杭州」卷中，不知所據。今從新刻《續補》上卷移編於此，俟再考。

將至廣州用過韻寄邁迨二子〔一〕一本無「二子」兩字。

皇天遣出家，臨老乃學道。北歸爲兒子，破戒堪一笑。披雲見天眼〔二〕，回首失海潦。鑾唱與黎歌，餘音猶杳杳。大兒牧衆稺，四歲守孤嶠。次子病學一作「藥」醫，三折乃粗曉。小兒耕且養，得暇爲書擾。我亦困詩酒，去道愈茫渺。紛紛何時定，所至皆可老。莫爲柳儀曹，詩書教氓一作「鑾」獠。亦莫事登陟，谿山有何好。安居與我游，閉户净灑掃。

〔一〕邁、迨：邁，先生長子，時與家屬住惠州。迨，次子，時在常州。

〔二〕天眼：釋典五眼：一肉眼，二天眼，三慧眼，四法眼，五佛眼。

贈鄭清叟秀才〔一〕

風濤戰扶胥〔二〕，海賊横泥子〔三〕。胡爲犯二怖，博此一笑喜。問君奚所欲，欲談仁義耳。

我才不逮人，所有聊足已。安能相付與一作「予」，過聽君誤矣。霜風掃瘴毒，冬日稍清美。年來萬事足，所欠惟一死〔四〕。澹然兩無求，滑浄空棐几〔五〕。

〔一〕鄭清叟：失考。

〔二〕扶胥：《廣州志》：扶胥鎮在州城之南。

〔三〕泥子：未詳。

〔四〕欠一死：《北史》：陳休卜崇曰：「吾輩年踰五十，職位已崇，惟欠一死耳，安能屈首低眉，以事閹竪耶？」又，梁《僧史》：「世祖宴東府，跋陀羅曰：『貧道客食陛下三十載，恩德厚矣，所少者一死耳。』」

〔五〕棐几：《晉書·王羲之傳》：「嘗詣〔人〕〔門生〕家，見棐几滑浄，因書之。」

和孫叔静兄弟李端叔唱和〔一〕

病骨瘦欲折，霜髯籋更疎。喜聞新國政，兼得故人書。秉燭真如夢，傾杯不敢餘。天涯老兄弟，懷抱幾時攄。

〔一〕孫叔静：《宋史》：「孫鼛，字叔静，錢塘人。用父任登仕。」按，本傳載其歷官，徽宗朝由福建轉運判官召爲屯田員外，出，提點江東刑獄，歷知曹、鄆、單三州。施氏原注：「叔静哲宗朝提舉廣東常平，東坡居惠，極意周旋，及二子娶晁无咎、黄魯直女兩事，可補史傳之闕。」

廣倅蕭大夫借前韻見贈復和答之二首〔一〕

其一

生還粗勝虞〔二〕，早退不如疎。垂死初聞道，平生誤信書。風濤驚夜半，疾病送災餘。賴有蕭夫子，憂懷得少攄。

〔一〕蕭大夫：《龍泉舊志》：蕭世範，字器之，嘉祐癸卯進士，通判虔州、廣州，遷廣西轉運判官。其在廣州，蘇文忠公與之游，有酬《廣倅蕭大夫》詩。

〔二〕勝虞：按，《三國志·虞翻傳》：「徙交州，在南十餘年，卒。」先生雖遠謫，猶得生還，故云勝虞也。

其二

心閒詩自放，筆老語翻疎。贈我皆强韻，知君得異書。滔滔沮叟是，綽綽孟生餘。一笑滄溟側，應無憤可攄。

周教授索枸杞因以詩贈録呈廣倅蕭大夫

鄰侯藏書手不觸，嗟我嗜書終日讀。短檠照字細如毛，怪底昏花懸兩目。扶衰賴有王母杖〔一〕，名字於今掛仙録。荒城古塹草露寒，碧葉叢低紅菽粟。春根夏苗秋著子，盡付天隨恥充腹。蘭傷桂折緣有用，爾獨何損丹其族。贈君慎勿比薏苡，采之終日不盈匊。外澤中乾非爾儔，斂藏更借秋陽曝一作「暴」。雞壅桔梗〔二〕一稱帝〔三〕，堇也雖尊等臣僕〔四〕。時復論功不汝遺，異時謹事東籬菊。

〔一〕王母杖：《抱朴子》：「枸杞，一名仙人杖，又名王母杖。」

〔二〕雞壅桔梗：《本草》：「芡，一名雞壅。」陶弘景《别録》：桔梗，名梗草，葉與薺苨相似。

〔三〕稱帝：《莊子》：「藥也，其實堇也，桔梗，雞癰也，豕零也，是時爲帝者也。」陸佃〔《埤雅》〕釋云：「此言貴賤更事也。當其時所需則貴，雖用而緩則賤。」

〔四〕堇：《本草》：堇，毒草也。乃烏頭之苗。

慎按：此詩施氏原本不載，今從新刻《續補》上卷因題移編於此。

跋王進（一作「晉」）叔所藏畫〔一〕

徐熙杏花〔二〕

江左風流王謝家，盡携書畫到天涯。却因梅雨丹青暗，洗出徐熙落墨花〔三〕。

〔一〕王進叔：本集《跋峽中詩後》云：「庚辰歲過南海，見部刺史王公進叔。」據此，進叔時嶺南監司，餘無可考。

〔二〕徐熙：《皇宋事實類苑》：「國初，〔江南〕布衣（江南）徐熙與僞蜀翰林待詔黄筌皆以善畫著名。後江南平，熙至京師，送圖畫院。黄妙在賦色，用筆極細，殆不見墨跡。熙以墨筆畫之，略施丹粉，別有生動之意。筌惡其勝己，言熙畫粗惡不入格，罷之。熙之子乃效諸黄之格，更不用墨筆，直以采色圖之，謂之沒骨畫。與諸黄不相下，遂得齒於院品。然氣韻皆不及熙。」

〔三〕落墨：《國繪寶鑑》：「今之畫花者，往往以色暈淡而成，獨徐熙落墨以寫其枝葉蕊花，然後傅色，故骨氣風神，爲古今絶筆。」

趙昌四季〔一〕

芍　藥〔二〕

倚竹佳人翠袖長，天寒猶着薄羅裳。揚州近日紅千葉，自是風流時世粧。

〔一〕趙昌：《圖繪寶鑑》：「趙昌，字昌之，廣漢人。善畫花果，名重一時。初師滕昌祐，後過其藝。作折枝有生意，傅色尤妙。兼工於草蟲，其所作不特取其形似，直與花傳神也。禽石非其所精。」

〔二〕揚州芍藥：《志林》：「揚州芍藥爲天下冠，蔡繁卿作守，爲萬花會。」以御愛紅爲第一。

躑　躅〔一〕

楓林翠壁楚江邊，躑躅千層不忍看〔二〕。開卷便知歸路近，劍南樵叟一作「客」爲施丹。

〔一〕山躑躅：白居易詩：「山石榴，一名山躑躅，一名杜鵑花。」

〔二〕千層：韓愈詩：「躑躅紅千層。」

寒　菊

輕肌弱骨散幽葩，真是青裙兩髻丫。便有佳名配黃菊，應緣霜後苦無花〔一〕。

〔一〕無花：（白居易）〔元稹《菊花》〕詩：「不是花中偏愛菊，此花開後更無花。」

山　茶

遊蜂掠盡粉絲黃，落蕊猶收蜜露香。待得春風幾枝在，年來殺菽有飛霜。

和黃秀才〔一〕鑒空閣〔二〕

明月本自明，無心孰爲境？挂一作「懸」空如水鑒〔三〕，寫此山河影。我觀大瀛海，巨浸與天永。九州居其間，無異蛇盤鏡。空水兩無質，相照但耿耿。妄云桂兔蟇〔四〕，俗説皆可屏。我遊鑒空閣，缺月正淒冷。黃子寒無衣，對月句愈警。借君方諸淚，一沐管城穎。誰言小叢林〔五〕，清絶冠五嶺〔六〕。

〔一〕黃秀才：名失考。

〔二〕鑒空閣：《洪容齋續筆》：「余游南海，西歸之日，泊舟金利山下，登崇福寺。有閣枕江流，標爲鑒空。正見東坡詩牌揭其上，蓋當時臨賦處也。」○據此，鑒空閣當在廣州。王氏注引《杭州圖經》云「顯明院，吴越王錢氏臣孟謙建，院中有鑒空閣」者，謬。觀本詩結句，不待辨而自明。

〔三〕空水：《容齋續筆》：「月中空處，水影也。」

〔四〕桂兔蟾：《酉陽雜俎·天咫篇》：「釋氏言，須彌山南面有閻扶樹，月過此，樹影入（其）〔其〕中。月中蟾，桂也，地影也。」《猗覺寮雜記》：「桂兔蟇，其來久矣。《春秋演孔圖》云：『蟾蜍，月精也。』虞喜《安天論》曰：『俗傳月中仙人桂樹，今視其初生，仙人之足也，成形桂樹後生。』」

〔五〕小叢林：《祖庭事苑》：「梵語貧婆，此云叢林。」《禪林寶訓》：「衆僧所止之處，草不亂生曰叢，木不亂長曰林，言其内有規矩法度也。」○慎按，叢林，即《容齋續筆》所云崇福寺也。

〔六〕五嶺：《水經注》：「湘水，過零陵縣東，南出越城嶠，即五嶺之西嶺也。耒水出桂陽郴縣南山，又西黄水注之，水出縣西黄岑山，山則騎田之嶠，五嶺之第二嶺也。鍾水出桂陽縣南平部山，即（部龍）〔都龐〕之嶠，五嶺之第三嶺也。溤水出臨賀郡溤乘縣，又合萌渚之水，水出萌渚之嶠，五嶺之第四嶺也。溱水東至曲江縣，西（南）〔流〕與連水合，出南康縣涼熱山、連溪山，即大庾嶺也。五嶺之最東矣，故曰東嶠。」《猗覺寮雜記》：「五嶺説多不同。《後漢書·吴祐劉表傳》注：『自（庾）〔衡〕山之南，至於海，一山之限，標名有五。』裴淵《廣州記》：『大庾、始安、臨賀、桂陽、揭陽，是爲五嶺。』」衆説不同，録以備考。

韋偃牧馬圖〔一〕

神工妙技帝所收，江都曹韓逝莫留。人間畫馬惟韋侯，當年爲誰掃驊騮。至今霜蹄踏長楸〔二〕，圉人困卧沙壠頭。沙苑〔三〕茫茫蒺藜秋〔四〕，風騣霧鬣寒颼颼。龍種尚與駑駘遊，長嵇短豆豈我羞。八鑾六轡非馬謀，古來西山與東邱〔五〕。

〔一〕韋偃：朱景玄《名畫（評）〔録〕》：「韋偃，京兆人。寓蜀，善畫山水、人物，間以（戲）〔越〕筆點綴鞍馬，千變萬態，曲盡其妙，韓幹之匹也。」吴若《杜詩注》：「偃」作「鶠」。《東觀餘論》：「韋鶠《十馬》，後有李吉（南）〔甫〕題字，少陵有《韋偃畫馬》詩。」

〔二〕長楸：曹子建詩：「鬭雞東郊道，走馬長楸間。」《文選》注：「古人種楸於道，故曰長楸。」

〔三〕沙苑：《水經注》：「洛水東逕沙阜北。」《元和郡縣志》：「沙苑，一名沙阜，在同州馮翊縣南。其地宜六畜，置沙苑監。」《唐六典》：「沙苑監，掌牧隴右牛馬。」《太平寰宇記》：「沙苑古城在朝邑縣南，從馮翊縣東界，沿洛水南岸入朝邑界，南至渭水，城廣四十八里。」

〔四〕蒺藜：《太平寰宇記》：白蒺藜，產同州沙苑。

〔五〕西山東邱：《（楊）〔揚〕子》：「西山之餓夫，與東國之出臣，惡乎聞。」

題靈峰寺壁〔一〕

靈峰山上寶陀寺，白髮東坡又到來。前世德雲今我是〔二〕，依稀猶記妙高臺。

〔一〕靈峰山寶陀寺：《廣州志》：「靈峰山，一名靈洲山，在城西六十五里，鬱水出其下。《唐志》謂南海名山靈洲，名川鬱水，以此。其上有寶陀院、妙高臺，以院中有寶陀佛，故名焉。」

〔二〕前世德雲：《名勝志》：「蘇軾謫惠州，泊舟於此，夢前身爲德雲和尚，賦詩云云。」

慎按：施氏原本此詩編「南歸」卷中，考之《廣州志》，與詩正合。王氏注遠引南都妙峰亭及金山妙高峰，與此處全無干涉，今駁正。

廣州何道士〔一〕衆妙堂〔二〕一本止「衆妙堂」三字。

湛然無觀古真人〔三〕，我獨觀此衆妙門。夫物芸芸各歸根，衆中得一道乃存。道人晨起開東軒，趺坐一醉扶桑暾。餘光照我玻瓈盆，倒射窗几清而溫。欲收月魄餐日魂〔四〕，我自日月誰使吞。

〔一〕何道士：按，先生在嶺南往還者有兩何道士，其一居惠州逍遥堂，名宗一；其一居廣州天慶觀，名德順，即崇道大師也。

〔二〕衆妙堂：《廣州志》：「城西玄妙觀，即唐開元觀也。宋大中祥符間改天慶觀，觀内有衆妙堂。」

〔三〕湛然：《傳燈録》：「不離當處常湛然，覓(即)〔則〕知君不可見。」

〔四〕日月魂：《黄庭内景經》注：《上清紫府吞日氣法》：「日初出時，東向叩齒九通畢，微咒日魂名日中五帝，瞑目固存，日中五色流霞來接一身，於是日光俱入口中。」又，《吞月精法》：「月初出時，西向叩齒十通，微咒月魂名月中五夫人，瞑目存，月中五色精光俱入口中。能修此道，則奔日月而神仙矣。」

慎按：本集《衆妙堂記》略云：「廣州崇道大師何德順，學道而至於妙者也。故榜其堂曰『衆妙』，書來海南，求文以記之。」末云「紹聖六年三月十五日」。按，紹聖年號止於四年，明年五月，改元元符。作此記時，尚在三月，當是紹聖五年三月。集中以爲六年者，訛。此詩之作，在元符三年冬重過廣州時，故依施氏原本編此。又按，先生《廣慶寺題名》云：「東坡居士渡海北歸，吴子野、何崇道、穎堂通三長老自番禺追餞至清遠峽。元符三年十一月十五日記。」則先生離廣州，在十一月矣。

題馮通直〔一〕明月湖詩後〔二〕

老衍清篇墨未枯，小馮新作語尤殊一作「姝」，訛。呼兒浄洗涵星硯，爲子賡歌墮月湖。聞道牂江空抱珥〔三〕，公自注：南詔有西珥河，即古牂牁江也，河形如月抱珥，故名西珥。年來合浦自還珠。請君多釀蓮花酒，準擬王喬下履舄。

〔一〕馮通直：名失考。《梁溪漫志》：「元豐官制，中允、贊善、中舍、洗馬（並階）〔爲〕通直郎。」

〔二〕明月湖：《名勝志》：「明月樓在嘉州城譙樓之右，下瞰明月湖。郭璞讖云：『鬱姑鬱姑，將州對洛都，但看千載後，變成明月湖。』後，隋鬱姑將軍始開此湖。洛都，山名，在州西五里。」

〔三〕抱珥：《漢書·天文志》：「暈適背穴，抱珥虹蜺。」注云：「抱，氣向日也。珥，形點黑也。凡氣食，在旁直對爲珥，在旁如半環向日爲抱。」

次韻鄭介夫二首〔一〕

其一

一落泥塗迹愈深，尺薪如桂米如金。長庚到曉空陪月，太歲今年合守心。相與齧氊持漢節，何妨振履出商音。孤雲倦鳥空來往，自要閒飛不作霖。

〔一〕鄭介夫：補録施氏原注：「鄭介夫，名俠，福清人。少爲王安石所知。秉政，問以所聞。介夫曰：『青苗、免役、保甲數事與邊鄙用兵，在俠心不能無區區也。』安石不答。以書言之，不聽，而數使其子雱與其客諭意，欲用之。介夫曰：『果欲援俠而成就之，取所獻利民便物之事行其一二，使進而無愧，不亦善乎？』是時，自熙寧六年秋七月不雨，至七年三月，人無生意。介夫時監安上門，父年老。以下原注殘缺，按史傳補入。乃繪所見爲圖，奏疏詣閤門，不納。乃假稱密急，發馬遞上之銀臺司。其略云：『去秋大蝗，秋冬亢旱，麥苗焦枯，五種不入。方春斬伐，竭澤而漁。草木魚鼈，亦莫遂生。願陛下取有司掊克不道之政一切罷去，冀延萬姓垂死之命。今臺諫緘默充位，左右輔弼又貪猥近利。如陛下行臣之言，十日不雨，以下仍照原注。即乞斬臣，以正欺君之罪。』疏奏，神宗反覆觀圖，長吁數四，袖以入。是夕，寢不能寐。翼日，命體放免行錢，察市易，發常平，具熙河所用兵，請路上民物流離之故，青苗、免役權息追呼，凡十八事；下詔責躬。民間歡呼相賀。越三日，大雨，遠近沾洽。輔臣入賀，帝示以所進圖、狀，且責之。安石上章求退。吕惠卿、鄧綰言於帝曰：『陛下美政，用狂夫之言，罷廢殆盡。』相與環泣於前。於是新法一切如故。介夫復上書，指切惠卿。惠卿奏爲謗訕，編管汀州。又追還對獄，欲置之大辟。帝曰：『俠所言非爲身也。忠誠亦可嘉，豈宜深罪？』但徙英州。哲宗立，蘇子由爲諫官，爲言：『介夫流放十年，屢經大赦，終不得牽復。父日益老，而俠無還期。有志之士，爲之涕泣。』由是始得歸。東坡與孫覺復表言之，其略曰：『今朝廷復舊官，而俠終不赴吏部。考其終始出處之大節，合於古之君子殺身成仁、難進易退之義。若不少加優異，則恐其浩然江湖，往而不返。』乃以爲泉州教授。元符初，再竄於英。徽宗立，赦還。故官又爲蔡京所奪，自是不復出。布衣糲食，屏處田野，一言一話，未嘗忘君。卒年七十九。紹興初，贈朝奉郎，官其孫。東坡南遷，始識介夫。北歸至英，介夫在焉，和其二詩。嘉定六年，賜謚曰介。」○按，《宋史・鄭俠傳》：「元符七年，再竄於英。」「七」字訛，當依施注，改「初年」。又云：「紹熙初，贈朝奉郎。」施注作「紹興」，未詳孰是，姑存以俟再考。

其二

一生憂患萃殘年，心似驚蠶未易眠。海上偶來期汗漫，葦間猶得見延緣。良醫自要經三折，老將何妨敗兩甄。收取桑榆種梨棗，祝君眉壽似增川。

附鄭介夫原作：《西堂集》原題云「上蘇端明二首」。

聞説天南受賜深，傳方施藥每揮金。看天此字疑訛風格尊前態，妙國胸懷枕上心。草木亦蒙銓品力，山川難載頌歌音。如今收拾知何用，衣被華夷有傅霖。

昔向東坡覽古文，長嗟簡策鎖風雲。那知日月歸元首，立見夔龍遇放勳。夷夏生靈真久困，聖賢膏澤有前聞。帡幪天地期功業，妙畫奇書請暫焚。

按：《西堂集》第一首原韻與東坡合，第二首韻與和詩不同，無别本可對，姑存之。

附録劉後村《題坡公贈鄭介夫詩三首》：

玉座見圖嘆，纍纍菜色民。如何崔白輩，只寫蔡奴真。

向來與相國，投分自鍾山。不入翹材館，甘爲老抱關。

下吏語尤硬，投荒身轉輕。不然玉局老，肯唤作先生。

昔在九江與蘇伯固唱和其略曰我夢扁舟浮震澤雪浪橫空一作「江」千頃白覺來滿眼是廬山倚天無數開青壁蓋實夢也昨日又夢伯固手持乳香嬰兒示予覺而思之蓋南華賜物也豈復與伯固相見於此耶今得來書知已在南華相待數日矣感嘆不已故先寄此詩

扁舟震澤定何時，滿眼廬山覺又非。春草池塘惠連夢，上林鴻雁子卿歸。水香知是曹溪口，眼净同看古佛衣〔一〕。不向南華結香火，此生何處是真依。

〔一〕佛衣：劉禹錫《曹溪第二碑》：「初，達摩與佛衣俱來，得道傳付，以爲真印。至大鑒，置而不傳。」《翻譯名義》：「屈眴，此云大細布。緝木棉花心織成，其色青黑，即達摩所傳袈裟。」

追和沈遼項此字疑訛贈南華詩

善哉彼上人，了知明鏡臺。歡然不我厭，肯致遠公材。莞爾無心雲，胡爲出岫來。一堂安寂滅，卒歲扃蒼苔。

慎按：沈遼，字睿達，所著《雲巢集》，中有《贈别子瞻》詩，今詩題中多「項」字，豈别是一人耶？此詩施氏原本不載，新刻載《續補》上卷，今因題附編。

曹溪夜觀傳燈録燈花落一僧字上口占〔一〕

山堂夜岑寂，燈下看《傳燈》。不覺燈花落，茶毗一本作「闍維」一箇僧。

〔一〕傳燈録：《釋氏稽古略》：「吴僧道原集釋迦世尊初祖迦葉以至東土禪宗傳嗣諸祖機緣，爲《景德傳燈録》三十卷。（真宗）〔帝覽之〕，嘉賞，敕翰林學士楊億刊正撰序，頒入《大藏》。」

慎按：此詩施氏原本載第四十卷《遺詩二十九首》中，今因題附編於此。

投南華長老一偈〔一〕

惡業相纏五一作「四」十年〔二〕，常行八棒十三禪。却着衲衣歸玉局，自疑身是《苕溪漁隱叢話》作「可憐化作」五通仙。

〔一〕南華長老：本集《南華長老題名記》云：「南華自六祖示滅，其傳法者散而之四方，故南華爲律寺。至宋天禧三年，始詔智度禪師普遂住持。今明公，十一世矣。明公請爲《題名壁記》。建中靖國元年，正月初一日。」云云。○按，「明公」亦作「朗公」，即南華長老也。以年考之，庚辰除夕，先生當在韶州。

〔二〕五十年：《冷齋夜話》云：「子由謫高安時，雲菴居洞山。有聰禪師者，亦蜀人，居聖壽寺。一夕，雲菴夢同子由出（迎）〔迓〕五戒禪師。覺，以語聰，聰〔亦〕夢（亦）同。俄東坡書至，曰：『吾已至奉新，旦夕可相見。』子由携兩衲候於城南建山寺。坡至，坐定，理夢事以語坡。坡曰：『軾八九歲時，時夢身是僧，往來陝右。又，先妣方娠，夢一僧來托宿，瘠而眇。』雲菴驚曰：『戒，陝右人也，失一目。暮年奉五祖來游高安，終於大（遼）〔愚〕。』逆數之，蓋五十年。而東坡年四十九矣。後謫（惠）〔英〕州，佛印（與）雲菴遺書至坡，引紙大書曰：『戒和尚又鑿脱也。』後七年，歸自海南，作偈，答南華長老，有『惡業相纏五十年』之句（不久辭世云）。」

慎按：此詩施氏原本目録載此題，新刻本脱落，今仍舊補入。

次韻韶守狄大夫見贈二首〔一〕〔二〕

其一

華髪蕭蕭老遂良，公自注：褚河南帖云：「即日遂良，鬚髪盡白。」蓋謫長沙時也。一身萍挂海中央。無錢種菜爲家業，有病安心是藥方。才疎正類孔文舉，癡絶還同顧長康。萬里歸來空泣血，七年供奉殿西廊〔三〕。

〔一〕韶州：《太平寰宇記》：「嶺南道韶州，秦屬南海郡。三國吴置始興郡，隋開皇九年，改爲韶州，以州北八十里韶石爲名。」《九域志》：「廣南東路韶州，南至英州一百九十〔五〕里，東北至南安軍三百三十里。」

〔二〕狄大夫：名咸。見本集《九成臺銘序》中。又，詩中有「誰知南岳老」之句，當是衡州人。

〔三〕殿西：《黄山谷詩注》引《東京記》云：「崇政殿西有邇英閣。」《梁溪漫志》：「端明殿始於後唐。國初改爲文明，而學士仍領端明之職。雍熙初，又改名文德。明道間，改承明〔殿〕爲端明，後改名延和。」

其　二

森森畫戟擁朱輪，坐咏梁公覺有神。白傅閒游空誦句，公自注：事見白樂天《吴郡詩石記》。拾遺窮老敢論親。公自注：事見子美《寄狄明府》詩。東海莫懷疏受意，西風幸免庾公塵。爲公過嶺傳新唱，催發寒梅一信春。

次韻韶倅李通直二首〔一〕

其一

一篇《瀧吏》可書紳，莫向長沮更問津。老去常憂伴新鬼，歸來且喜是陳人。曾陪令尹蒼髯古〔二〕，又見郎君白髮新。回首天涯一惆悵，却登梅嶺望楓宸〔三〕。

〔一〕李通直：本集先生《與李惟熙帖》云：「偶得生還，平生愛龍舒風土，欲卜居爲終老之計。」云云。與第二首意合，惟熙，疑即李通直也。

〔二〕令尹：指李倅之父也，見二首自注。

〔三〕梅嶺：《史記索隱》：「豫章三十里有梅嶺，當古驛道。相傳以梅將軍名。」《越絶書》：「越王子孫姓梅氏。秦併六國，越王踰零陵往南海，越人梅鋗從至臺嶺，家焉。鄉人因謂臺嶺爲梅嶺，又名大庾嶺。」

其二

青山秖在古城隅，萬里歸來卜築初。會見四山〔一〕朝鶴駕〔二〕，更看三一作「二」李跨鯨魚〔三〕。

欲從抱樸傳家學〔四〕，應怪中郎得異書。待我丹成馭風去，借君瓊珮與霞裾。公自注：僕昔爲開封幕，先公爲赤令。暇日相與論内外丹，且出其丹示余。今三十年而見君曲江，同游南華，宿山水間數日。道舊感嘆，且勸我卜居於舒，故詩中皆及之。

〔一〕四山：《皖山圖序》云：「潛山，一名皖伯臺，有〔四〕峰〔四〕，曰飛來、石榴、師子、三台。在潛山縣西北二十里。」

〔二〕朝鶴駕：唐明皇《送玄洞真人李抱樸謁舒州潛山司命真君祠》詩：「歸期千載鶴，春至一來朝。」

〔三〕三李：王明清《揮麈三録》：「元祐中，舒州有李亮工者，以文鳴縉紳間。與兄伯時、元中，號龍眠三李。同年登進士，出處相若，其後仕俱不顯。」

〔四〕抱樸：《神異録》：「明皇敕玄洞先生諫議大夫李抱樸賫御額，爲九天司命塑像於舒州潛山。初至，忽殿後石壁裂，中有泥五色，即取以竣事。」按，明皇又有《送玄洞真人李抱樸謁司命真君》詩。今先生所引乃舒州事，通直君姓李，故云「傳家學」，若以爲葛稚川，失之遠矣。

狄韶州煮蔓菁〔一〕蘆菔羹〔二〕

我昔在田間，寒庖有珍烹。常支折脚鼎，自煮花蔓菁。中年失此味，想像如隔生。誰知南岳老，解作東坡羹〔三〕。中有蘆菔根，尚含曉露清。勿語貴公子，從渠嗜羶腥。

〔一〕蔓菁：《詩釋文·草木疏》：「葑，蕪菁也。」郭璞云：「今菘菜也。」《困學紀聞》：「江南有〔菘〕〔葑〕，江北有蔓菁，相似而異。」

〔二〕蘆菔：《爾雅》：「葖，蘆萉。」郭璞注云：「萉，宜作菔。」孫愐《唐韻》：「秦人名蘿蔔。」王禎《農書》：「秋曰蘿蔔，冬曰土酥。」

〔三〕東坡羹：本集《東坡羹引》云：「東坡居士所煮菜羹，不用魚肉五味，有自然之甘。其法以菘若蔓菁、若（蘿）〔蘆〕菔、若薺，揉洗去汁，下菜湯中，入生米爲糝，入少生薑，以油盌覆之，其上炊飯如常法，飯熟，羹亦爛可食。」

李伯時畫其弟亮功一作「工」舊隱宅圖〔一〕

樂天早退今安有？摩詰長閒古亦無。五畝自栽池上竹，十年空看輞川圖〔二〕。近聞陶令開三徑，應許揚雄寄一區。晚歲與君同活計，如雲鵝鴨散平湖。

〔一〕李亮功舊宅：《輿地紀勝》：「飛霞亭，乃李公寅隱居處，其兄伯時爲作《舊宅圖》，亭在尉署後。」據此，亮功名公寅。史容注黄山谷詩云名寅，脱去「公」字，當從《輿地紀勝》。

〔二〕輞川圖：《國史補》：「王維立性高致，得宋之問輞川别業，山水絶勝。」《雍録》：「輞川在藍田縣西南二十里。」董《廣川畫跋》：「古傳輞水如車縛頭，因以得名。王維自罷官，至輞口者十年，此圖想像得之。其後，維捨此地爲浮屠居，今清源寺也。」

附黄山谷次韻：《山谷集》題云「追和東坡題李亮功歸來圖」。

今人常恨古人少，今得見之誰謂無。欲學淵明歸作賦，先煩摩詰畫成圖。小池已築魚千里，隙地仍栽芋百區。朝市山林俱有累，不居京洛不江湖。

東坡居士過龍光求大竹作肩輿得兩竿南華珪首座方受請爲此山長老乃留一偈院中須其至授之以爲他時語録中第一問

一本題云「贈龍光長老」。

斫得龍光竹兩竿〔一〕，持歸嶺北萬人看。竹中一滴曹溪水，漲起西江十八灘〔二〕。

〔一〕龍光：失考。按，其寺當在嶺南。

〔二〕西江：《輿地紀勝》：「貢水，東江也。章水，西江也，一名豫章水。」

贈嶺上老人

鶴骨霜髯心已灰，青松合抱手親栽。問翁大庾嶺頭住，曾見南遷幾箇回。

附子由次韻：《欒城集》題云「子瞻贈嶺上老人次韻代老人答」。

嶺頭盧老一爐灰，長短根株各自栽。輕賤已消先世業，知君海上去仍回。

附李端叔次韻：

過眼崎嶇等劫灰，到頭榮悴本誰栽。須知此老心如鐵，看盡行人幾往回。

贈嶺上梅〔一〕

梅花開盡百花開，過盡行人君不來。不趁青梅嘗煮酒，要看細雨熟黄梅。

〔一〕嶺上梅：《白氏六帖》：「大庾嶺上多梅，南枝既落，北枝始開。」

余昔過嶺而南題詩龍泉鐘上今復過而北次前韻〔一〕

秋風卷黄落，朝雨洗緑净。人貪歸路好，節近中原正。下嶺獨徐行，艱險未敢忘。遥知叔孫子，已致魯諸生。

〔一〕龍泉：失考。按《志》，大庾嶺之支曰南源，飛泉百丈，下有龍湫潭，深不可測。有寺曰雲封，唐名庾山院，俗名挂角寺，有六祖大鑒禪師塔。左有卓錫泉，疑即龍泉也。

過嶺二首

其一

暫著黃冠不到頭，却隨北雁與歸休。平生不作兔三窟，今古何殊貉一邱。當日無人送臨賀，至今有廟祀潮州。劍關西望七千里〔一〕，乘興真爲玉局游〔二〕。

〔一〕劍關：《元和郡縣志》：「小劍故城在利州益昌縣西南五十〔一〕里，去大劍戍四十里，連山絶險，飛閣(道)通衢，謂之劍關。自縣西南踰小山入大劍口，即司馬錯伐蜀所由路，亦謂之石牛道。」

〔二〕玉局游：本集《謝提舉玉局觀表》云：「先自昌化貶所移廉州，又自廉州移舒州(節度)〔團練〕副使，永州居住，行至英州，復朝奉郎提舉成都玉局觀，任便居住。」按，〔《名勝志·成都府三》〕：「《道經》：『二十四化上應二十四氣。』而座隱地中，因成洞穴，故以玉局名之。《雲笈七籤》(云)：『成都玉局洞與青城第五洞天相連，天師以爲玉局上應鬼宿，恐開穴不利分野，乃刻石閉之。』」《太平寰宇記》云：「玉局壇，在成都城南柳堤玉局觀内。張道陵得道之地，其一也。」

其二

七年來往我何堪，又試曹溪一勺甘。夢裏似曾遷海外，醉中不覺到江南。波生濯足鳴空澗，霧繞征衣滴翠嵐。誰遣山雞忽驚起，半巖花雨落毵毵。

附李端叔次韻一首：《姑溪集》原題「次韻東坡還自嶺南」。

憑陵歲月固難堪，食蘗多來味却甘。時雨纔聞徧中外，卧龍相繼起東南。天邊鶴駕瞻仙袂，雲裏詩箋帶海嵐。重見門生應不識，雪髯霜鬢兩毵毵。

過嶺寄子由

投章獻策謾多談，能雪冤忠死亦甘。一片丹心天日下，數行清淚嶺雲南。光榮歸珮呈佳瑞，瘴癘幽居弄晚嵐。從此西風庾梅謝，却迎誰與馬毵毵。

慎按：此詩施氏原本不載，新刻本《續補》下卷載此題凡二首，以《欒城集》考之，「山林瘴霧老難堪」云云，乃子由和詩也。今録一首，而以子由詩附後。

附子由次韻：《欒城集》題云「和子瞻過嶺」。

山林瘴霧老難堪，歸去中原茶亦甘。有命誰憐《欒城集》作「令」終反北，無心却《欒城集》作「自」笑亦《欒城集》作「欲」巢南。蠻音習慣疑傖語，脾病縈纏帶嶺嵐。賴有祖師清浄水，塵埃一洗落毵毵。《樂城集》云：「不嫌白髮照毵毵。」

【校記】

一、《藤州江上夜起對月贈邵道士》注二引《雲笈七籤》云云，誤。《雲笈七籤》無此引文，乃見於蘇軾《仇池筆記》卷下「真人之心」條。又，另見於《東坡志林》卷十、王應麟《困學紀聞》卷二十《雜識》。

二、《送鮮于都曹歸蜀灌口舊居》注二引《成都志》、李膺《益州記》云云，均轉引自曹學佺《名勝志·四川名勝志》卷之六《成都府六·灌縣》。「成都志」作「成都記」。○注五引《方輿勝覽》「繩橋前有翠圍山」一句，不見於今本《方輿勝覽》，實轉引自《名勝志》上述同卷。而下文自「沿江兩岸中斷」至末，亦出自《名勝志·灌縣》轉引范石湖《離堆詩序》。按，此序見《石湖詩集》卷十八，其文字與初白引文頗異，而初白引文則同於《名勝志》，可知此引文係轉引且漏出處者。

三、《送邵道士彦肅還都嶠》注一引司馬子微《天地公府圖序》云云，實轉引自張君房《雲笈七籤》卷二十七《洞天福地》。

四、《贈鄭清叟秀才》注四引《北史》云云，《北史》無此引文，實轉引自《苕溪漁隱叢話·前集》卷三十八。○同注引梁《僧史》云云，實轉引自宋彭乘《墨客揮犀》卷四「東坡作海棠詩」條。

五、《跋王進叔所藏畫・趙昌四季・寒菊》注一引白居易詩「不是花中偏愛菊，此花開後更無花」，誤。此乃元稹《菊花》詩也，見《元氏長慶集》卷十六。

六、《投南華長老一偈》注二引《冷齋夜話》一段，按，《冷齋夜話》卷七有載，然其文與引文大異，經查，實轉引自胡仔《苕溪漁隱叢話・前集》卷四十一「東坡四」。

七、《次韻韶倅李通直二首・其一》注二引《史記索隱》云云，然《史記索隱》無「相傳以梅將軍名」一語。而下引《越絶書》云云，《越絶書》亦無此引文。此兩條均轉引自《淵鑑類函》卷二十九《地部七・交廣諸山一》。

八、同上《其二》注一引《皖山圖序》云云，實轉引自曹學佺《名勝志・安慶府志勝・潛山縣》，其中「在潛山縣西北二十里」一句，於原文乃在「有四峰」一句之前。〇注四引《神異録》云云，亦引自《名勝志・潛山縣》。

九、《狄韶州煮蔓菁蘆菔羹》注二引孫愐《唐韻》「秦人名蘿蔔」，實轉引自陳元龍《格致鏡原》卷六十二《蔬類・蘆菔》。

十、《過嶺二首・其一》注二引《道經》及《雲笈七籤》云云，均轉引自曹學佺《名勝志・蜀中名勝志》卷之三《成都府三》（按，該書卷之三前十頁稱「蜀中名勝志」，其他則稱「四川名勝志」。）「玉局壇」條，其中「《道經》」云云，乃轉自《方輿勝覽》。而引文「而座隱地中，因成洞穴，故以玉局名之」三句，則出自彭乘《玉局記》，《名勝志》漏引。

東坡先生編年詩卷四十五

古今體詩四十二首 起徽宗建中靖國元年辛巳春自南安歸常州，終是年七月。

慎按：傅藻《紀年録》：「辛巳正月五日，先生過南安軍，作《至南安》詩。」王宗稷《年譜》亦云：「先生正首過南安，有《過嶺至南安〔作〕》（詩）〔一首〕。」今刻本皆無。

留題顯聖寺〔一〕

渺渺疎林集晚一作「曉」鵶，孤村烟火梵王家。幽人自種千頭橘，遠客來尋百結花。浮石已乾霜後水〔二〕，焦坑〔三〕一作「溪」閒試雨前茶〔四〕。秪疑歸一作「不如」夢西南去，翠竹江村一作「邊」繞白沙。

〔一〕顯聖寺：《名勝志》：「南安府南康縣西三十里，有浮石形如覆鐘，水環其外，爲上游勝境。（上）有唐時顯聖院，宋建中靖國辛巳，子瞻檥舟訪元師，題壁詩云云。」《南安志》以爲南唐保大中建。

〔二〕浮石：注見上。

〔三〕焦坑：《志》又云：焦溪在南康縣南三十五里，源出鍋坑，至浮石入章水。

〔四〕雨前茶：《苕溪漁隱叢話》：「水揀茶即社前者，生揀茶即火前者，麤色茶即雨前者。」《學林新編》：「火前謂寒食前，雨前謂穀雨前。」

予初謫嶺南過田氏水閣〔一〕東南一峰豐下鋭上里人謂之雞籠山予更名獨秀峰今復過之戲留一絶〔二〕

倚天巉絶玉浮圖一作「屠」，肯與彭郎作小姑。獨秀江南知有意，要三二別四三壺〔三〕一本作「要令人別四方壺」，訛。

〔一〕田氏水閣：《南安志》：南康縣東七十步有蘇步坊，蘇子瞻南遷經此，過田如鼇六經堂留題，因名。坊側有井，深而洌。石底如盤，九竅，泉自中湧出。

〔二〕雞籠山：《志》又云：獨秀峰在縣東南二十五里，俗名雞籠山，下有龍湫。

〔三〕三壺：《拾遺記》：「三壺，海中三山也。一曰方壺，則方丈也；二曰蓬壺，則蓬萊也；三曰瀛壺，則瀛洲也。形如壺器，上廣中狹下方。」按，《燕丹子》云：「高欲令四三王，下欲令六五伯。」《困學紀聞》云：「四三墳，六五典，三二曜，六五緯。」先生此詩，結句正同此解。二別，謂大別、小別；三壺謂方壺、蓬壺、瀛壺也。

寄題潭州徐氏春暉亭

曈曈曉日上三竿，客向東風競別本作「竟」，訛倚欄。穿竹鳥聲驚步武，入簷花影落杯盤。勿嫌步月臨玄圃，冷笑乘槎向海灘。勝概直應吟不盡，憑君寄與畫圖看。

慎按：此詩施氏原本不載，據《外集》編「南歸度嶺」卷中，今從之。

乞數珠〔一〕贈南禪〔二〕湜老〔三〕

從君覓數珠，老境仗消遣。未能轉千佛，且從千佛轉〔四〕。儒生推變化，乾策數大衍。道士守玄牝，龍虎看舒卷。我老安能爲，萬劫付一喘。嘿坐閱塵界，往來八十反。區區我所寄，蹙縮蠶在繭。適從海上回，蓬萊又清淺。

〔一〕數珠：《翻譯名義》：「鉢塞莫，或云阿利叱迦二合，此云數珠。《木槵子經》云：當貫一百八箇，常自隨身，志心稱佛陀，達摩僧伽乃過一子，具如彼經。」

〔二〕南禪：按，本集有《虔州崇慶院藏經記（序）》，湜長老創建寺，南禪即崇慶也。考《志》，亦名廉泉院。

〔三〕湜長老：注詳本卷《清隱老》下。

〔四〕轉佛：《翻譯名義》：「轉佛，心中化他之法，度入他心，名轉法輪。」

鬱孤臺〔一〕公自注：再過虔州，和前韻。

吾生如寄耳，嶺外亦閒游。贛石三百里〔二〕，寒江尺五流。楚山微有霰，越瘴久無秋。望斷橫雲嶠，魂飛咤雪洲。曉鐘時出寺，暮鼓各鳴樓。歸路迷千嶂，勞生閱百州。不隨猿鶴化，甘作賈胡留。祇有貂裘在，猶堪買釣舟。

〔一〕鬱孤臺：注見前。

〔二〕三百里：《虔州志》：「贛州水，在府城北，章、貢二水會處，北流至萬安縣，其間有九灘，若上水之信豐、寧都，石磧尤險，故俗稱上、下三百里贛石。」孟浩然詩：「贛石三百里，沿洄千嶂間。」

虔守霍大夫〔一〕監郡許朝奉見和此詩一本無「此詩」二字復次前韻〔二〕

大邦安静治，小院得閒游。贛水雨已漲，廉泉春未流〔三〕。同烹貢茗雪，一洗瘴茅秋。秋思生蓴鱠，寒衣待橘洲。揚雄未有宅，王粲且登樓。老景無多日，歸心夢幾州。敢因逃酒去，端爲和詩留。舊篋藏新語，清風自滿舟。

〔一〕霍大夫：《虔州志》：霍漢英，字子侔，紹聖間知虔州。

〔二〕許監郡：名失考。

〔三〕廉泉：在虔州報恩寺，注見三十八卷。

贈虔州術士謝晉臣〔一〕

屬國新從海外歸，君平且莫下簾帷。前生恐是盧行者〔二〕，後學過呼韓退之。死後人傳戒定慧〔三〕，生時宿直斗牛箕。憑君爲算行年看，便數生時到死時。

〔一〕虔州：注詳本卷《再和霍大夫》詩「虎頭州」條下。

〔二〕盧行者：《高僧傳》：「慧能，姓盧氏。往韶陽，遇劉志略。劉有姑，恒讀《涅槃經》，能聽之，即爲尼辨析中義。尼深嘆服，號爲行者。」

〔三〕戒定慧：《楞嚴經》：「攝心爲戒，因戒生定，因定發慧。」

慎按：此詩五六聯分承三四兩句，末一句又總結五六，章法遒緊。

虔州景德寺榮師湛然堂〔一〕

卓然精明念不起，兀然灰槁照不滅〔二〕。方定之時慧在定，定慧照寂非兩法〔三〕。妙湛總持不動尊〔四〕，默然真入不二門〔五〕。語息則默非對語，此話要將《周易》論。諸方人人把雷電，不容細看真頭面。欲知妙湛與總持，更問江東三語掾。

〔一〕景德寺：《輿地紀勝》：「景德寺，劉宋建，舊名安天，在虔州府治東南隅。地勢夷曠，瞰覽城南山水。梵宇壯麗，以間計者二千六百，佛像萬餘。」黄山谷詩「城東寶坊金碧重」，即此也。《虔州志》謂唐德宗貞元三年建，所未詳。

〔二〕卓然、兀然：按，「卓然精明而念不起，兀然灰槁而照不滅，二法相反，當融爲一」，黄睢道人語也。

〔三〕照寂：《楞嚴經》注：「即寂而照曰妙明，即照而寂曰明妙。寂則三諦俱寂，明則三諦俱照。」

〔四〕妙湛總持：《楞嚴經》注：「妙湛，贊真諦，般若德也；總持，贊俗諦，解脱德也；不動，贊中諦，法身德也。即三而一，故曰妙湛；即一而三，故曰總持；非三非一，故曰不動。」

〔五〕默然：《維摩經》：「時維摩詰默然無言，文殊、師利嘆曰：『乃至無有文字語言，是真入不二法門。』」

次韻陽行先〔一〕公自注：用《鬱孤臺》韻。

室空惟法喜，心定有天游。摩詰原無病，須洹不入流。苦嫌尋直枉，坐待寸田秋。雖未《虔州志》作「未入」麒麟閣，已逃鸚鵡洲。酒醒風動竹，夢斷月窺樓。衆謂元德秀〔二〕，自稱陽道州。拔葵終相魯，辟穀會封侯。用舍俱無礙，飄然不繫舟。

〔一〕陽行先：《宋史》：「陽孝本，字行先，贛州人。學博行高，隱於城西通天巖。蘇軾自海外歸，過而愛焉，號之曰玉巖居士。隱遯二十年，崇寧中舉八行，解褐。以直秘閣歸。」

〔二〕元德秀：《〔新〕唐書》：「元德秀，字紫芝。母亡，以不及親在而娶，不肯婚。人以爲不可絶嗣，答曰：『兄有子，先人得祀，吾何娶焉？』」（田汝成《志餘》）〔方勺《泊宅編》卷上〕曰：「陽行先平生不娶，東坡直造其室，嘗以元德秀呼之。居士曰：『某乃陽城之裔。』故坡詩『衆謂元德秀，自稱陽道州』，皆謂其無妻也。」

再用數珠韻贈湜老

嗣宗雖不言，叔寶猶理遣。東坡但熟睡，一夕一展轉。南遷昔虞翻，却掃今馮衍。古佛既手提，諸方皆席卷。當年清隱老〔一〕，鶴瘦龜不喘。和我彈丸詩，百發亦百反。耆年日彫喪，但有犢角繭。時來窺方丈，共笑虎毛淺〔二〕。

〔一〕清隱老：本集《崇慶禪院藏經紀》略云：「吾南遷過虔州，訪廉泉，入崇慶院。於江南壯麗爲第一，其費二千餘萬。前長老曇秀始作之，幾於成而寂。今長老惟湜嗣成之。」先生又有《湜長老真贊》，云：「道與之貌，天與之形。雖同乎人，而實無情。彼真清隱，何殊丹青？日照月明，雷動風行。夫孰非幻？忽然而成。此畫清隱，可謁雨晴。」據此，則「清隱」當是惟湜之號。

〔二〕虎毛淺：《詩》：「淺幭。」傳：「淺，虎皮淺毛也。」

和猶子遲贈孫志舉〔一〕

軒裳大爐鞴，陶冶一世人。從横落模範，誰復甘饑貧。可憐方回癡，初不疑嘉賓。頗念懷祖黠，嗔兒與兵姻。失身墮浩渺，投老無涯垠。回看十年舊，誰似數子真。孫郎表獨立，霜戟交重闉。深居不汝覿，豈問親與隣。連枝皆秀傑，英氣推伯仁。我從海外歸，喜及崆峒春〔二〕。新年得異書，西郭有逸民。公自注：陽行先以《登真隱訣》〔三〕見借。小孫又過我，歡若平生親。清詩五百言，句句皆絶倫。養火雖未伏，要是丹砂銀。我家六男子，朴學非時新。詩詞各璀璨，老語徒周諄。願言敦宿好，永與竹林均。六子豈可忘，從我屢厄陳。

〔一〕孫志舉：按，孫立節，字介夫，二子。一名勰，字志康；一名勴，字志舉，見《虔州志》。

〔二〕崆峒：《虔州志》：空同山在城南六十里，一名空山。章、貢二水，夾以北馳，一郡之望也。山麓周回百里。

〔三〕登真隱訣：《舊唐書·經籍志》：「《登真隱訣》（六十）〔二十五〕卷，陶弘景撰。」

南禪長老和詩不已故作六蟲篇答之

鳳凰覽德輝，遠引不待遺。鷦鷯戀庭宇，倏忽來千轉。那將坐井蛙，而比談天衍。蠹魚著文字，槁死猶連卷。老牛疲耕作，見月亦妄喘。東坡方三問，南禪已五反。老人但目擊，侍者應足繭。最後六蟲篇，深寄恨語淺。

慎按：本題云「六蟲篇」，而詩中止及五種，豈以鳳皇爲二耶？殊不可解。

明日南禪和詩不到故重賦數珠篇以督之二首

其一

未來不可招，已過那容遣。中間見在心，一一風輪轉〔一〕。自從一生二，巧歷莫能衍。不如袖手坐，六用都懷卷。風雷生謦欬，萬竅自號喘。詩人思無邪，孟子内自反。大珠分一月，細綆合兩繭。纍然挂禪牀，妙用夫豈淺。

〔一〕風輪轉：《大集經》：「有風能上，有風能下。心若念上，風隨心牽起；心若念下，風隨心牽下。轉運所作，皆是風隨心轉。」

其二

朝來取飯化，乃是維摩遣〔一〕。全鋒雖未露，半藏已曾轉。説有陋裴頠，談無笑王衍。看經聊爾耳，遮眼初不卷。三咤故自醒，一吷何由喘〔二〕。請歸視故櫝，靜夜珠當反。安居三十年，古衲磨山繭〔三〕。持珠尚嘿坐，豈是功用淺。

〔一〕維摩遺：《維摩經》：「汝往上方界分，有國名衆香，佛號香積，汝往到彼，稽首世尊，願得世尊所食之餘，當於娑婆世界，施作佛事。」

〔二〕一吷：《莊子》：「道（仁義）〔堯舜〕於戴晉人之前，〔譬〕猶（劍首之）一吷也。」

〔三〕山繭：《翻譯名義》：「蟲衣，謂用野蠶絲綿作衣。天竺有國名烏陀，粳米欲熟，葉變爲蟲，蟲則食米，人取（繭）烝以爲綿。」

用前韻再和霍大夫

文字先生飲〔一〕，公自注：謂劉執中。江山清獻遊〔二〕。典刑傳父老，尊俎繼風流。度嶺逢梅雨，還家指麥秋。自慚鴻雁侶，争集稻粱洲。野闊横雙練，城堅聳百樓。行看鳳尾詔，却下虎頭州〔三〕。君意已吴越，我行無去留。歸途應食粥，乞米使君舟。

〔一〕文字飲：韓愈詩：「不解文字飲，惟能醉紅裙。」

〔二〕清獻遊：《虔州志》：趙抃，西安人。嘉祐六年爲右司諫，極論内侍，出知虔州。按，《清獻集·章貢臺記》略云：「予嘉祐六年夏，以言事出守虔州。始至，視事。屬歲穰盜息，英僚嘉賓，間爲游觀。」云云。集中又有《虔州即事》、《鬱孤臺》、《章貢臺》諸什。

〔三〕虎頭州：（元和郡縣志）〔《名勝志·贛州府志勝》〕：「晉南康郡，宋南康國，隋改虔州。（熊克）〔宋〕《中興小歷》云：『紹興二十三年，校書郎董德元上言：虔州號虎頭城，非佳名也。今天下舉安，獨此郡有小警，意其名有以兆之。既而廷臣議，亦謂有虔劉之義，遂改名曰贛州，因古縣爲名。』」〇按，虎頭州即虔州也。趙清獻《守虔州》詩「虎頭城裏人烟闊，馬祖巖前氣象豪」二句可證。王氏注以虎頭州爲常州，因顧愷之得名。劉辰翁雖加評駁，未詳出處，今駁正。

用前韻再和許朝奉

高門元世舊，客路晚追游。清絶聞詩語，疏通豈法流。傳家有衣鉢，斷獄盡春秋。邂逅陪車馬，尋芳謝朓洲。凄凉望鄉國，得句仲宣樓。恨賦投湘水，悲歌祀柳州。何如五字律，相與一尊留。更約登塵外〔一〕，歸時月滿舟。

〔一〕塵外：亭名，南康八境之一也。注見前。

按：趙彦村云：「凡詩四句，以第一句對第三句，以第二句對第四句，謂之扇對。蓋始於白氏《金針》。」胡仔云：「杜少陵《哭鄭少監》詩：得罪台州去，時危棄碩儒。移官蓬閣後，穀貴殁潛夫。」則前此已有之，不始於白氏矣。篇中「邂逅」四句，正用此格。

用前韻再和孫志舉

人衆者勝天，天定亦勝人。鄧通豈不富，郭解安得貧。驚飛賀厦燕，走散入幕賓。醉眠中山酒，結夢南柯姻。寵辱能幾何，悲歡浩無垠。回視人間世，了無一事真。灑掃古玉局，香火通帝閽。我室思無邪，我堂德有隣。所至爲一作「無」，訛鄉里，事賢友其仁。之子富經術，蔚如井大春。蜿蟺楚南極，淑氣生此民。唱高和自寡，非我誰當親。譬彼嶰谷竹，剪裁待伶倫。俗學吁可鄙，紙縿配芻銀。聊將調癡鬼，亦復争華新。願子事篤實，浮言掃譫諄。窮通付造物，得喪理本均。期子如太倉，會當發陳陳。

崔文學甲〔一〕攜文見過蕭然有出塵之姿問之則孫介夫之甥也故復用前韻賦一篇示志舉〔二〕

象服盛簪珥，豈是邢夫人。敝衣破冠履，可憐范叔貧。君看崔員外〔三〕，晚就觀國賓。當年頗赫赫，翁嫗争爲姻。公自注：見退之《贈崔員外》詩。蹭蹬阻風水〔四〕，横斜挂邊垠。青衫映白髮，今似梅子真。道存百無害，甘守吴市閽。自言總角歲，慈母爲擇隣。邦人驚似舅，矯矯惡不仁。詩文非他師，家法乃富春。豈非空同秀，爲國産雋民。挺然齊魯生，近出姬姜親。爲文不在多，一頌了伯倫。清詩要鍛一作「淘」煉，乃得鉛中銀。自我遷嶺外，七見槐火新。著書已絶筆，一嘿含千諄。蕢桴和葦籥〔五〕，天節非人均。時時自娱嬉，豈爲俗子陳。

〔一〕崔甲：失考。

〔二〕孫介夫：《虔州志》：孫立節，字介夫，寧都人。皇祐進士。王安石行新法，欲以爲條例司，立節曰：「當求勝我者。若我輩人不肯爲是官矣。」蘇文忠作《剛説》遺之。

〔三〕崔員外：名斯立，字立之。昌黎有贈詩。

〔四〕蹭蹬：杜甫詩：「青冥却垂翅，蹭蹬無縱鱗。」

〔五〕蕢桴：《禮記》：「蕢、桴而土鼓，猶若可以致其敬於鬼神。」疏云：「蕢，讀爲凷，謂摶土凷爲桴。桴，擊鼓之物也。」

戲贈虔州慈雲寺〔一〕鑒老〔二〕一無「戲」字。

居士無塵堪洗沐〔三〕，道人有句借宣揚。窗間但見蠅鑽紙〔四〕，門外惟聞佛放光〔五〕。偏界難藏真薄相，一絲不挂〔六〕且逢場〔七〕。却須重説圓通偈〔八〕，千眼熏籠〔九〕是法王〔一〇〕。

〔一〕慈雲寺：《輿地紀勝》：「慈雲寺在贛州城東南，舊名景德寺。」

〔二〕鑒老：《冷齋夜話》：「東坡自海（外）〔南〕歸，至贛上，以水涸，舟不（得）〔可〕行。時過（慈雲寺）〔一僧舍〕浴，其長老（明鑒），魁梧如世所畫慈恩然，叢林〔不〕以道學（與）〔稱〕之，坡作（詩）〔偈〕

戲之云云。」

〔三〕無塵堪洗：《楞嚴經跋》：「陀婆羅於（沐）浴〔僧〕時隨例入室，忽悟水因，既不洗塵，亦不洗體，中間安然得無所有。」又，（傳燈録）〔《五燈會元》卷四〕：「石梯和尚，因侍者請浴，師曰：『既不洗塵，亦不洗體，汝作麼生。』」

〔四〕蠅鑽紙：《傳燈録》：「神瓚禪師一日坐窗下看經，蜂子投窗紙，求出。師曰：『世界如許廣闊，不肯出，鑽他故紙。』」

〔五〕佛放光：《傳燈録》：「古靈行脚回，受業師遣執役。一日，因澡身，命（靈）〔師〕去垢。（靈）〔師〕乃拊背曰：『好所佛殿，而佛不聖。』其師回首視之，（靈）〔師〕曰：『佛雖不聖，且能放光。』」

〔六〕一絲不挂：《傳燈録》：「南泉問陸亘：『十二時中作麼生？』陸云：『（一）〔寸〕絲不挂。』」

〔七〕逢場：《傳燈録》：「鄧隱峰曰：『竿木隨身，逢場作戲。』」

〔八〕圓通偈：《楞嚴經跋》：「陀羅佛問圓通：『如我所證，觸因爲上。』」

〔九〕熏籠：施氏注引《釋氏通典》云：「十六開士於浴堂證悟水因，於熏籠焙浴具，次得大安樂。」

〔一〇〕法王：《大論》：「佛爲法王，菩薩入正位，乃至十地，故悉名王子。」

慎按：《冷齋夜話》載先生此篇，「窗間」二字作「舉頭」，「門外」二字作「拊背」。細觀詩中自起至末八句，中多用浴事，與洪覺範語正合。覽者不識作家用意所在，往往信口讀過，特援據釋典詳注之。又按，此詩施氏原本已載《遺詩二十九首》卷中，新刻本又重載《續補》下卷，今爲删去，據時地改編。

畫車二首

其一

何人畫此隻一作「觭」輪車〔一〕，便是當年攲器圖。上易下難須審細，左提右挈免疎虞。

〔一〕隻輪車：《東京夢華録》：「獨輪車，前後二人把駕，兩旁兩人扶拐，前有驢拽，謂之串車，以不用耳子轉輪也。」

其二

九衢歌舞頌王明，誰惻寒泉獨自清〔一〕。賴有千車能散福，化爲膏雨滿重城。

〔一〕惻寒泉：《易·井卦》：「九三，井渫，不食，爲我心惻。可用汲，王明，並受其福。」又，「九五，井洌，寒泉，食。」疏云：「剛正之主，不納非賢，必須行潔才高而後乃用。」

虔州吕倚承事〔一〕年八十三讀書作詩不已好收古今帖貧甚至食不足石刻題云「吕夢得承事年八十三讀書作詩手不釋卷室如懸磬但貯古今書帖而已作詩以示慈雲老師」。

揚雄老無子，馮衍終不遇。不識孔方兄，但有靈照女〔二〕。家藏古今帖，墨色照箱筥。饑來據空案，一字不堪煮。枯腸五千卷，磊落相撑拄。吟爲蜩蛩聲，時有島、可句。爲語里長者，德齒敬已古。如翁有幾人，薄少可時助。

〔一〕吕倚：施氏補注本：「吕倚，字夢得，維揚人。蹭蹬不遇，老始以恩補虔州瑞金縣簿。有一女，嫁贛人，因居焉。」○按，承事，其官階也。《職官分紀》：寄禄文散官，有承事郎。

〔二〕靈照女：《傳燈録》：「龐居士有女，名靈照，（賣）〔製〕竹漉籬以供朝夕。」

王子直一本作「立」，訛去歲送子由北歸往返百舍今又相逢贛上戲用舊韻作詩留别〔一〕

米盡無人典破裘，送行萬里一鄒游。解舟又欲携君去，歸舍聊須與婦謀。聞道年來丹伏火，不愁老去雪蒙頭。剩買山田添鶴口，廟堂新拜富民侯。

〔一〕王子直：注見三十九卷。

次韻江《宋文鑑》作「王」，訛晦叔二首〔一〕

其一

人老家何在？龍眠雨未驚。酒船回太白，稚子候淵明。幸與登仙郭，同依坐嘯成。小樓看月上，劇飲到參横。

〔一〕江晦叔：「名公著，桐廬人。建中靖國初知虔州。東坡北歸至虔，晦叔適至。未幾，除廣東轉運判官。」此段施氏原本所有，新刻删去，今補録。

其二

鐘鼓江南岸，歸來夢自驚。浮雲世事改，孤月此心明。雨已傾盆落，詩仍翻水成。二江争送客，木杪看橋横。

按：《苕溪漁隱叢話》云：「東坡自嶺外歸，其詩云：『浮雲世事改，孤月此心明。』語意高妙，如參禪悟道之人，吐露胸襟，無一毫窒礙。」

次韻江晦叔兼呈器之〔一〕

橫空初不跨鵬鼇，但覺胡牀步步高。公自注：器之言嘗夢飛，自覺身與坐牀皆起空中。一枕晝眠春有夢，扁舟夜渡海無濤。歸來又見顛茶陸，公自注：往在錢唐，嘗語晦叔：陸羽茶顛，君亦然。多病仍逢止酒陶。公自注：陶淵明有《止酒》詩。器之小時，飲量無敵，今不復飲矣。笑説南荒底處所，衹今榕葉下庭皋。

〔一〕劉器之：《宋史》：劉安世，字器之，魏人。自少持論有識，爲文彦博所器。「登第，不就選。從司馬光，咨盡心行己之（學）〔要〕。（哲宗立，）光薦爲秘書正字，擢右正言，進諫議大夫。時目曰『殿上虎』。」《東都事略》：安世以吕公著之薦，除右正言。「紹聖初落職，知南安軍。三年，貶新州。初擢言路，將以親辭。其母曰：「不可以閨門之私辭君命。」及南遷，母怡然曰：『茲事固知如此。』有集二十卷。」張子韶《盡言集序》云：「温公之門多君子，一傳而得劉器之，在諫垣時，專攻王氏黨，扶持正道，亦云切矣。」《邵氏聞見後録》：「器之與東坡，元祐初同朝，至元符末，歸自嶺（南）〔海〕，相遇於道，始交歡。」

寒食與器之游南塔寺寂照堂

城南鐘鼓鬬清新，端爲投荒洗瘴塵〔一〕。總是鏡空堂上客，誰爲寂照境中人。紅英掃地風驚曉，緑葉成陰雨洗春。記取明年作寒食，杏花曾與此翁隣。

〔一〕投荒：《宋史·劉器之》本傳：「章惇用事，貶新州别駕，安置英州。投荒七年，令甲所載遠惡地，無不歷之。」

慎按：《泰和志》：槐安閣在縣之南塔寺，黄山谷爲白下宰，有詩。《虔州志》亦載之。王氏注引《杭州圖經》云：「梵天寺在鳳凰山，乾德中吴越王錢氏建。舊額南塔寺。」與此何涉？今駁正。

器之好談禪不喜游山山中筍出戲語器之可同參玉版長老

叢林真百丈〔一〕，法嗣有横枝〔二〕。公自注：玉版、横枝，竹筍也。不怕石頭路，來參玉版師。聊憑柏樹子，與問籜龍兒。瓦礫猶能説，此君那不知。

〔一〕百丈：《傳燈録》：洪州百丈山懷海大智禪師，福州長樂王氏子，嗣馬祖道一禪師，南嶽下第二世。《羅湖野録》：「圓通訥禪師嘗言：『昔百丈大智禪師建叢林，立規矩，欲救像季不正之獘。』」

〔二〕横枝：《高僧傳》：「信禪師嘗於九江見紫雲如蓋，下有白雲，横開六岐，謂弘忍曰：『汝知之乎？』忍曰：『師之法旁出一枝，相踵六世。』」

按：《苕溪叢話》：「東坡嘗與劉器之同參玉版和尚，器之欣然從之。至廉泉，燒筍而食，器之覺筍味勝，問：『此何名？』曰：『名玉版。此老（僧）〔師〕善説法要，令人得禪悦之味。』於是器之方悟其戲。坡作偈。」云云。此謂盡用禪家語形容，可謂善於游戲者也。山谷云：「此老於《般若》，横説竪説，百無剩語，非其筆端有舌乎？」

永和〔一〕清都觀〔二〕道士童顔鬢髮問其年生於丙子蓋與予同求此詩〔三〕

鏡湖敕賜老江東，未似西歸玉局翁。羈枕未容春夢斷，清都宛在默存中〔四〕。每逢佳境携兒去，試問行年與我同。自笑餘生消底物？半篙清漲百灘空。公自注：予與劉器之同發虔州，江水忽暴漲丈餘，贛石三百里無一見者。至永和，器之解舟先去，予獨游清都，作此詩。

〔一〕永和：《泰和志》：距縣東北八十里，有晉置東昌城，隋省入西昌，今之永和鎮，即其地也。《吉安志》：萬安縣有三鄉，曰永和，曰誠信，曰龍泉。

〔二〕清都觀：《廬陵志》：清都觀，在吉州城南十五里儒林鄉永和鎮。南唐保大間，有石基，號爲西臺。宋興國初，道士蕭德元結宇於臺，賜額西臺觀。治平中，改今名。蘇軾南歸，嘗游焉，爲書清都臺三字。本集有《清都謝道士真贊》，云：「謝道士，生丙子。真一存，長不死。欲識清都面目，一江春水東流。滔滔直入滄海，上至蓬萊頂頭。」

〔三〕道士：姓謝，字子和。《廬陵志》載宋單暐《游清都觀記》，略云：永和鎮距城十餘里，有觀曰清都，予愛其寬閒清曠。詢於主觀道士謝子和，蓋肇於南唐保大間，卜相啓闢，實自子和訖工。

〔四〕默存：（穆天子傳）〔《列子》卷三〕：「王執化人之（裾）〔袪〕，騰而上者中天。王實以爲清都紫微，鈞天廣樂帝之所居。既寤，王問所從來。左右曰：王默存耳。」

贈詩僧道通〔一〕

雄豪而妙苦而腴，秖有琴聰與蜜殊。公自注：錢唐僧思聰，總角善琴，後舍琴而學詩，復棄詩而學道。其詩似皎然而加雄放。安州僧仲殊詩，敏捷立成，而工妙絶人。殊辟穀，常啖蜜。語帶烟霞從古少，公自注：李太白云：他人之文如山無烟霞，春無草木。氣含蔬筍到公無。公自注：謂無酸餡氣也〔二〕。香林乍喜聞薝蔔，古井惟慚斷轆轤。爲報韓公莫輕許，從今島、可是詩奴。

〔一〕道通：按，《詩人玉屑》及《石林詩話》皆作「惠通」，未詳孰是。

〔二〕酸餡氣：《石林詩話》：「近世僧學詩者極多，皆無超然自得之趣，往往掇拾模放士大夫所殘棄。又自作一僧體，格律尤俗，謂之酸餡氣。子瞻有《贈惠通》詩，云：『語帶烟霞從古少，氣含蔬筍到公無。』嘗語人云：『頗解蔬筍語否？爲無酸餡氣也。』聞者無不失笑。」

張競辰永康所居萬卷堂〔一〕

君家四壁如相如，卷藏天禄登石渠。豈惟鄴侯三萬軸，家有世南行秘書。兒童拍手笑何事，笑人空腹談經義。未許中郎得異書，且與揚雄説奇字。清江縈山一作「出」，詭碧玉環，下有老龍千古閒。知君好事家有酒，化爲老人夜扣關。留侯之孫書滿腹，玉函寶方何用讀。濠梁空復五車多，圯上從來一編一作「篇」足。

〔一〕張競辰：王氏原注：「張熙明也。」餘失考。

劉壯輿〔一〕長官是是堂〔二〕

閒燕言仁義，是非安可無。非非義之屬，是是仁之徒。非非近乎訕，是是近乎諛。當爲感麟翁，善惡分錙銖。抑爲阮嗣宗，臧否兩含糊。劉君有家學，三世道益孤。陳古以刺今，紬史行天誅。皎皎大明鏡，百陋逢一姝。鶚立時四顧，何由擾群狐。作堂名是是，自説行坦途。孜孜稱善人，不善自遠徂。願君置座右，此語禹所謨。

〔一〕劉壯輿：《宋史》：劉羲仲，字壯輿。父「恕卒七年，《（資治）通鑑》成，追録其勞，官羲仲郊廟齋郎。」〔《江西通志》卷四十二〕：「政和中，（自汝州）召爲編修官。至京師，不謁權要。未幾，致仕歸廬山，一時公卿賦詩。三世繼美，尤不易云。晁以道《嵩山集》云：『劉壯輿家於廬山之陽，自其祖父凝之以來，遺子孫惟圖書也。』」

〔三〕是是堂：陳後山《是是堂記》略云：「劉子（羲仲）佐鉅野，架（屋）〔室〕以居，名曰是是之亭。其大父凝之，仕不合而去，老於廬山之下。其父道原面數人短長，不避權貴，卒窮以死，而天下歸重焉。今劉子博覽偉辨，刻身苦思，既嗣其世，向善讎惡，亦不減其二父云。」

絶句

柴桑春晚思依依，屋角鳴鳩雨欲飛。昨日已收寒食火，吹花風起却添衣。

慎按：此詩施氏原本不載，新刻本載《續補》下卷，以時考之，當是自嶺南歸過西江時作。

夢中絶句

楸樹高花欲插天〔一〕，暖風遲日共茫然。落英滿地君方見，惆悵春光又一年。

〔一〕楸花：《爾雅》：「（葉）小而皵，（榎）〔榎〕；（葉）大而皵，楸。」《詩眼》云：「楸將夏乃繁。」杜甫詩：「（楸樹高）〔更取楸〕花媚遠天。」

慎按：此詩施氏原本不載，今從新刻《續補》下卷移編於此。

予昔作壺中九華詩其後八年復過湖口則石已爲好事者取去乃和前韻以自解云

江邊陣馬走千峰，問訊方知冀北空。尤物已隨清夢斷〔一〕，真形猶在畫圖中。公自注：道藏有《五岳真形圖》。歸來晚歲同元亮，却掃何人伴敬通。賴有銅盆修石供，仇池玉色自瑽瓏。公自注：家有銅盆，貯仇池石，正綠色，有洞水達背。予又嘗以怪石供佛印師，作《怪石供》一篇。

〔一〕尤物：劉禹錫《九華山歌》：「九華山，自是造化一尤物，焉能籍甚乎人間。」

按：晁補之《雞肋集》云：「元符己卯九月，貶上饒，艤石鍾山寺下。僧言壺中九華奇怪，而正臣不來，余不暇往。庚辰七月，遇赦北歸，至寺下。首問之，則爲當塗郭祥正以八十千取去累月矣。然東坡先生將復過此，李氏室中，嶔崟森聳、殊形詭觀者固多，公一題之，皆重于九華矣。」云云。考先生北歸，再過湖口，在辛巳春夏之交，距補之留題不過十月。此石既爲郭功甫所得，先生豈不知之？乃云「爲好事者所取」，何耶？

次韻郭功甫〔一〕觀予畫雪雀有感二首

一本題云「次韻郭功甫二首」。

其一

早知臭腐即神奇，海北天南總是歸。九萬里風安稅駕，雲鵬今悔不卑飛。

〔一〕郭功甫：名祥正，當塗人，注見前。

其二

可憐倦鳥不知時，空羨騎鯨得所歸。玉局西南天一角，萬人沙苑看孤飛。

附郭功甫原作二首：王氏原注：功甫《觀先生畫雪雀有感作詩寄惠州》，云云。後先生北歸又用前韻寄詩，云云。今采出附録。

平生才力信瑰奇，今在窮荒豈易歸。正似雪林枝上畫，羽翰雖好不能飛。

秋霜春雨不同時，萬里今從海外歸。已出網羅毛羽在，却尋雲跡帖天飛。

慎按：功甫原作二首，《青山集》中失載。王氏注中有之，新刻本既附見先生詩題之下，《續補》下卷又誂以「秋霜春雨不同時」一首爲先生作，今改正附録。

次韻法芝舉舊詩一首〔一〕

春來何處不歸鴻，非復羸牛踏舊蹤。但願老師真似月，誰家甕裏不相逢。

〔一〕法芝：名曇秀，唱和詩見揚州、惠州卷中。

次舊韻贈清涼長老

過淮入洛地多塵，舉扇西風欲污人。但怪雲山不改色，豈知江月解分身。安心有道年顏好一作「少」，遇物無情句法新。送我長蘆舟一葉，笑看雪浪滿衣巾。

按：先生南還時過金陵，有《贈清涼和長老》詩，在三十七卷。

睡起聞米元章冒熱到東園送麥門冬飲子

一枕清風直萬錢，無人肯買北窗眠。開心暖胃門冬飲〔一〕，知是東坡手自煎。

〔一〕門冬飲：本集《與錢（世雄）〔濟明〕尺牘》云：「（昨夕）〔一夜〕齒（中）〔間〕出血，專是熱（病）〔毒〕，根源不淺，（即今諸藥盡，却惟取）〔當專用清涼藥，已令用〕人參和茯苓、麥門冬（瀹湯）〔煮濃汁〕，渴即（飲）〔啜〕之。」

按：《紀年録》：先生於辛巳五月至常州，六月上表請老，以本官致仕。費衮《梁溪漫志》亦云：「東坡北歸，至儀真，得暑疾。止於毘陵顧塘橋孫氏之館。」惟方嶽《深雪偶談》叙次最詳：「東坡自儋北歸，卜居陽羡。士大夫猶畏而不敢與游，獨士人邵民瞻從學於坡。爲公買宅，需緡五百，公傾囊，僅能償之。卜吉入居，既得吉矣，夜與邵步月，偶至村落，聞婦人哭聲，遂推扉而入。一老嫗泣曰：『吾有一居，相傳百年。吾子不肖，舉以售人，今日徙此。百年舊居，一旦訣别，所以泣也。』坡愴然，問其居所在，即以五百緡得之者也。即取屋券焚之。呼其子，命翼日迎母還舊居，不索其直。自是，遂還毘陵，不復買宅，借顧塘橋孫氏居暫住焉。是年七月，竟殁於借居。」云云。據此，題中所云東園，當在常州，而無可考。因載公逸事，感嘆及之。

夢中作寄朱行中〔一〕

公自注：前一日夢作此詩寄朱行中，覺而記之。自不曉所謂，漫寫去，夢中分明用此色紙也。

舜不作六器，誰知貴璵璠？哀哉楚狂士，抱璞號空山。相如起睨柱，頭璧與俱還。何如鄭子産，有禮國自閒。雖微韓宣子，鄙夫亦辭環。至今不貪寶，凛然照塵寰。

〔一〕朱行中：《宋史》：「朱服，字行中，烏程人。進士甲科。紹聖初爲中書舍人，謫萊州，再爲廬州，徙廣州。又坐與蘇軾游，貶海州團練副使，蘄州安置。」《吴興備志》載朱服所著書，有文集十三卷，較定《六韜》六卷、《孫子》三卷、《司馬法》三卷、《吴子》一卷、《三略》三卷。其子彧，有

《蘋洲可談集》。

按：曾端伯《百家詩選》云：「東坡《寄朱行中》一篇，北歸時絶筆也。」又，朱弁《風月堂詩話》云：「朱行中知廣州。東坡自海南歸，留廣甚久。坡還嶺北，聞行中在任，士大夫頗以廉潔少之。至毘陵，寄行中詩『至今不貪寶，凜然照塵寰』，云云，其愛行中至矣。蓋不欲正言其事，故假夢中作以諷之耳。」

答徑山琳長老〔一〕

與君皆丙子，各已三萬日。一日一千偈〔二〕，電往那容詰。大患緣有身，無身則無疾。平生笑羅什，神咒真浪出。

〔一〕琳長老：本集《雜記》云：「徑山長老惟琳，行峻而通，文(清)〔麗〕而(麗)〔清〕。始，徑山祖師有約，止以甲乙住持。予謂以適事之宜而廢祖師之約，當於山門選用有德，乃以琳嗣事。」

〔二〕千偈：《晉書》：「鳩摩羅什，天竺人，年七歲出家，從師受經，日誦千偈，偈有三十二字，凡三萬二千言，義亦自通。」

按：《紀年録》：「七月公疾，頗革。徑山老惟琳來説偈，答云：『平生笑摩什，神咒真浪出。』琳問神咒事，索筆書：『昔鳩摩羅什病亟，出西域神咒三番，令弟子誦以免難，不及事而終。』併出一帖云：『某萬里嶺海不死，而歸宿田里，有不起之憂，非命也耶？』蓋絶筆於此。後二日，殆將屬纊，而聞觀先離。二十八日，公薨，年六十六。葬汝州郟城縣釣臺鄉上瑞里嵩陽峨眉山。」

附琳長老原作：

扁舟駕蘭陵，自援舊風日。君家有天人，雄雄維摩詰。我口吞文殊，千里來問疾。若以默相酬，露柱皆笑出。

【校記】

一、《虔州景德寺榮師湛然堂》注一引《輿地紀勝》云云，見該書卷三十二，文有異，且無「劉宋建，舊名安天」之語。經查，實轉引自曹學佺《名勝志·贛州府志勝·贛縣》，不知《名勝志》多出之語何所據也。

二、《次韻陽行先》注二引田汝成《西湖遊覽志餘》云云，誤。《西湖遊覽志餘》無此引文，實引自方勺《泊宅編》卷上「陽孝本」條。

三、《明日南禪和詩不到故重賦數珠篇以督之二首·其一》注一引《大集經》云云，按，《大方等大集經》卷第二十三《虚空目分中彌勒品》第三有載，然僅引文中「有風能上，有風能下」二句，而無後數語。經查，此段引文實轉引自隋智顗《維摩經文疏》卷十「是身無主爲如地」疏引《大集經》。又見於宋法雲《翻譯名義集》卷六《陰入界發篇》第五十八「優陀那」條引《大集經》、宋延壽《宗鏡録》卷六十六引《大集經》。

四、《用前韻再和霍大夫》注二引《元和郡縣志》云云，誤。《元和郡縣志》無此引文，實轉引自《名勝志・韓州府志勝》。○同注下引熊克《中興小歷》云云，按，熊克《中興小歷》四十卷，但無此引文，此段引文亦引自《名勝志・贛州府志勝・贛縣》，「熊克」作「宋」。

五、《用前韻再和許朝奉》按語引趙彦村云云，按，此引文出自宋蔡正孫《詩林廣記・後集》卷三《郁孤臺和許朝奉》下引注。

六、《戲贈虔州慈雲寺鑒老》注一引《輿地紀勝》「慈雲寺在贛州城東南，舊名景德寺」，按，《輿地紀勝》無此引文，實轉引自《名勝志・贛州府志勝・贛縣》「景德寺」條。○注二引《冷齋夜話》云云，今本《冷齋夜話》無此引文，實轉引自胡仔《苕溪漁隱叢話・前集》卷三十九，文字小異，「海外」作「海南」，「不得行」作「不可行」，「慈雲寺」作「一僧舍」，衍「明鑒」，「以道」作「不以道」，「與之」作「稱之」，「作詩」作「作偈」。○注三引《傳燈録》云云，《傳燈録》無此引文，當引自他典。此引文當引自宋普濟《五燈會元》卷四「石梯和尚」條。另，又見於《楞嚴經宗通》卷五「跋陀婆羅并其同伴十六開士」下宗通注、明瞿汝稷《指月録》卷十三「石梯和尚」條。按，《禪林象器箋》卷九《叢軌門》「入浴」條下從《五燈會元・石梯和尚章》引此，其後特注明「《傳燈》、《聯燈》不收」。

七、《器之好談禪不喜游山山中筍出戲語器之可同參玉版長老》注一引《傳燈録》云云，《傳燈録》無此引文，乃轉引自覺岸《釋氏稽古略》卷三唐憲宗元和七年「百丈山」條，文字頗異。○同注引《羅湖野録》云云，實轉引自宋淨善《禪林寶訓》卷一，後注明出自《野録》。

八、《永和清都觀道士童顔鬢髪問其年生於丙子蓋與予同求此詩》注四引《穆天子傳》云云，誤。實出自《列子》卷三。

九、《劉壯輿長官是是堂》注一引晁以道《嵩山集》云云，誤。按，《嵩山集》乃晁公遡之集名，公遡字子西，南渡以後人，非北宋之晁以道。以道乃晁説之之字，晁説之集名《景迂生集》，其卷十六有《劉氏藏書記》，寫於政和乙未年（一一一五），初白引文僅「壯興家於廬山之陽」一句見於該文。經查，初白此條注文自「政和中召爲編修官」至注末，包括「晁以道《嵩山集》」云云，均出自《江西通志》卷四十一《古蹟·南康府》「是是堂」條。初白之誤蓋始自《江西通志》也。

十、《夢中絶句》注一引《詩眼》云云，實轉引自胡仔《苕溪漁隱叢話·前集》卷七「杜少陵二」。

東坡先生補編詩卷四十六

今體詩六十五首

慎按：施氏原本第四十卷載《翰林帖子詞》五十四首，目録尚存，新刻本删去。又，唐人所謂口號，皆近體詩也。諸刻本獨不録先生作，今從《全集》采出十一首，與帖子詞共成一卷，不復編年，以存施氏之舊云。

春帖子詞〔一〕舊注：元祐三年。

皇帝閣六首

其一

藹藹龍旂色，琅琅木鐸音〔二〕。數行寬大詔〔三〕，四海發生心〔四〕。

〔一〕春帖子：本集《元日立春》詩公自注云：「立春日，翰林學士供詩帖子。」

〔二〕木鐸：《尚書》：「每歲孟春，遒人以木鐸狥於路。」傳云：「遒人，宣令之官。木鐸，金（口）〔鈴〕

木舌，所以振文教。」

〔三〕寬大詔：《後漢書》：「立春之日，下寬大（詔）〔書〕，曰：『制詔三公：方春東作，敬始慎微。』」又，《侯霸傳》：「光武徵霸，拜尚書令。條奏前世善政法度有益於時者，皆施行之。每春下寬大之詔，奉四時之令，皆霸所建也。」

〔四〕發生：《爾雅》：「春爲青陽。」一曰「發生」。王冰《素問》注：六氣十八候，皆青陽布發生之令，故養生者必謹奉天時。

其　二

暘谷賓初日〔一〕，清臺告協風〔二〕。願如風有信，長與日俱中。

〔一〕暘谷賓日：《尚書傳》：「暘明也，日出於谷，而天下明，故稱暘谷。賓，導也，東方之官，敬導日出，平均次序東作之事，以務農也。」

〔二〕協風：陸（機）〔雲〕詩：「協風應律。」鄭若庸《類雋》：協風，立春融風也。

其　三

草木漸知春，萌芽處處新〔一〕。從今八千歲，合抱是靈椿。

〔一〕草木萌芽：《月令》：「天（氣）〔地〕和同，草木萌動。」

其　四

聖主憂民未解顔，天教瑞雪報豐年。蒼龍〔一〕挂闕農祥正〔二〕一作「慶」，老稚石刻作「父老」相呼看耤田〔三〕。

〔一〕蒼龍：《漢書·天文志》：「東宮蒼龍。左角，理；右角，將。」《中華古今注》：「〔漢〕蒼龍闕，畫蒼龍。」

〔二〕農祥正：〔《海録碎事》卷一引〕《漢〔書·天文〕志》：「晨正房星，農事之候。韋昭注云：立春日晨中於午。」

〔三〕耤田：《宋史·禮志》：耤田之禮，宋初歲不常講。雍熙四年，始詳定儀注，除耤田爲先農壇，以郊後吉亥，皇帝親享先農，備三獻，行三推之禮。景德以後，因制損益，更鑿麥殿爲思文殿。

其　五

昨夜東風入律新〔一〕，玉關知有受降人。聖恩與解河湟凍，得共中原草木春。

〔一〕入律：《月令疏》：「律中太蔟，惟主正月之氣，宜與東風解凍，文次相連。角是春時之音律，審正月之氣，音由氣成，以其音氣相須，故律角〔相〕同〔處〕。言正月之時，候氣之管，中於太蔟，陽管爲律，陰管爲吕。」

其　六

翰林職在明光裏〔一〕，行樂詩成拜舞中〔二〕。不待驚開小桃杏，始知天子是天公〔三〕。

〔一〕明光裏：按，明光，漢宫名。張籍詩：「良人執戟明光裏。」

〔二〕行樂詩：李白有《宮中行樂詞》，又，杜甫詩：「宮中行樂秘。」

〔三〕天子是天公：南卓《羯鼓録》：「玄宗嘗遇小殿庭柳將吐，睹而嘆曰：『對此景物，豈(可不與)〔得不爲他〕判斷乎？』(因遣)〔獨〕高力士〔遣〕取羯鼓，臨軒縱擊。(反)〔及〕顧桃杏皆已(微)〔發〕折，上指笑，曰：『此一事，不喚我作天公可乎？』」

太皇太后閤六首〔一〕

其一

琱刻春何力，欣榮物自知。發生雖有象，覆載本無私。

〔一〕太皇太后：《宋史》：宣仁聖烈高皇后，英宗成婚濮邸。神宗立，尊爲皇太后。哲宗立，尊爲太皇太后。

其二

小殿〔一〕黄金榜〔二〕，珠簾白玉鈎。一聲雙日蹕〔三〕，春色滿皇州。

〔一〕小殿：即延和殿，注詳下。

〔二〕黄金榜：杜甫詩：「天門日射黄金榜。」

〔三〕雙日蹕：《宋史·禮志》：「哲宗即位，(宣仁)太皇太后(高氏臨朝)〔權同聽政〕。每朔、望、六參，帝御前殿，百官起居。畢，詣内東門進榜子。雙日御延和殿（同）垂簾，日參官起居太皇太后，移班少西起居皇帝。」

其　三

仗下春朝散，宫中晝漏稀〔一〕。兩廂休侍御，應下讀書幃。

〔一〕宫中：《宋史》：太皇太后所居崇慶宫。

其　四

五日占雲十日風，憂勤終歲爲三農。春來有喜何人見，好學神孫類祖宗。

其　五

共道十年無臘雪，且欣三白壓春田。盡驅南畝扶犁手，稍發中都朽貫錢。

按：《宋史·本紀》：「哲宗元祐三年，春正月，復廣惠倉。以雪寒，發京西穀五十餘萬石，損其直以抒民。罷上元游幸。」此首即記此事。

其　六

不獨清心能省事，應緣克己自銷兵。傳聞塞外千君長，欲趁新年賀太平。

皇太后閣六首〔一〕

其一

寶册瓊瑶重〔二〕，新庭松桂香。雪消春未動，碧瓦麗朝陽。

〔一〕皇太后：《宋史》：「欽聖憲肅向皇后，宰相敏中曾孫也。〔治平三年歸於潁邸，封安國夫人。〕神宗（在潁邸，聘爲夫人。）即位，立爲后。哲宗立，尊爲皇太后。」

〔二〕寶册：《宋史》：「尊號之（册）〔典〕，命大臣撰册文及書册寶，遣官告天地、祖（宗）〔廟〕、社稷。皇太后册禮，天子稱嗣皇帝，餘概如尊號儀。」

其二

瑞日明天仗，仙雲擁壽山。倚欄春晝永，金母在人間〔一〕。

〔一〕金母：《西王母傳》：「在昔，道氣凝寂，湛體無爲，以東華（玉精）〔至真〕之氣，化而生木公焉。又以西華至妙之氣，化而生金母焉。金母生於神洲伊川，以主陰靈之氣，理於西方，亦號王母。」

慎按：倚欄：墨跡石刻作「猗蘭」，兩存備考。

其　三

朝罷金鋪掩，人間寶瑟塵。欲知慈儉德，書史樂青春。

其　四

仙家日月本長閒，送臘迎春豈亦一作「亦偶」然。翠管銀罌一作「鈎」，訛傳故事〔一〕，金花綵勝作新年〔二〕。

〔一〕翠管銀罌：杜甫詩：「口脂面藥承恩澤，翠管銀罌下九（天）〔霄〕。」《困學紀聞》云：「東坡春帖用『翠管銀罌』，出老杜《臘日》詩，而注者改爲『銀鈎』。此邢子才所以有『日思誤書』之語也。」

〔二〕花勝：《荆楚歲時記》：「人日剪綵爲人，或鏤金箔爲人，以貼屏風，亦戴之頭鬢。賈充《李夫人典戒》云：（人日造花勝相貽）像瑞圖金勝之形，取像西王母戴勝也。」杜甫詩：「勝裏金花巧耐寒。」

其　五

彤史年來不絕書〔一〕，三朝德化婦承姑〔二〕。宮中侍女減珠翠〔三〕，雪裏貧民得袴襦。

〔一〕彤史：《舊唐書》：宮官有彤史二人，正六品。

〔二〕婦承姑：《詩》：「纘女維莘。」疏：「婦之所繼，維繼姑耳。繼姑而言維行，故能知太妊之德也。」《晉書·庾皇后傳》：「坤德尚柔，婦道承姑。」《宋史》：「哲宗立，尊（欽聖憲肅向皇后）爲皇太后。宣仁命葺慶壽宫以居后。后曰：『姑居西而婦（居）〔處〕東，是瀆（上下之）分也。』（因固辭。）遂以慶壽後殿爲隆佑宫，居之。」

〔三〕減珠翠：李白《大獵賦》：「六宫斥其珠玉，百姓樂於耕織。」

其　六

邊庭無事羽書稀，閒遣詞臣進小詩。共助至尊歌喜事，今年春日得春衣。

皇太妃閣五首〔一〕

其　一

葦桃猶在户〔二〕，椒柏已稱觴〔三〕。歲美風先應，朝回日漸長〔四〕。

〔一〕皇太妃：《宋史》：「欽成朱皇后，開封人。熙寧初入宫，生哲宗，累進德妃。哲宗（立）〔即位〕，尊爲皇太妃。時宣仁、欽聖二太后皆居尊，故稱號未極。元祐三年，宣仁詔：《春秋》之義，母以子貴。於是輿、蓋、冠、服，悉侔皇后。」

〔二〕葦桃：《風俗通》：「上古時，（神）荼、鬱壘兄弟二人，性能執鬼。（於東海）度（索）〔朔〕山桃樹下，簡閱百鬼之無道者，縛以葦索，執以飼虎。」今世畫神像於版上，以元日置之門户，即其遺意。

〔三〕椒柏：庾信《謝正旦賜酒》詩：「柏葉隨銘至，椒花逐頌來。」

〔四〕日漸長：《隋書》：開皇十九年十一月，有司奏元年以來日漸長。又，「袁充亦奏云：『隋興以來，日景漸長。』」

其二

甲觀開千柱〔一〕，飛樓擢九層。雪殘烏鵲喜，翔舞下觚稜。

〔一〕甲觀：《宋史》：「朱皇后即閣建殿，出入由宣德東門，百官上牋稱殿下，名所居爲聖瑞宮。」

其三

孝心日奉東朝養〔一〕，儉一作「健」，訛德應師太姒一作「大練」風〔二〕。太史新年瞻瑞氣，四星〔三〕明潤紫宮中〔四〕。

〔一〕東朝：按，《漢書》：「惠帝東朝長樂宮。」時呂太后居長樂，後世稱太后爲東朝，其義本此。

〔二〕大練：《後漢書·馬皇后紀》：「常衣大練，裙不加緣。」注云：「大練，厚繒也。」

〔三〕四星、紫宮：《漢書·天文志》：「中宮天極星。其一明者，（太）〔泰〕一之常居也。後句四星，末大星正妃，（後）〔餘〕三星，後宮之屬也。環之（廷）〔匡〕衛十二星，藩臣。皆曰紫宮。」

〔四〕明潤：《晉書·天文志》：「文昌六星，在北斗魁（星）前，明潤，大小齊，天〔瑞〕臻（瑞）。」

其四

九門挂月未催班，清禁風和玉漏閒。崇慶早朝銀燭下〔一〕，珮環聲在五雲間。

〔一〕崇慶：太皇太后所居宮名，注見前。

其五

東風弱柳萬絲垂，的皪殘梅尚一枝。繭館〔一〕乍欣蠶浴後〔二〕，禖壇猶記燕來時〔三〕。

〔一〕繭館：《三輔黃圖》：「《宮闕疏》云：（蠶所曰）繭館，〔蓋蠶繭之所也〕。」

〔二〕蠶浴：《禮記》：「卜三宮夫人世婦之吉者，使入蠶於蠶室，奉種浴於川。」疏云：「近川而爲之者，取其浴蠶種便也。奉種浴於川者，言蠶將生之時，而又浴之。」

〔三〕禖壇：《禮記·月令》：「仲春之月，玄鳥至。至之日，以太牢祀於高禖。」注云：「燕以施生時來巢人堂宇，而孚乳娶嫁之象也。」《宋史·禮志》：「仁宗詔有司，築高禖壇南郊，春分之日，以祀青帝，本《詩》『克禋以祓』之義，以禖從祀，報古爲禖之先也。」祀以簡狄姜嫄。○按，哲宗，朱太妃所出，故以玄鳥生商事比之。

夫人閣四首〔一〕

其一

綵勝鏤新語，酥盤滴小詩〔二〕。昇平多樂事，應許外庭知。

〔一〕夫人：《宋史》：「馮賢妃，東平人，初封郡君。養女林美人，得幸神宗，生燕、越二王，進婕妤。」

○慎按，元祐初，二人俱在宫中，未詳孰是。

〔三〕酥槃滴：黄庭堅詩：「酥滴花枝綵剪幡。」

其　二

細雨曉風柔，春聲入御溝。已漂新荇没，猶帶斷冰流。

慎按：「春深」，「深」字，石刻作「聲」，當從之。

其　三

扶桑初日映簾昇，已覺銅鉼暖不冰。七種共挑人日菜〔一〕，千枝先剪上元燈〔二〕。

〔一〕七種菜：《荆楚歲時記》：「正月七日爲人日，以七種菜爲羹。」

〔二〕千枝燈：鄭嵎《津陽門》詩注：「韓國爲千枝燈，臺高八十尺，每上元夜則然之，千光奪〔目〕〔月〕，百里之内，皆可望見焉。」

其　四

雪消鴛瓦已流澌，風暖犀盤尚鎮帷。縹緲紫簫明月下，璧門桂影夜參差〔一〕。

〔一〕璧門：杜牧詩：「月上白璧門，桂影凉參差。」按，石刻作「璧門」，正引用詩語。集本作「壁」，從「土」者，訛。今改正。

端午帖子詞 舊注：元祐三年。

皇帝閣六首

其一

盛德初融後〔一〕，潛陰未姤時〔二〕。侍臣占《易》象，明兩作重離〔三〕。

〔一〕盛德：《月令》：「孟夏之月，某日立夏，盛德在火。」

〔二〕潛陰：按《易》，一陰伏五陽之下，名爲姤，夏至之卦。

〔三〕明兩：《易·離卦》：「象曰：明兩作離，大人以繼明照於四方。」

其二

采秀擷群芳，争儲百藥良。太醫初薦艾〔一〕，庶草騐蕃昌〔二〕。

〔一〕太醫薦艾：《後漢書》：少府所屬有太醫令。《荆楚歲時記》：「端午日以艾爲人，置户上，辟（鬼）〔惡〕。」子由詩云：「太醫争獻天師艾。」

〔二〕庶草：《尚書·洪範》：「五者來備，各以其叙，庶草蕃廡。」疏云：「須風則風來，須雨則雨來，各以次序，則衆草木蕃滋而豐茂矣。」

其　三

微涼生殿閣，習習滿皇都。試問吾民愠，南風爲解無。

慎按：《藝苑雌黄》云：「東坡詩『微涼生殿閣』云云，原其意，蓋欲聖君推南風之德，以及於黎庶也。唐文宗與柳公權聯句，東坡以公權有美而無箴，因續四句，（又）〔其〕作《端午帖子詞》，用此意也。」

其　四

西檻新來玉宇風，侍臣茗椀得雍容〔一〕。庭槐似識天顔喜，舞破清陰作兩龍〔二〕。

〔一〕侍臣茗椀：按，宋制，侍講、侍讀官，例賜酒、賜茶。本集《侍立邇英》詩有「上尊初破早朝寒，茗椀仍沾講舌乾」之句。

〔二〕槐龍：按，子由《入侍邇英》詩云：「槐龍對舞覆衣冠。」自注云：「邇英閣庭前有雙槐，甚高，而柯葉覆地如龍蛇，講官進對其下。」

其　五

講餘〔一〕交翟轉迴廊〔二〕，始覺深宫夏日長。揚子江心空百鍊〔三〕，只將無逸鑑興亡〔四〕。

〔一〕講餘：《宋史》：凡經筵，歲以仲春至端午，仲秋至長至，講讀官輪直，或便殿，或邇英閣；或間日，或每日，無常制。

〔二〕交翟：《播芳大全》載：「《集英殿致語》云：『輦出房而雷動，扇交翟以雲開。』」謂雉羽扇也。

〔三〕江心百鍊：《異聞集》：「天寶中，揚州進水心鏡，背有盤龍，鏡匠呂輝移爐，以五月五日於揚子江心鑄之。後大旱，祀之，(得)〔乃大〕雨。」白居易《百鍊鏡》詩：「江心波上舟中鑄，五月五日日午時。」

〔四〕無逸：《周書》篇名。《播芳大全》載：「《集英殿致語》云：『誦《書·無逸》，法中宗之不敢康。』」

其六

一扇清風灑面寒，應緣飛白在冰紈〔一〕。坐知四海蒙膏澤，沐浴君王德似蘭〔二〕。

〔一〕飛白扇：《唐(書)〔會要〕》：「太宗謂長孫無忌、楊師道曰：『五日舊俗，必用服玩相賀，(朕)今各(賀)〔賜〕君飛白扇二枚，庶動清風，以揚美德。』」

〔二〕浴蘭：(大戴禮)〔《楚辭·九歌·東皇太一》〕：「浴蘭湯兮沐〔芳〕華(芳)。」

太皇太后閤六首

其一

漸臺通翠浪〔一〕，暑殿轉清風〔二〕。簾卷東朝散，金烏未遽中。

〔一〕漸臺：《史記・孝武本紀》：「作建章宫，度爲千門萬户。前殿度高未央。其東則鳳闕，高二十餘丈。其西則唐中，數十里虎圈。其北治大池，漸臺高二十餘丈，名曰泰液。注云：漸，浸也。臺在池中，爲水所浸。」

〔三〕暑殿：劉禹錫詩：「奉君清暑殿。」

其　二

日永蠶收簇〔一〕，風高麥上塲。朝來耤田令〔二〕，菰黍獻時芳〔三〕。

〔一〕蠶簇：揚雄《元后誄》：「蠶於繭館，躬筐執曲。帥導群妾，咸循蠶簇。」秦處度《蠶書》：「屈藁長二尺者，自後茨之以爲簇，以居蠒蠶。」

〔二〕耤田令：《山堂考索》：「耤田令，周爲甸師。漢文帝始開耤田，置令、丞，掌耕國廟社稷之田。東漢及魏缺，晉復置。宋元豐三年，改耤田令隸太常寺。」

〔三〕菰黍：《風土記》：「午日，以菰葉裹（稻）〔黏〕米爲粽，以象陰陽相包裹未分散也。」

其　三

舞羽諸羌伏，銷兵萬彙蘇。只應黄紙誥，便是赤靈符〔一〕。

〔一〕赤靈符：《抱朴子》：「五月五日作赤靈符，（書）著心前，以辟五兵。」王珪《端午》詩：「心前笑指赤靈符。」

其　四

令節陳詩歲歲新，從官何以壽吾君。願儲醫國三年艾，不作沉湘九辨文。

其　五

忠臣諒節今千歲〔一〕，孝女孤風滿四方〔二〕。不復巫陽占郢夢，空餘仲御扣河章〔三〕。

〔一〕忠臣：指屈原。

〔二〕孝女：指曹娥。

〔三〕仲御扣河章：《晉書·夏統傳》：「母病，詣洛市藥。會三月上巳，士女如雲，統並不顧。賈充怪而問之。徐答曰：『會稽夏仲御也。』充使問其土俗，又謂曰：『卿能作土地間曲乎？』統曰：『孝女曹娥，年甫十四，其父墮江不得尸，娥仰天哀號，便投水而死，父子喪尸，後乃俱出。國人哀其孝義，爲歌《河女》之章。今欲歌之。』於是以足扣船，引聲喉囀，清激慷慨，大風應至，雷電冥晝。諸人相顧曰：『聞《河女》之音，不覺涕泪交流，即謂伯姬高行在目前也。』」

其　六

長養恩深動植均，只憂貪吏尚殘民。外廷已拜梟羹賜〔一〕，應助吾君去不仁。

〔一〕梟羹：《史記·樂書》注：「五月五日，爲梟羹賜百官。以惡鳥，故食之也。」〇按，子由《端午帖子詞》：「百官起拜梟羹賜，凶去方知舜有功。」與詩意同。

皇太后閣六首

其一

露簟琴書冷，琱盤〔一〕餰餌新。深宮猶畏日，應念暑耘人。

〔一〕琱盤：《開元天寶遺事》：「宮中端午，造粉團角黍，貯（琱）〔金〕盤中，以小角弓射之，中者得食。」餰：孫愐《唐韻》：餰，諸延切，厚粥也。

其二

萬壽菖蒲酒〔一〕，千金琥珀杯。年年行樂處，新月挂池臺。

〔一〕菖蒲酒：《王氏彙書評注》：端午日，以菖蒲或縷或屑泛酒。

其三

翠筒初裹楝〔一〕別本作「練」，薌黍復纏菰〔二〕。水殿開冰鑑，瓊漿凍玉壺。

〔一〕裹楝：《苕溪漁隱叢話》：「新筒裹練（明），（唐）明皇《端陽〔序〕》詩也。《藝苑雌黃》云：《初學記》引吴均《續齊諧記》，乃作『楝葉』之『楝』，〔豈〕傳寫之（訛）〔誤邪〕？東坡之意，蓋謂『楝』當作『練』耳。」○慎按，仲子陵《五絲續命賦》：「楝葉結，采絲纈。」注云：「五月五日祭屈原，竹筒貯米，以楝塞其上，采絲縛之。」先生正用此事。

〔三〕薌萁：《禮記》：「黍曰薌合。」疏云：「穀，秫者爲黍，秫既軟而相合，氣息又香，故曰薌合也。」

其　四

秘殿扶疎夏木深，雨餘初有一蟬吟。應將嬴女乘鸞扇〔一〕，更助南風長棘心〔二〕。

〔一〕乘鸞扇：劉禹錫詩：「團扇復團扇，奉君清暑殿。秋風入庭樹，從此不相見。上有乘鸞女，蒼蒼蟲網徧。明年入懷袖，別是機中（綫）〔練〕。」

〔二〕南風長棘心：《詩·凱風》疏云：「凱樂之風，從長養之方而來，吹彼棘木之心，故棘心得盛長；以興寬仁之母，以慈愛之情養我七子之身，故七子皆得少長。」

其　五

上林珍木暗池臺〔一〕，蜀產吳包萬里來。不獨槃中見盧橘，時於櫻裏得楊梅〔二〕。

〔一〕上林：《漢書·上林賦》注：「此雖賦上林，博引異方珍奇，不係於一也。」按，先生此詩，合四句觀之，正合此意。

〔二〕櫻裏楊梅：歐陽修詩：「彩索盤中結，楊梅櫻裏紅。」

其　六

閔楚遺風萬古情，沅湘舊俗到金明〔一〕。翠輿黃繖何時幸，畫鷁〔二〕飛鳧盡日橫〔三〕。

〔一〕金明：《宋史》：「天子歲時游豫，首夏幸金明池，觀水嬉。」

〔二〕畫鷁：《淮南子》：「龍舟鷁首。」注云：「鷁，水鳥也。畫其像着船首。」王子年《拾遺記》：「（乘）〔泛〕銜瀾靈鷁之舟。」或作「鶂」，音義同。

〔三〕飛鳧：張正見詩：「黄雲迷鳥路，白雪下鳧舟。」

皇太妃閣五首

其一

午景簾櫳静，薰風草木酣。誰知恭儉德，綵縷出親蠶〔一〕。

〔一〕親蠶：《宋史·禮志》：先蠶之禮久廢，真宗朝，禮院上言：《周禮》「蠶於北郊」，以純陰也。漢蠶於東郊，以春桑生也。請附故事，築壇東郊。政和間，禮局請倣古制，於先農壇側築蠶室二十七，别構殿一區，爲親蠶之所。詔從其議，命親蠶殿，以「無斁」爲名。

其二

雨細方梅夏，風高已麥秋〔一〕。應憐百花盡，緑葉暗紅榴。

〔一〕麥秋：《月令》：「孟夏之月，靡草死，麥秋至。」白居易詩：「洛卜麥秋月，江南梅雨時。」

其三

辟兵已佩靈符小〔一〕，續命仍縈綵縷長〔二〕。不爲祈禳得天助，要令風俗樂時康。

〔一〕辟兵符：裴玄《新語》：「五月五日，繫五采繒，謂之辟兵符。」

〔二〕續命縷：《風俗通》：「五月五日，以采絲繫臂，謂之續命縷。」

其　四

玉盆浮李灩清泉〔一〕，金鴨虚空裊細烟。自有梧楸鄣畏日，仍欣麥黍報豐年〔二〕。

〔一〕浮李：魏文帝書：「沉朱李於寒水。」「浮」疑當作「沉」。

〔二〕麥黍：《月令》：「孟夏，農乃登麥。（季）〔仲〕夏，農乃登黍。」注云：「此時黍新熟，今蟬鳴黍是也。」

其　五

良辰樂事古難同，繡繭一作「縷」朱絲奉兩宫〔一〕。仁孝自應禳百沴，艾人桃印本無功〔二〕。

〔一〕繡縷朱絲：《玉燭寶典》：「端午節，文繡金縷帖畫貢獻所尊。」王珪詩：「仙艾垂門緑，（朱）〔靈〕絲繞户長。」

〔二〕桃印：《續漢書》：「劉昭曰：『桃印，本漢制，所以制惡氣。』」

夫人閣四首

其　一

肅肅槐庭午，沉沉玉漏稀。皇恩樂佳節，鬭草得珠璣〔一〕。

〔一〕鬬草：《歲時記》：「五日有鬬百草之戲。」歐陽修《端午詞》：「共鬬今朝勝，盈襜百草香。」

其二

節物荆吴舊，嬉游禁掖閒。仙風隨畫箑，拜賜落人間。

其三

五綵縈筒秫稻香，千門結艾鬢髯張。旋開寶典尋風物〔一〕，要及靈辰共祓禳。

〔一〕寶典：《隋書·經籍志》：「杜臺卿《玉燭寶典》〔十〕二（十）卷。」

其四

欲曉銅缾下井欄，鏗鍠金殿發清寒。似聞人世南風熱，日上牆東問幾竿。

興龍節〔一〕集英殿〔二〕宴口號 并致語○舊注：元祐二年。

臣聞帝武造周，已兆興王之迹；日符祚漢，實開受命之祥。非天私我有邦，惟聖乃作神主。仰止誕彌之慶，集於建丑之正。瑞玉旅庭，爰講比鄰之好；虎臣在泮，復通西域之琛。式燕示慈，與人均福。恭惟皇帝陛下，睿思冠古，濬哲自天。焕乎有文，日講六經之訓；述而不作，思齊累聖之仁。夷夏宅心，神人協德。卜年七百，方過曆以承天；有臣三千，咸一心而戴后。彤庭振萬，玉座傳觴。誦干戈載戢之詩，作君臣相悦之樂。斯民何幸，白首太平。猥以微生，親逢盛旦。始慶猗蘭之會，願賡《擊壤》之音。下采民言，上陳口號。

凛凛重瞳日月新，四方驚喜識天人。共知若木初升旦，且種蟠桃莫計春。請吏黑山歸屬國，給扶〔三〕黄髮拜嚴宸〔四〕。紫皇應在紅雲裏，試問清都舊侍臣。

〔一〕興龍節：《宋史·哲宗本紀》：十二月初七日，帝生日也。避禧祖忌辰，以次日爲興龍節。

〔二〕集英殿宴：《汴京（宫室考）〔遺跡志〕》：「大慶殿北有紫宸殿，西有垂拱殿，次西皇儀殿，又次西集英殿，宴殿也。」《宋史·禮志》：宴饗，凡春秋季仲、聖節及國有大慶，皆大宴。其日，殿庭設山樓，排場爲群仙隊仗。宰相以下升殿，進酒，各就位，酒九行，更衣，賜花有差。大觀三年，議禮局上《集英殿大宴儀》。

〔三〕給扶：《南史·袁憲傳》：「以功封建安伯，除太子詹事。（袁）〔憲〕請解職，不許，尋給扶二人。」《（新）唐書》：「玄宗遣徐嶠邀張果至（郡）〔東都〕，辭還山，給扶侍二人。」

〔四〕黄髮：《宋史·文彦博傳》：「元祐初，司馬光薦宿德元老，宜起以自輔。乃命平章軍國重事，六日一朝，一月兩赴經筵，恩禮甚渥。」

又興龍節集英殿宴口號并致語

臣聞天所眷命，生而神靈。惟三代受命之符，萃於兹日；實萬世無疆之福，延及我民。候南極之祥輝，交北鄰之瑞節。同趨鎬燕，争頌華封。恭惟皇帝陛下，稽古温文，乘乾剛粹。體生知而猶學，藏妙用於何言。故得六聖承休，二靈眷佑。德隆星晷，齊六符而泰階平；河行地中，錫九疇而彝倫正。屬誕彌之令旦，履長發之嘉祥。夙設九賓於庭，徧舞六代之樂。日無私於臨照，葵藿自傾；天有信於發生，勾萌必達。臣等濫塵法部，獲造彤墀。下采民言，得三萬里之謡誦；登歌壽斝，以八千歲爲春秋。不度蕪音，敢進口號。

風卷雲舒合兩班〔一〕，曈曈瑞日映天顔。觀書已獲千秋鏡〔二〕，積德長爲萬歲山。臘雪未消三務起，壬人不用五兵閒〔三〕。相逢父老争相賀，却笑華胥是夢間。

〔一〕合班：《宋史·職官志》：《唐六典》：中書、門下、尚書三省合一。元豐五年，中書、門下始分。元祐初，司馬光請令合班奏事，分省治事。

〔二〕千秋鏡：《〔新〕唐書·張九齡傳》：「初，千秋節王公並獻寶鑑。九齡上《事鑑》十章，號《千秋金鑑》，以申諷諭。」

〔三〕五兵：《禮記》：「五戎。」注：「弓矢、殳、矛、戈、戟也。」

坤成節〔一〕集英殿宴口號并致語○舊注：元祐二年七月十五日。

臣聞視履考祥，既占懷月之夢；對時育物，必有繼天之功。方大火之西流，屬陰靈之既望。帝於是日，誕降仁人。意使斯民，咸歸壽域。共慶千秋之遇，得生二聖之朝。式燕示慈，與民同樂。恭惟皇帝陛下，文思天縱，濬哲生知。力行湯禹之仁，常恐一夫之不獲；躬蹈曾閔之孝，故得萬國之懽心。恭惟太皇太后陛下，道契天人，德超載籍。知人則哲，蓋帝堯之所難；修己安民，雖虞舜其猶病。風雲從而萬物覩，日月照而四時行。自然動植之咸安，莫知天地之何力。三宮交慶，群后駿奔。賓鄰通四牡之歡，航海致重譯之贐。洞庭九奏，始識咸池之音；靈岳三呼，共獻後天之祝。臣等叨居法部，輒采民言。上瀆宸聰，敢陳口號。

三朝遺老九門前，又見承平大有年。文母憂勤初化俗，曾孫仁孝已通天。史書元祐三千牘，樂奏坤成第一篇。欲采蟠桃歸獻壽，蓬萊清淺半桑田。

〔一〕坤成節：《宋史》：聖節立名，自唐千秋節始，宋因之。太皇太后臨朝，亦立節。按，《哲宗本紀》：「詔以太皇太后生日七月十六日爲坤成節。」舊注以爲十五日者，訛。當從《本紀》。

齋日口號并致語

旋復陰陽，配五支於六幹；誕彌歲月，與元日爲三申。神后降慶於當年，曾孫效誠於兹旦。不煩巧力，自契真符。道俗讙謡，天人協應。太皇太后陛下，功高任姒，德配唐虞。上推顧託之心，下布仰成之政。寳慈與儉，蹈光憲之成規；却狄安邦，襲武烈之餘慶。三朝順履，萬壽維新。雖絳縣之老人，難窮甲子；如楚南之靈木，莫計春秋。臣賤等草茅，心傾葵藿。采民謳於《擊壤》，效樂語之陳詩。

媧皇得道自神仙，金母長生不計年。甲子會逢三朔旦，歲星行看兩周天。消兵漸覺腰無犢，種德方知福有田〔一〕。彤管何人書後會，椒花椿頌一時編〔二〕。

〔一〕福田：《法論》云：「供父母曰恩田，供僧佛曰敬田，供疾病曰悲田，總名之曰福田。」

〔二〕椒花頌：《晉書》：「劉臻妻陳氏，（元）〔正〕旦獻《椒花頌》。」

集英殿春宴〔一〕口號并致語

臣聞人和則氣和，故王道得而四時正；今樂猶古樂，故民心悦而八音平。幸此聖朝，陶然化國。飭三農于保介，維莫之春；興五福于太平，既醉以酒。恭惟皇帝陛下，乘乾有作，出震無私。憲章六聖之典謨，斟酌百王之禮樂。天方祚于舜孝，人已誦于堯言。故得彝倫叙而水土平，北流軌道；壬人退而蠻夷服，西旅在庭。稍寬中昃之憂，一均湛露之澤。方將麯蘖群賢而惡旨酒，鼓吹六藝而放鄭聲。雖《白雪陽春》，莫致天顔之一笑；而獻芹負日，各盡野人之寸心。臣猥以賤工，叨塵法部。幸獲望雲之喜，敢陳《擊壤》之音。不揆蕪才，上進口號。

萬人歌舞樂芳辰，長養恩深第四春。令下風雷常有信，時來草木豈知仁。璿璣〔二〕已正三階泰〔三〕，玉琯初知九奏均〔四〕一作「純」。更欲年年同此樂，故應相繼得元臣。

〔一〕集英春宴：《宋史·禮志》：凡春秋聖節，「有大慶，皆大宴。太平興國後，止設春宴。淳化四年，陳靖上言：宴以禮成，賓以賢序。其有拜起失節，宴饌不潔，並申嚴制。咸平三年，始備設春秋大宴。學士梁顥請春秋大宴、小宴、賞花、行幸次爲四圖，頒下閤門遵守。故事，大宴前一日，御殿閱百戲，謂之獨看。哲宗初立，詔罷獨看。元祐三年，罷春宴，又罷秋宴，以魏王出殯，翰林學士蘇軾不進教坊致語故也。」○慎按，魏王，哲宗之叔，三年因喪廢宴。此詩元祐四年作，故云第四春。

〔二〕璿璣：《史記·天官書》：「北斗七星，所謂『璿、璣、玉衡以齊七政』。」注云：「斗，第一天樞，第二璇，第三璣，第四權，第五衡，第六開陽，第七揺光。第一至第四爲魁，第五至第七爲杓，合而爲斗。玉衡屬杓，魁爲璇、璣。」

〔三〕三階：《天官書》：「魁下六星，兩兩相比者，名曰三能。三能色齊，君臣和。」注云：「泰階，三台也。」又，《黃帝泰階六符經》：「三階平則陰陽和，風雨時。」

〔四〕玉琯：按，此指范景仁新樂也。本集《和范景仁》詩：「玉琯猶聞秬黍香。」自注云：「舊法以尺生律，今以黍定律，以律生尺。」以《宋史》考之，范鎮請太府銅鑄律樂成，帝與太皇太后御延和殿，詔執政侍從皆往觀，乃元祐三年事。自是朝會皆用之，故先生詩云「玉琯初知九奏均」也。

紫宸殿〔一〕正旦口號 并致語○舊注：元祐四年。

臣聞行夏之時，正莫加於人統；採周之舊，王方在於鎬京。惟吉月之布和，休庶工而未作。使華遠集，鄰好交修。萃簪笏於九門，來車書於萬里。將興嗣歲，以樂太平。恭惟皇帝陛下，躬履至仁，誕膺眷命。法天地四時之運，民日用而不知；傳祖宗六聖之心，我無爲而自化。九德咸事，三年有成。始御八音之和，以臨元日之會。人神相慶，夷夏來同。臣等忝與賤工，得親壯觀。知輿情之願頌，顧盛德之難形。不度荒蕪，敢進口號。

九霄清蹕一聲雷〔二〕，萬物欣榮意已開。曉日自隨天仗出，春風不待斗杓回。行看菖葉催耕耤〔三〕，共喜椒花映壽杯。欲識太平全盛事，振振鵷鷺滿雲臺。

〔一〕紫宸殿：《汴京(宮室考)〔遺跡志〕》：「大慶殿北有紫宸殿，視朝之前殿也。」《宋史・禮志》：「宋初大朝會，以元日、(冬至及)五月朔、〔冬至〕，群臣(稱)〔奉〕賀上壽，若無事不視朝，則表賀於閤門。常朝之儀，唐以宣政爲前殿，謂之正衙；以紫宸爲便殿，謂之入閣。正衙則日見群臣，百官皆在，謂之常參。後，唐明皇始詔群臣五日一隨宰相入見，謂之起居。宋因其制，皇帝日御垂拱殿，文武官日赴文德殿正衙曰常參，其朝朔望亦於此殿。五日起居則於崇德殿或長春殿。(崇德即紫宸，)長春即垂拱也。元豐官制行，詔侍從而上，日朝垂拱，謂之常參官。百司朝官以上，每五日一朝紫宸，爲六參官。京朝官以上，朔望一朝紫宸，爲朔參官、望參官，遂爲定例。」

〔二〕九霄：道書：赤霄、碧霄、青霄、玄霄、絳霄、黅霄、紫霄、練霄、縉霄爲九霄。

〔三〕菖葉：王融《策秀才文》：「將使杏花菖葉，耕穫不繼；清甽冷風，述遵無廢。」

集英殿秋宴口號并致語

臣聞天無言而四時成，聖有作而萬物睹。清净自化，雖仰則於帝心；豈弟不回，亦俛同於衆樂。屬此九秋之候，粲然萬寶之成。吾王不游，何以勞農而休老；君子如喜，則必大烹以養賢。恭惟皇帝陛下，孝通神明，仁及草木。行堯、禹之大道，守成、康之小心。華夷來同，天地並應。以爲福莫大於無事，瑞無加於有年。南極呈祥，候秋分而老人見；西夷慕義，涉流沙而天馬來。嘉與臣工，肅陳燕俎。禮元侯於三夏，諧庶尹於九成。宣示御觴，聳近臣之榮觀；臚傳天語，溢兩廡之歡聲。臣等親覯昌辰，叨塵法部。采謠言於《擊壤》，助矇瞍之陳詩。仰奉威顔，敢進口號。

霜霏碧瓦尚生烟，日泛彤庭已集仙。藹藹四門多吉士，熙熙萬國屢豐年。高秋爽氣明宫殿，元祐和聲入管絃。菊有芳兮蘭有秀，從臣誰和《白雲篇》〔一〕。

〔一〕白雲篇：杜甫詩：「晴窗（檢）點〔檢〕《白雲篇》。」按詩意，蓋用漢武《秋風辭》。

黄樓致語口號

百川反壑，五稼登場。初成百尺之樓，適及重陽之會。高高下下，既休畚鍤之勞；歲歲年年，共睹茱萸之美。恭惟知府學士，民人所恃，憂樂以時。度餘力而取羨材，因備灾而成勝事。起東郊之壯觀，破西楚之淫名。賓客如雲，來四方之豪傑；鼓鐘殷地，竦萬目之觀瞻。實與徐民，長爲佳話。

一新柱石壯嚴闉，更值西風落帽辰。不用游從誇燕子，直將氣燄壓波神。山川尚遶當時國，城郭猶飄廣陌塵。誰凭闌干賞風月，使君留意在斯民。

慎按：此詩當是元豐戊午守徐州時作。集中又有《九日黄樓》詩，見十七卷中，注詳前。

趙倅成伯母生日致語口號

昔年占夢，適當重九之佳辰。今日獻香，願祝大千之遐算。慶婦姑之同日，雜茱菊以稱觴。殺雞已效於龐公，翦髮敢資於陶母。但某叨居樂部，忝預年家。不度蕪材，上塵口號。

今朝壽酒泛黄花，鬱鬱葱葱氣滿家。願得唐兒舞一曲〔一〕，不嫌國小向長沙。

〔一〕唐兒：《史記·五宗世家》：「長沙定王發之母，故程姬侍者。唐兒生子，名發。以孝景前二年，用皇子爲長沙王，以其母無寵，故王卑濕貧國。」

慎按：先生知密州，趙成伯爲倅，第十四卷中多唱和之什。此詩爲其母生日作，後二句引用唐兒事，蓋因所出微而爲解嘲云爾。

王氏生子致語口號

人中五日，知織女之暫來；海上三年，喜花枝之未老。事協紫衜之夢，歡傾白髮之兒。好人相逢，一杯徑醉。伏以某人女郎，蒼梧仙裔，南海貢餘。憐謝端之早孤，潛炊相助；嘆張鎬之没興，遇酒輒歌。采楊梅而朝飛，擘青蓮而暮返。長新玉女之年貌，未壓金膏之掃除。萬里乘桴，已慕仲尼而航海；五絲繡鳳，將從老子以俱仙。東坡居士，尊俎千峰，笙簧萬籟。聊設三山之湯餅，共傾九醞之仙醪。尋香而來，苒天風之引步；此興不淺，炯江月之升樓。

羅浮山下已三春，松筍穿階晝掩門。太白猶逃水仙洞〔一〕，紫簫來問玉華君。天容水色聊同夜，髮澤膚光自鑑人。萬户春風爲子壽，坐看滄海起揚塵。

〔一〕太白水仙洞：《續仙傳》：「孫思邈隱於太白山，學道。偶出，見（牧牛童）〔人欲〕殺小〔青〕蛇，已傷出血，思邈脱（身）〔衣〕贖之，以藥封裹，放於草（内）〔間〕。（復）月餘〔復〕出行，見一白衣少年，以馬載之，偕行如飛，到一城郭，儼若王者之居。少年延思邈入，見一〔人〕端（正）美（貌），袷帽絳衣，侍從甚衆。俄頃，一女子領一青衣小兒出，拜曰：『此兒痴騃，爲人（哀）〔傷〕損，（取）〔賴〕救免害。』思邈省記嘗救青蛇，即訝此何所也？潛問左右，曰：『此涇陽水府也。』留連三日，命其子取龍宮藥方三十首與（先生）〔思邈，曰〕：『此真（道者）〔方〕，可以救世濟人。』俄復命僕馬送歸（太白）山。深自以爲異。」

寒食宴提刑致語口號

良辰易失，四者難并。故人相逢，五斗徑醉。況中年離合之感，正寒食清明之間。時乎不可再來，賢者而後樂此。恭惟提刑學士，才本天授，學爲人師。事業存乎斯民，文章蓋其餘事。望之已試於馮翊，翁子暫還於會稽。知府學士，接好鄰邦，締交册府。莫逆之契，義等於天倫；不腆之辭，意勤於地主。力講兩君之好，可無七字之詩？欲使異時，傳爲盛事。

雲間畫鼓叠春雷，千騎尋芳戲馬臺。半道已逢山簡醉，萬人争看謫仙來。淮西按部威尤凛，歷下懷仁首重回。還把去年留客意，折花臨水更徘徊。

慎按：元豐戊午，先生在徐州，有《寒食答李公擇三絶句》，題中所云提刑當即公擇，故以謫仙稱之。公擇在齊州，先生曾訪之，故又有「歷下懷仁」及「去年留客」之句。

【校記】

一、《春帖子詞·皇帝閣六首·其四》注二引《漢書·天文志》云云，《漢書·天文志》無此引文，實轉引自葉庭珪《海録碎事》卷一《天部上·星門》「晨正條」引《漢志》。

二、《春帖子詞·皇太后閤六首·其二》注一引《西王母傳》云云，實轉引自張君房《雲笈七籤》卷一百十四。

三、《端午帖子詞·皇帝閤六首·其二》注一引《荆楚歲時記》云云，《荆楚歲時記》無此引文，實轉引自葉庭珪《海録碎事》卷二《天部下·端午門》「艾先生」條。

四、同上《其五》注三引《異聞録》云云，實轉引自潘自牧《記纂淵海》卷二。另，祝穆《古今事文類聚·續集》卷二十八、《錦繡萬花谷·前集》卷四亦有載，文字略異。

五、同上《其六》注一引《唐書》云云，按，《舊唐書》及《新唐書》均未見此引文，實引自《唐會要》卷三十五《書法》第五條。○注二引《大戴禮》云云，誤，《大戴禮》無此引文，引文實出自《楚辭·九歌·東皇太一》。其所以誤者，蓋因轉引所至也。《荆楚歲時記》云「《大戴禮》曰五月五日蓄蘭爲沐浴」，下接「楚辭曰」云云，初白漏「楚辭曰」三字。另，《藝文類聚》卷四、《古今事文類聚·前集》卷九亦連引《大戴禮》與《楚辭》。

六、《端午帖子詞·皇太后閤六首·其六》注二引《拾遺記》云云，實轉引自李賢《太平御覽》卷八百三十四《資産部》十四。

七、《端午帖子詞·皇太妃閤五首·其三》注一引裴玄《新語》云云，實轉引自潘自牧《記纂淵海》卷二《節序部》「端午」條。○注二引《風俗通》云云，亦轉引自《記纂淵海》上述同條。

八、同上《其五》注一引《玉燭寶典》云云，實轉引自陳耀文《天中記》卷五《夏·端午》「條達端午」

條。○注二引《續漢書》云云，實轉引自祝穆《古今事文類聚・前集》卷九「桃印符」條。

九、《齋日口號》注一引《法論》云云，實轉引自葉庭珪《海録碎事》卷十三下《梵語門》「悲田」條。

十、《集英殿春宴口號》注三引《黄帝泰階六符經》云云，實轉引自李賢《太平御覽》卷八百七十二《休徵部一・叙休徵》第八條。

十一、《王氏生子致語口號》注一引《續仙傳》云云，實轉引自《雲笈七籤》卷一百十三「孫思邈」篇。

東坡先生補編詩卷四十七

古今體詩六十四首

慎按：吴興施氏原本《前》、《後集》合三十九卷，其第四十卷則《翰林帖子詞》五十四首，《遺詩》三十一首，最後兩卷爲《和陶詩》，共四十二卷。原注雖殘闕，日録猶存。新刻本增《續補》上下二卷，《南行集》錯雜其間，真贋相半。余既取《南行集》以冠全詩，又依《外集》，於《續補》卷中排次分編。其漫不可考者，凡十九首，無從附録，仍置此卷首。此外一百十三首，皆慎别行搜採，彙分兩卷，各疏出處，俾覽者有考焉。

戲足柳公權句并引

宋玉對楚王：「此獨大王之雄風也，庶人安得而共之？」譏楚王知己而不知人也。柳公權小子與文宗聯句，有美而無箴，故爲足成其篇。

人皆苦炎熱，我愛夏日長。薰風自南來，殿閣生微凉〔一〕。一爲居所移，苦樂永相忘。願言均此施，清陰分四方。

〔一〕殿閣：《吕氏家塾廣記》云：「陳輔之以（爲）『殿桷生餘凉』，今世所傳只用公權舊語，故東坡（《端午帖子詞》）〔詩〕云『微凉生殿閣』。又，『獨咏微凉殿閣風』，不聞有『殿桷餘凉』之説。」又按，《藝苑雌黄》云：「文宗與公權聯句，東坡以爲有美而無箴，因續四句。然洪駒父（以爲）〔謂〕公權已含箴規之意，雖不必續可也。」愚謂人臣忠愛其君，自當隨事納誨，以啓主心，而達下情。凡作隱躍含糊之語，冀幸一悟者，皆諂諛之徒也。先生此詩，特爲此一流發，偶借公權爲質的耳。嚴氏之説，不足取也。

慎按：此詩施氏原本載《遺詩》卷中，時地莫考，難以詮次，姑仍其舊。

送别

鴨頭春水濃如染，水面桃花弄春臉。衰翁送客水邊行，沙襯馬蹄烏帽點。昂頭問客幾時歸，客道秋風黄一作「落」葉飛。繫馬緑楊開口笑，傍山依約見斜暉。

寄周安孺茶

大哉天宇内，植物知幾族〔一〕。靈品獨標奇，迥超凡草木。名從姬旦始，漸播桐君録〔二〕。賦咏誰最先，厥傳惟杜育〔三〕。唐人未知好，論著始於陸。常李亦清流〔四〕，當年慕高躅。

遂使天下士，嗜此偶於俗。豈但中土珍，兼之異邦鬻。鹿門有佳士，博覽無不矚。邂逅天隨翁，篇章互賡續〔五〕。開園頤山下〔六〕，屏跡松江曲。有興即揮毫，粲然存簡牘。伊予素寡愛，嗜好本不篤。粵自少年時，低回客京轂。雖非曳裾者，庇蔭或華屋。頗見紈綺中，齒牙厭粱肉。小龍得屢試，糞土視珠玉。團鳳與葵花〔七〕，碔砆雜魚目。貴人自矜惜，捧玩且緘櫝。未數日注卑，定知雙井辱。於兹自一作「事」研討，至味識五六。自爾入江湖，尋僧訪幽獨。高人固多暇，探究亦頗熟。聞道早春時，携籯赴初旭。驚雷未破蕾〔八〕，采采不盈掬。旋洗玉泉蒸〔九〕，芳馨豈停宿。須臾布輕縷，火候謹盈縮〔一〇〕。不憚頃間勞，經時廢藏蓄。髹筒净無染，箬籠匀且複。苦畏梅潤侵，暖須人氣燠。有如剛耿性，不受纖芥觸。又若廉夫心，難將微穢瀆。晴天敞虚府，石碾破輕緑。永日遇閒賓，乳泉發新馥〔一一〕。香濃奪蘭露，色嫩欺一本作「期」，訛秋菊。閩俗競傳誇，豐腴面如粥〔一二〕。自云葉家白〔一三〕，頗勝中山醁。好是一杯深，午窗春睡足。清風擊兩腋，去欲凌鴻鵠。嗟我樂何深，《水經》亦屢讀。子「子」字疑訛，俟再考吒中泠泉，次乃康王谷。蟇培一作「碚」頃曾嘗，鉼罌走僮僕。如今老且嬾，細事百不欲。美惡兩俱忘，誰能强追逐？薑鹽拌白土，稍稍從吾蜀。尚欲外形骸，安能狗口腹？由來薄滋味，日飯止脱粟。外慕既已矣，胡爲此羈束？昨日散幽步，偶上天峰麓。山圃正春風，蒙茸萬旗簇。呼兒爲招一作「佳」客，采製聊亦復。地僻誰我從，包藏付厨簏。何嘗較優劣？但喜破睡速。况此夏日長，人間正炎毒。幽人無一事，午飯飽蔬菽。困臥北窗風，風微動窗竹。乳甌十分滿，人世真局促。意爽飄欲僊，頭輕快如沐。昔人固多癖，我癖良可贖。爲問劉伯倫，胡然枕糟麴。按，别本自「幽人無一事」以下十二句俱脱去，今補成篇。

〔一〕植物：《周禮》：「一曰山林，其植物宜皁物；二曰川澤，其植物宜膏物；三曰邱陵，其植物宜覈物；四曰墳衍，其植物宜莢物；五曰原隰，其植物宜叢物。」

〔二〕桐君録：《桐君藥録》曰：「巴東有真茗茶，煎飲，令人不眠。」

〔三〕杜育賦：皮日休《茶經序》云：「晉杜育有《荈賦》。」《吴興掌故集》載杜育《荈賦》，文多不具録。吴中新刻《補注》云：「『育』當作『毓』。」不知何據。

〔四〕常李：《〔新〕唐書・陸羽傳》：「羽著《（茶）經》三篇。有常伯熊者，因羽論復廣著茶之功。御史大夫李季卿宣慰江南，知伯熊善煮茶，召之。伯熊執器（而）前，季卿爲再舉杯。」云云。〇按，先生詩中所云「常李亦清流」，正用《陸羽傳》中事。施氏新本《補注》妄引常衮、李德裕、李約事，殊屬支離，特爲駁正。

〔五〕篇章：按，《松陵集》皮日休有《咏茶十首寄陸魯望》，魯望亦有和詩。

〔六〕顧山：《名勝志》：「顧山在宜興縣東南，連〔洞〕靈（洞）諸峰，屬於蜀山。」

〔七〕葵花：《北苑貢茶録》有蜀葵、花銙等名。

〔八〕驚雷：《苕溪漁隱叢話》：「北苑官焙造茶，常在驚蟄後一二日興工採摘，是時茶芽已皆一槍，蓋閩中地暖如此。」

〔九〕洗蒸：《東溪試茶録》：「濯之必潔，（洗）〔蒸〕之必香，一失其度，俱爲茶病。」

〔一〇〕火候：黄儒《品茶要録》：茶事起於驚蟄，其采芽如鷹爪。初造曰試焙，又曰一火，次曰二火（又次曰三火）。」

〔一一〕乳泉：《建寧志》：鳳凰山有龍焙泉，宋時貢茶取此水濯之。其麓即北苑。

〔一二〕面如粥：《東溪試茶録》：「茶生山陰，厥味甘香，厥色青白。及受水則光澤，視其面渙散如粟，謂之冷粥面。」

〔一三〕葉家白：《學林新編》：「茶之佳品，其色白。若碧緑者，（皆）〔乃〕常品也。」《東溪試茶録》：「（建）茶之名有七，一曰白葉茶，出於近歲，芽葉如紙，民間以爲茶瑞。出壑源之大窠者六，葉仲元、葉世萬、葉世榮、葉勇、葉世積、葉相。（出）壑源巖下者一，葉務滋。（出）源頭者二，葉團、葉肱。（出）壑源後坑者一，葉久。（出）壑源嶺根者三，葉公、葉品、葉居。（皆以葉家著名。）」

顔闔

顔闔古有道，躬耕自衣食。區區魯小邦，不足隱明德。軺車來我門，聘幣繼金璧。出門應使者，耕稼不謀國。但疑誤將命，非敢憚行役。使者反錫命，户庭空履迹。薄俗狥世榮，截趾履之適。所重易所輕，隋珠彈飛翼。伊人畏照影，獨往就陰息。鼎俎薦忠賢，誰能死燔炙。念彼藏皮冠，安知獲蕘客。

夢　雪

殘杯失春温，破被生夜悄。開門萬山白，俯仰同一照。雖時出圭角〔一〕，固自絶瑕竅。兒童勿驚怪一作「懼」，調汝得一笑。

〔一〕圭角：韓愈詩：「南山侷冬轉清瘦，刻畫圭角出崖竅。」

戲一本作「題」贈田辯之琴姬〔一〕

流水隨絃滑，清風入指寒。坐中有狂客，莫近繡簾彈。

〔一〕田辯之：爵里失考。

書黄筌畫翎毛花蝶圖二首〔一〕

其　一

短翎長喙喜喧卑，曳練雙翔亦自奇。賴有黄鸝鬭嬛好，獨依蘚石立多時。

〔一〕黄筌：《皇朝事實類苑》：「國初，翰林待詔黄筌以畫著名，尤長於花竹。并二子居寀、居寶、弟惟亮，皆隸翰林苑。諸黄畫花妙在賦色，用筆極新細，殆不見墨跡，但以輕色染成，謂之寫生。」劉道醇《名畫評》：筌字叔要，蜀人，善丹青，尤好花竹翎毛。

其二

緑陰青子已愁人，忍見中庭燕麥新。怊悵劉郎今白首，時來看卷覓餘春。

寒食夜

漏聲透入碧窗紗，人静鞦韆影半斜。沉麝不燒金鴨冷，淡雲籠月照梨花。

和寄天選長官

寓形宇宙間，佚我方以老。流光安足恃，百歲同過鳥。頃子縈網羅，文采緣自表。自古山林人，何曾識機巧。但記寒巖翁，論心秋月皎。黄香十年舊，禪學參衆妙。虚懷養天和，肯狗奔走鬧。官居職事理，晨起何用早。桐陰滿四齋，叱吏供灑掃〔一〕。眷予東南來，野飯煮芹蓼。葆光既清尚，令尹亦高蹈。相將古寺行，軟語頹晚照。公家有畸人，公自注：公有族人隱嵩山。虚緣能自保一作「葆」。卜築嵩山陽，何一作「行」當從結好。中山饒勝景，一覽未易了一作「飽」。何時命巾車，共陟雲外嶠。翻思一作「然」筋力疲，不復追一作「恃」踊跳。公詩擬南山，雄拔千丈峭。形容逼天真，邂逅識其要。藩籬吾未窺，敢議窮閫奥。

〔一〕供灑掃：《後漢書》：魏昭請於郭泰，願在左右，供給灑掃。

慎按：天選長官，失考。詩中「黄香十年舊」，當指山谷。先生與山谷唱和，往往用江夏無雙事，疑此詩亦是和黄作，而《黄山谷集》中，撿原作復不得。

次韻張甥棠美晝眠

炎歊六一作「五」月北窗凉，更覺甘如飯稻粱。宰我糞墻譏敢避，孝先經笥謔兼忘。憂虞心謝知時雁，安穩身同掛角羊〔一〕。要識熙熙不争競，華胥别是一僊鄉。

〔一〕掛角羊：《傳燈録》：「羚羊掛角」，無跡可求。

慎按：先生之甥柳閎，字展如，見《黄山谷詩集》。張棠美，無可考。《晁无咎集》有《和張棠美述志》詩，與先生集中互見，即其人也。

陸蓮庵〔一〕

何妨紅粉唱迎僊？來伴山僧到處禪。陸地生蓮安足怪，而今更有火中蓮〔二〕。

〔一〕陸蓮：按，《維摩經》云：「譬如高原陸地，不生蓮花。」陸蓮名「庵」，義本此。施氏補注引《草木狀》云：「生於陸者，曰旱蓮。」訛矣。

〔二〕火中蓮：《維摩經》：「火中生蓮花，是可謂希有。在欲而行禪，希有亦如是。」永嘉禪師《證道歌》：「在欲行禪知見力，火中生蓮終不壞。」唐張謂《蓮花寺》詩：「樓殿總隨烟焰盡，火中何處出蓮花？」

書寄韻

已將鏡鑷投諸地〔一〕，喜見蒼顏白髮新。歷數三朝軒冕客，色聲誰是獨完人。

〔一〕投鏡鑷：《南史》：「齊鬱林王昭業，文惠太子長子也。高帝爲相王，鎮東府，時（王）〔年〕五歲，牀前戲高帝。方令左右拔白髮，問之曰：『兒言我誰耶？』答曰：『太翁。』高帝笑曰：『豈有爲人作曾祖而拔白髮者乎？』即擲鏡鑷。」按，此乃齊高帝事。《南史》載入《廢帝鬱林王本紀》中，施氏注以爲鬱林王事，訛。

謁敦詩先生因留一絶〔一〕

凜凜人言君似雪，我言凜凜雪如君。時人盡怪蘇司業〔二〕，不解將錢與廣文。

〔一〕敦詩先生：失考。

〔二〕蘇司業：杜甫詩：「賴有蘇司業，時時(送)〔與〕酒錢。」按，司業名源明。

絶句二首

其一

峨峨疊石立何孤？賴有蕭蕭翠竹俱。日暮無人鷗鳥散，空留野水伴寒蘆。

其二

漠漠秋高露氣清，新蒲倚石近溪生。夜來雨後西風急，静向窗前似有聲。

慎按：以上二首，當是題畫詩。

春夜

春宵一刻直千金，花有清香月有陰。歌管樓臺聲細細，鞦韆院落夜沉沉。

慎按：《詩人玉屑》云：東坡「春宵一刻直千金」云云，與王介甫「金爐香燼漏聲殘」一首流麗相似，然亦有甲乙。施氏原本不載，新刻本載《續補》下卷，今仍之。

醉睡者

有道難行不如醉，有口難言不如睡。先生醉卧此石間，萬古無人知此意。

數日前夢人示余一卷文字大略若諭馬者用吃蹶兩字夢中甚賞之覺而忘其餘戲作數語足之

天驥雖老，舉鞭脱逸。交馳蟻封，步中衡石。旁睨駑駘，豐肉滅節。徐行方軌，動輒吃蹶。天資相絶，未易致詰。

慎按：以上十九首，從施注新刻《續補》兩卷中録存，不拘次序。

劉顗宮苑退老於廬山石碑菴顗陝西人本進士換武家有聲伎詩缺。

慎按：此題施氏原本載《遺詩》卷中，題存而詩亡。考之《欒城集》，有《陪南康太守訪廬山劉顗宮苑留題三絶句》，當即其人也。

村醪二尊獻張平陽〔一〕

其一

萬户春濃酒似油，想須百甕到一作「列」牀頭。主人日飲三千客，應笑窮官送督郵。

〔一〕張平陽：失考。按，萬户春，先生在嶺南酒名。此詩疑亦南遷以後所作。

其二

詩裏將軍已築壇，後來裨將欲登難。已驚老健蘇、梅在〔二〕。更作風流王、謝看。少一字出定知書滿腹，瘦生應爲語雕肝。少二字灑落江山水，留與人間激懦官。

〔一〕蘇梅：《隱居詩話》：「蘇（子美）〔舜欽〕以奔放豪健爲（志）〔主〕，梅堯臣亦（能）〔善〕詩，而平淡爲工，世謂之蘇梅。」

其　三

張公高躅不可到，我欲挽肩纔覺難。事業已歸前輩録，典刑留與後人看。詩如啄雪清牙頰，身覩飛龍吐膽肝。少負清名晚方用，白頭翁竟作何官。

慎按：右絶句一首，律詩二首，載朱存理《鐵網珊瑚集》。元黄文獻公跋云：「右東坡先生詩，凡六首，集中皆闕不載。他日好事者或爲之補遺，尚有取也。至順元年九月二十日，後學東陽黄溍題。」卞氏《式古堂書畫彙考》云：「公手書真蹟，舊藏光福徐良夫教授家，後歸徐耕學。成化戊戌，吴匏庵爲題此卷，則已亡其半，止存三首矣。又三年，匏庵冉觀於葑門錢氏，凡兩跋尾。」又按，《外紀》所載《序録》云：「東坡詞翰流落人間，不載本集者甚多。余從都玄敬出示墨蹟，題云『村醪二首獻張平陽』，其一曰：『張公高躅不可到。』云云。其二曰：『詩如啄雪清牙頰。』云云。」則又以律詩一首分爲二絶句矣，恐未可據也。

失題

獨鶴南飛送好音〔一〕，山中橋梓共成陰。深衣傴僂如初命，巵酒從容向晚斟。城裏誰家開壽域，堂東多士作儒林。清霜未落黄花在，笑指高枝繞鬢簪。

〔一〕鶴南飛：按，元豐五年冬，公在黄州。進士李委聞公生日，作《白鶴南飛》新曲以獻，此詩疑是謫黄時所作。

慎按：卞氏《式古堂書畫考》載此詩，云是東坡作。今采録。

題王維畫

摩詰本詞客，亦自名畫師。平生出入輞川上，鳥飛魚泳嫌人知。山光盎盎着眉睫，水聲活活流肝脾。行吟坐咏皆自見，飄然不作世俗辭。高情不盡落縑素，連山絶澗開重帷。百年流落存一二，錦囊玉軸酬不貲。誰令食肉貴公子，不覺祖父驅熊羆。細氊净几讀文史，落筆璀璨傳新詩。青山長江豈君事，一揮水墨光淋漓。手中五尺小横卷，天末萬里分毫釐。謫官南出止均潁，此心通達無不之。歸來纏裹任紈綺，天馬性在終難羈。人言摩詰是初世，欲從顧老痴不痴。桓公崔公不可與，但可與我寬衰遲。公自注：桓玄嘗竊長康畫。崔圓嘗使摩詰畫壁。

愼按：右古詩一首，載谷橋孫紹遠稽古所葺《聲畫集》中，今采録。

安平泉

策杖徐徐步此山，撥雲尋徑興飄然。鑿開海眼知何代，種出菱花不記年。烹茗僧誇甌泛雪，煉丹人化骨成僊。當年陸羽空收拾，遺却安平一片泉〔一〕。

〔一〕安平泉：《咸淳臨安志》：「仁和縣安仁西鄉安隱院，在臨平山之南。清泰元年，吴越王建。舊名安（貧）〔平〕，治平二年改今額。（其）地（産）〔生〕曲竹。相傳唐邱隱士丹成羽化，植杖於此，其竹皆曲。竹間有丹井，井旁有池，名安平泉。東坡（題）〔賦〕詩云云。」

愼按：此詩載潛説友《臨安志》中，今采出。

和張均題峽山〔一〕

孤舟轉巖曲，古寺出雲坳。岸迫鳥聲合，水平山影交。堂虚泉漱玉，砌静筍遺苞。我爲圖名利，無因此結茅。

〔一〕張均：失考。

題女唱驛〔一〕

攬轡金房道，崎嶇難具陳。浮嵐常作雨，冷氣不知春。少見寬平路，多逢臃腫民。欲知何處遠，巫峽是西隣。

〔一〕女唱驛：按，〔《名勝志·四川名勝志》卷十九〕：「《水經（注）》云：『江水又東，巫溪水注之。又逕琵琶峽。』本志云，琵琶峰下女子皆善吹笛，嫁時群女子治具吹笛，唱《竹枝詞》送之。」女唱驛之名蓋本於此。

慎按：以上二首，諸刻本俱不載。《外集》編第一卷，入《南行集》中，今補録於此。

溪堂留題〔一〕

三徑縈回草樹蒙，忽驚初日上千峰。平湖種稻如西蜀，高閣連雲似渚宫。殘雪照山光耿耿，輕冰籠水暗溶溶。溪邊野鶴衝人起，飛入南山第幾重。

〔一〕溪堂：在鳳翔，注見前。

新葺小園二首

其一

短竹蕭蕭倚北墻，斬茅披棘見幽芳。使君尚許分池淥，隣舍何妨借樹凉。亦有杏花充窈窕，更煩鶯舌奏鏗鏘。身閑酒美誰來勸，坐看花光照水光。

其二

三年輒去豈無鄉，種樹穿池亦漫忙。暫賞不須心汲汲，再來惟恐鬢蒼蒼。應成庾信吟《枯樹》，誰記山公醉夕陽。去後莫憂人翦伐，西隣幸許庇甘棠。

與李彭年〔一〕同送崔岐〔二〕歸二曲馬上口占〔三〕

霜乾木落愛秦川，興發身輕逐鳥翩。貪看暮山忘遠近，强陪羽客更流連。貂裘犯雪觀形勝，駿馬隨鷹搏野鮮。爲問南溪李夫子，壯心應未逐流年。

〔一〕李彭年：失考。

〔二〕崔岐：失考。

〔三〕二曲：韋曲、杜曲也。

二月十六日與張李二君遊南溪醉後相與解衣濯足因詠韓公山石之篇慨然知其所以樂而忘其在數百年之外也次其韻

終南太白横翠微，自我不見心南飛。行穿古縣並山麓，野水清滑溪魚肥。須臾渡溪蹈亂石，山光漸近行人稀。窮貪愈好去愈鋭，意未滿足枵如饑。忽聞奔泉響巨碓，隱隱百步摇窗扉。跳波濺沫不可嚮，散爲白霧紛霏霏。醉中相與棄拘束，顧勸二子解帶圍。褰裳試入插兩足，飛浪激起衝人衣。君看麋鹿隱豐草，豈羡玉勒黄金鞿。人生何以易此樂，天下誰肯從吾歸。

按：朱子《韓文考異》於《山石》詩下引此題作注，云「見坡集」。此又一證也。

送虢令趙薦〔一〕

嗟我去國久，得君如得歸。今君捨我去，從此故人稀。不惜故人稀，但恐晤語非。西方佳人子，佩服貝與璣。宛兮若處女，未始識户扉。何必識户扉，潛玉有光輝。

〔一〕趙薦：本集第三卷有《和虢令趙薦大雪》詩，以此詩起四句考之，當是蜀人而宦秦者。

亡伯提刑郎中挽詩二首甲辰十二月八日鳳翔官舍書〔一〕

其一

才賢世有幾？廊廟忍輕遺。公在不早用，人今方見思。故山松鬱鬱，舊史印纍纍。惟有同鄉老，聞名尚涕洟。

〔一〕亡伯：本集《蘇廷評行狀》云：「生三子，長曰澹，先卒。次曰渙，以進士得官，所至有美稱，及去，人常思之，或以比漢循吏。終於都官郎中、利州路提點刑獄。（次）〔季〕則軾之先人，諱洵。」

其二

揮手東門别，朱顏鬢未霜。至今如夢寐，未信有存亡。後事書千紙，新墳天一方。誰能悲楚相，抵掌悟君王。

謝張太原送蒲桃〔一〕

冷官門户日蕭條，親舊音書半寂寥。惟有太原張縣令，年年專遣送蒲桃。

〔一〕張太原：名字失考。

讀晉史

滄海横流血作津，犬羊角出競稱真。中原豈是無豪傑，天遣群胡殺晉人。

讀王衍傳〔一〕

文非經國武非英，終日虚談取盛名。至竟開門延羯寇，始知清論誤蒼生。

〔一〕王衍：《晉書·王衍傳》：「總角造山濤，濤嗟嘆良久。既去，目送之，曰：『何物老嫗，生此寧馨兒！然誤天下蒼生者，未必非此人也。』」又云：「補元城令，終日清談，而縣務亦理。累居顯職，後進之士，莫不景慕倣效，矜高浮誕，遂成風俗焉。」

讀後魏賀狄干傳

羊犬争雄宇内殘，文風猶自到長安。當時枉被詩書誤，惟有鮮卑賀狄干〔一〕。

〔一〕賀狄干：《北史·魏·賀狄干傳》：「家本小族，世爲將。初，帝普封功臣，狄干雖爲姚興所留，遥賜爵襄武侯。及狄干至，帝見其語言衣服類中國，以爲慕而習之，故忿焉。既而殺之。」

慎按：以上十二首，諸刻本不載，《外集》編第三卷，在鳳翔作，今采録。

入　館〔一〕

黄省文書分道山，静傳鐘鼓建章閒。天邊玉樹西風起，知有新秋到世間。

〔一〕入館：《宋史》：國史有三館，太宗賜名崇文院。端拱初，就中堂建秘閣，擇三館書籍藏其中，凡直昭文館、直史館、直集賢院、直秘閣與史館修撰、直龍圖閣皆爲館職高等。其次曰集賢校理，曰秘閣校理，曰館職校勘，曰史館檢討，均謂之館職。記注官缺，必於此取之。○按，先生自鳳翔還朝，還直史館，此詩必此時作。

贈蔡茂先〔一〕

京城三日雨留人，吴市門前訪子真。赤脚長鬚俱好事，新詩軟語坐生春。鄰侯久有牙籤富，太史猶探禹穴新。不惜爲君揮尺素，却憂善守備三隣。

〔一〕蔡茂先：失考。

送司勳子才丈赴梓州〔一〕

別日已苦迫，見日未可期。曷不惜此日，相從把酒巵。人生初甚樂，譬若枰上碁。縱横聽汝手，聚散豈吾知。胡爲復嗟嘆，實恨相識遲。念昔非親舊，聞名自童兒。不見常隱憂，見之百憂披。相從未云幾，別泪遞已垂。有如雲間鶴，影過落寒池。舉頭已千里，可見不可追。我本蜀諸生，能言公少時。初爲成都掾，治獄官苦卑。高才絶倫輩，邦伯忘等夷。是時最少年，白皙未有髭。風流能痛飲，敏捷好論詩。勇於韝上鷹，不啻囊中錐。去蜀曾未久，得縣復來眉。簿書紛滿前，指畫涣無疑。一年吏已服，漸能省鞭笞。二年民盡信，不復煩文移。三年厭閒寂，終日事桐絲。客來投其轄，醉倒不容辭。至今三十年，父老猶嗟咨。東川晚乃至，觀者塞路岐。但見東人喜，不知西人悲。如今又繼往，人事亦何奇。嗟此信偶然，或云數使之。王城多高爵，要路人争馳。公來席未暖，去不淅晨炊。屢爲蜀人得，毋乃天見私。吾徒本學道，窮達理素推。況爲二千石，所至可樂嬉。細思爲縣日，賓友存者誰。或終卧茅屋，或去懸金龜。或已登鬼籍，墓木如門楣。感時何倏忽，撫舊應涕洟。紫綬著更好，紅顔蔚不衰。權奇玉勒馬，阿那胡琴姬。逢人可與樂，慎勿苦相思。

〔一〕子才：姓名失考。

慎按：以上三首，諸刻本不載，《外集》編第四卷直史館時作，今補録。

送宋君用遊輦下〔一〕

暴雨漲荒溪，尺水生洪流。中有潑潑鯉，汎然方快遊。安知赤日爍，沸浪生浮漚。石密岸狹束，鱗鬣窘若囚。一失在藻樂，遂有轍鮒憂。誓將泛江湖，雪此呴沫羞。江湖與荒溪，巨細雖不侔。此流彼之派，聯接詎阻修。超然奮躍去，勢若鷹離韝。浮沉謝群蛙，窟穴依長洲。洗刷沮洳泥，被服白紋裘。誰知歲月久，湧浪生咽喉。賴爾溪中物，雖困有遠謀。不似沼沚間，四合獄萬鯫。縱知有江湖，綿綿隔山邱。人生豈異此，窮達皆有由。吾鄉廣平君，少與輕薄遊。堆金等屋梁，穲稏百頃秋。朝筵羅紅顔，夜庖炙肥牛。落魄窮書生，多以金帛收。高貲一朝盡，里巷誰青眸。兒女號饑寒，親友寡魄賙。中夜起長嘆，慷慨商聲謳。我非田農家，安能事粗耰。又非將帥種，不慣揮戈矛。平生負壯氣，豈可遂爾休。今我中丞公，位隆職兼優。官爵連九族，一門千驊騮。雖云富貴殊，敢以貧賤投。姻戚苦未遠，我困豈我覦。八月秋風高，駕言動輕輈。將行來告别，求贈安敢廋。嗟子窮已甚，倚伏理亦周。溪魚解如此，況子知公侯。馬壯僕正健，去去其無留。

〔一〕宋君用：失考。

咏怪石

家有粗險石，植之疎竹軒。人皆喜尋玩，吾獨思棄捐。以其無所用，曉夕空嶄然。碪礎則甲斮，砥硯乃枯頑。於繳不可砮，以碑不可鐫。凡此六用無一取，令人争免長物觀。誰知兹石本靈怪，忽從夢中至吾前。初來若奇鬼，肩股何孱顔。漸聞碚礰聲，久乃辨其言。云：「我石之精，憤子辱我欲一宣。天地之生我，族類廣且蕃。子向所稱用者六，星羅雹布盈溪山。傷殘破碎爲世役，雖有小用烏足賢。如我之徒亦甚寡，往往掛名經史間。居海岱者充禹貢，雅與鉛松相差肩。處魏榆者白晝語，意欲警懼驕君悛。或在驪山拒强秦，萬牛喘汗力莫牽。或從揚州感盧老，代我問答多雄篇。子今我得豈無益，震霆凛霜我不遷。雕不加文磨不瑩，子盍節概如我堅。以是贈子豈不偉，何必責我區區焉。」吾聞石言愧且謝，醜狀歘去不可攀。駭然覺坐想其語，勉書此詩席之端。

慎按：以上二首，諸刻本不載，《外集》編第四卷中，先生丁成國太夫人憂，居蜀時作，今采録。

題西湖樓

少年過了未衰顔，正在悲歡季孟間。細雨溟濛湖上寺，東風摇蕩酒中山。千金用盡終須老，百計尋思不似閒。醉裏下樓知早晚，喧喧扶路笑歌還。

題雙竹堂壁〔一〕

江上檣竿一百尺，山中樓臺十二重。山僧樓上望江上，遥指檣竿笑殺儂。

〔一〕雙竹堂：注見十一卷《雙竹湛師房》詩下。

風水洞聞二禽〔一〕

林外一聲青竹筍，坐間半醉白頭翁。春山最好不歸去，慙愧春禽解勸儂。

〔一〕風水洞：注詳第九卷《往富陽新城》詩下。

法惠小飲以詩索周開祖所作〔一〕

立着巫娥多少時，安排雲雨待清詞。酒酣魯叟頻相憶〔二〕，曲罷周郎尚不知。海鷃無踪飛過速，雲龍有報發來遲。從今莫入尋春會，爲欠梅花一首詩。

〔一〕法惠：杭州寺名，注見第九卷。

〔二〕魯叟：先生倅杭時，與魯元翰、周開祖有唱和詩，所云魯叟，即元翰也。

次韻陳時發太博雙竹〔一〕

千年誰復繼夷齊，凛凛霜筠此鬭奇。要識蒼龍聯蜺意，擬容丹鳳宿凰枝。扶持有伴雪應怕，裁剪無人風自吹。莫遣騷人説連理，君看高節孰如雌。

〔一〕陳時發：失考。

周夫人挽詞〔一〕

教子通經古所賢，安貧守道節尤堅。當能遺烈傳家世，投燭諸郎慰眼前。不待金花書誥命，忽驚玉樹掩新阡。凱風吹棘君休咏，我亦孤懷一泫然。

〔一〕周夫人：疑是周開祖之母。本卷《次韻答開祖》詩有「蒸豚未害爲純孝，貍首何妨助故人」之句，可作此題注脚。

天聖二僧皆蜀人不見留二絶

其一

家山忘了脚騰騰，試作巴談却解膺。不爲遊人問鄉里，豈知身是錦城僧。

其二

方丈門開怪不迎，給孤邀供未還城。興來且作尋安道，醉後何須覓老兵。

會飲有美堂答周開祖湖上見寄

杜牧端來覓紫雲，狂言驚倒石榴裙。豈知野客青筇杖，獨卧山僧白簟紋。且向東臯伴王績，未違南越弔終軍。新詩過與佳人唱，從此應難減一分。

慎按：先生和「雲」字韻詩凡三首，前二首及開祖原作已載第九卷，此詩亦同時作也。詩刻失載，今從《外集》補録。

和吴少卿絶句〔一〕

欲伴騷人賦百篇，歸心要及菊花前。明朝知覆誰家瓿，猶有桓譚道必傳。

〔一〕吴少卿：名字失考。

題沈氏天隱樓〔一〕

樓上新詩二百篇，三吴處士最應賢。非夷非惠真天隱，忘世忘身恐地僊。散盡黄金猶好客，歸來碧瓦自生烟。靈犀美璞無人識，蔚蔚空驚草木妍。

〔一〕天隱樓：失考。

和人登海表亭〔一〕

譙門對聳壓危坡，覽勝無如此得多。盡見西山遮岱嶺，迥分東野隔新羅。花時千圃堆紅錦，雪晝雙成疊白波。回首毬埸尤醒眼，一番風送鑑重磨。

〔一〕海表亭：失考。

會雙竹席上奉答開祖長官

松柏蕭蕭滿故邱，知君懷抱尚悲秋。算來九九無多日，唱着三三憶舊遊。皓月徘徊應許共，清詩妙絶不容酬。梅花社燕難相並，莫爲吴孃暗淚流。

次韻答開祖

淚滴秋風不爲麟，虚名何用實之賓。烝豚未害爲純孝，貍首何妨助故人。好唤遊湖緣路便，難邀入社爲詩頻。知君頗有東山興，喝石巖前自過春。

北山廣智大師〔一〕回自都下過期而歸時率開祖無悔同訪之因留渌浄堂竹鶴二絶〔二〕

其一

渌浄堂前竹，秋期赴白雲。不知緣底事，一日可無君。

〔一〕廣智：失考。

〔二〕無悔：李行中字無悔，注見十二卷。

其二

渌浄堂前鶴，孤棲守竹軒。胸中無限事，恨汝不能言。

欲往湖州見孫莘老别公輔希元彦遠醇之穆仲

秋來欲見紫髯翁，待得梅花細蕚紅。記取上元燈火夜，道人猶在水晶宫。

富陽道中

清晨振衣起，起步方池側。徘徊俯丹楹，倒影見欹仄。不識陶靖節，定非風塵格。遥懷謝靈運，本自林泉客。予生忽世事，不以形爲役。顧彼冕弁人，冕弁非予適。

愼按：自《題西湖樓》起至此，共十八首，諸刻本皆不載。據《外集》編第四卷，倅杭時作也。今采録。

贈青灘將謝承制〔一〕

吾皇有意縛單于，槌破銅山鑄虎符。驍將新除三十六〔二〕，精兵共領五千都。周王常德須攘狄，漢帝雄才亦尚儒。君學本兼文武術，功名不必讀孫、吴。

〔一〕謝承制：名失考，當是由文階换武職者，故題云云。

〔二〕三十六將：注詳第十三卷《寄劉孝叔》詩下。

過濰州驛見蔡君謨一本無此四字題詩壁上云綽約新嬌生眼底逡巡一本作「優柔」舊事上眉尖春來試問愁多少得似春潮夜夜添不知爲誰而作也和一首

長垂玉筯殘粧臉，肯爲金釵露指尖。萬斛閒愁何日盡，一分真態更難添。

慎按：以上二首，諸刻本皆不載。據《外集》編第五卷，自密州移徐州時作，今采録。

【校記】

一、《戲足柳公權句》注一引《吕氏家塾廣記》云云，實轉引自胡仔《苕溪漁隱叢話·後集》卷二十六「東坡一」引《藝苑雌黄》。○同注引《藝苑雌黄》云云，亦轉引自《苕溪漁隱叢話·後集》同條。

二、《寄周安孺茶》注二引《桐君藥録》云云，實轉引自唐陸羽《茶經》卷下。

三、《和寄天選長官》注一引《後漢書》云云，誤。《後漢書》無此引文，按，宋錢時《兩漢筆記》卷十二《桓帝》「七年」條有載，然文頗異。又見於王應麟《困學紀聞》卷十三《考史》「曲禮少儀之教」條，未注明出處。而《淵鑑類函》卷二百六十九亦載此引文，然稱出於《漢紀》。

四、《題女唱遺》注一引《水經注》云云，然「又遥琵琶峽」一句不見於《水經注》，經查，此引文中《水經注》及「本志云」云云，均轉引自曹學佺《名勝志·四川名勝志》卷十九《夔州府二·巫山縣》。

東坡先生補編詩卷四十八

古今體詩九十二首

黄州春日雜書四絶

其　一

楚鄉春冷早梅天，柳色波光已鬭妍。淮上雁行皆北嚮，可無消息到儂邊。

其　二

中州臘盡春猶淺，只有梅花最可憐。坐遣牡丹成俗物，豐肌弱骨不成妍。

其　三

清曉披衣尋杖藜，隔墻已見最繁枝。老人無計酬清麗，夜就寒光讀《楚辭》。

其　四

病腹難堪七椀茶，曉窗睡起日西斜。貧無隙地栽桃李，日日門前看賣花。

晚遊城西開善院泛舟暮歸二首[一]

其　一

晚照餘喬木，前村起夕烟。碁聲虚閣上，酒味早霜前。遠謫何須恨，來遊不偶然。風光類吾土，乃是蜀江邊。

〔一〕開善院：失考。

其　二

放船江瀨淺，城郭近連村。水檻松筠静，市橋燈火繁。誰家掛魚網，小舫繫柴門。卜築計未定，何妨試買園。

和人雪晴書事

消盡瓊瑤雲馭歸，餘寒猶復助風威。垂簾漸學秋霖滴，滿地猶疑夜月輝。凍壞相和開蓽户，流（漸）〔澌〕半濕擁苔磯。可憐烏鵲饑無食，日暮空林何所依。

奉酬仲閔〔一〕食新麪湯餅仍聞糴麥甚盛因以戲之

初見煌煌秀兩岐，俄驚落磑雪霏霏。可煩都尉熱承汗〔二〕，絶勝臨淄貧易衣〔三〕。尚有清才對風月，未妨便腹貯書詩。知君貨殖誇長袖，滿糴千箱待一饑。

〔一〕仲閔：失考。

〔二〕都尉承汗：《三國志·魏志·何晏傳》注：「晏字平叔，以尚主賜爵爲列侯。」《齊職儀》云：何晏以主壻拜駙馬都尉。《世説》：「何平叔面白，帝疑傅粉，（試以）〔與熱〕湯餅，汗出皎然。」

〔三〕臨淄易衣：《唐書》：「玄宗皇后王氏，下邽人。帝爲臨淄王，聘爲妃，立爲皇后。后以愛弛不自安，承間泣曰：『陛下獨不念阿忠脱紫半臂，易斗麪，爲生日湯餅耶？』阿忠，后呼其父仁皎云。」

讀仲閔詩卷因成長句

喜見西風吹麥秋，年年爲逭老農憂。沾塗手足經年種，薦載珠璣一倍收。壯齒君能親稼穡，異時我亦困粗耰。獨憐紫竹堂前月，清夜娟娟照客愁。

送酒與崔誠老〔一〕

雪堂居士醉方熟，玉澗山人冷不眠。送與安州潑一作「撥」醅酒，從今三日是三年。

〔一〕崔誠老：名閑，號玉澗道人，工於琴。詳見本集四十八卷《醉翁操序》中。

慎按：《外集》：先生自書此詩，首云：「夜來一笑之歡豈可多得。今日雪堂得無少寂寞耶？安州玉泉一酌，果子少許，夜琴一弄，誰與同者？莫是木上座否？小詩漫往。」云云。

與郭生游寒溪主簿吴亮置酒郭生喜作挽歌酒酣發聲坐爲凄然郭生言吾恨無佳詞因爲略改樂天寒食詩歌之坐客有泣者其詞曰

烏啼鵲噪昏喬木，清明寒食誰家哭。風吹曠野紙錢飛，古墓纍纍春草緑。棠梨花映白楊路，盡是死生離別處。冥漠重泉哭不聞，蕭蕭暮雨人歸去。

慎按：白居易《寒食野望吟》起句云：「邱墟郭門外，寒食誰家哭？」先生所改止此二句。又，「白楊路」，樂天詩作「白楊樹」，餘皆同。

戲作切語竹詩〔一〕

隱約安幽奥，蕭騷雪藪西。交加工結搆，茂密渺冥迷。引葉油雲遠，攢叢聚族齊。奔鞭迸壁背，脱籜吐天梯。烟篠散孫息，高竿拱桷枅。漏闌零露落，庭度獨蜩啼。掃洗修纖筍，窺看詰曲溪。玲瓏孫此字疑訛醽醴，邂逅盍閒攜。

〔一〕切語：注詳「惠州」卷中《和程正輔一字》詩下。

山行見月四言

吟哦傲兀，仰晤巖月。邁巘迎崖，銀刓玉嚙。源魚噞喁，岸雁鳦鷯。卧玩我語，聱牙岌嶪。

慎按：《黄州春日四絶》以下，共十三首，諸刻本不載。據《外集》編第六卷，皆謫居黄州時所作，今采録。

憶黃州梅花五絶

其　一

邾城山下梅花樹〔一〕，臘月江風好在無。争似姑山尋綽約，四時常見雪肌膚。

〔一〕邾城：《水經注》：「江水又東，逕邾縣故城南。楚宣王滅邾，徙城於此。」《太平寰宇記》：邾城去州西北百二十里，「臨江，與武昌相對，吴使陸遜攻邾城，常以三萬兵守之。晉、宋西陽郡國，齊齊安郡，皆設於此。北齊天保六年，於舊邾城西南面，别築小城，置衡州，至隋始廢，以齊安郡置黃州。」

其　二

一枝價重萬瓊琚，直恐姑山雪不如。盡愛丹鉛競時好，不知風雪養天姝。

其　三

雖老於梅心未衰，今朝誰贈楚江枝。旋傾尊酒臨清影，正是吴姬一笑時。

其　四

不用相催已白頭，一生判却見花羞。揚州何遜吟情苦，不枉清香與破愁。

其　五

玉琢青枝蕊綴金，仙肌不怕苦寒侵。淮陽城裏娟娟月，樊口江邊耿耿參。

訪散老不遇〔一〕

君來不遇我，我到不逢君。古殿依修柏，寒花對暮雲。

慎按：以上六首，諸刻本不載。《外集》編第六卷，離黄州以後未赴登州以前所作，今采録。

〔一〕散老：失考。

和王定國

離歌添唧唧〔一〕，古曲擬行行〔二〕。不作相隨燕，空吟久住鶯。曹騰君上馬，寂莫我回城。明日東門外，空舟獨自横。

〔一〕唧唧：《古樂府·木蘭詩》：「唧唧復唧唧，木蘭當户織。」
〔二〕行行：《古詩》：「行行重行行，與君生别離。」

試院觀伯時畫馬絶句

竹頭搶地風不舉，文書堆案睡自語。看馬欲驟頓風塵，亦思歸家洗袍袴。

慎按：此詩見本集《雜記》中，又見《山谷集》，題云「題伯時畫頓塵馬」，姑存，俟考。

出局偶書

急景歸來早，窮陰晚不開。傾杯不能飲，留待卯君來。

慎按：《外集》先生自題此詩後，云：「今日局中出早，陰晦欲雪，而子由在户部晚出，作(詩)〔此〕數語。忽憶十年前，在彭城時，王定國相過，留十餘日，還南都。子由(在)〔爲〕宋幕，定國臨去，求家書。僕醉不能作，獨書一絶與之，(有)〔云〕『憑君(寄)〔送〕與卯君看』(之句)，卯君，子由小字。今日情味雖差勝彭城，然不若歸林下，夜雨對床，乃爲樂耳。」

覓俞俊筆

筆工近歲説吴、俞〔一〕，李、葛虚名總不如〔二〕。雖是玉堂揮翰手，自憐白首尚抄書。

〔一〕筆工吴俞：按，《外集》先生《（雜題）〔題跋·書吴説筆〕》云：「廣陵人吴政已亡。其子説（作筆）頗得家法。」俞，即俊也。

〔二〕李葛：李亦筆工姓，其名失考。葛，宣城諸葛氏也。

鼠須筆

太倉失陳紅，狡穴得餘鼠。既興丞相嘆，又發廷尉怒。磔肉飼飢猫，分髯雜霜兔。插架刀槊健，落紙龍蛇騖。物理未易詰，時來即所遇。穿墉何卑微，託此得佳譽。

慎按：此詩亦載《宋文鑑》，以爲叔黨作。《斜川集》不傳。今據《外集》第七卷先生自登州還朝後作，姑存之。

琴枕

高情閒處任君彈，幽夢來時與子眠。彭澤漫知聲上趣，邯鄲深得枕中僊。試尋玉軫拋何處，閒唤香雲在那邊。平素不須煩按抑，秦娥自解語如絃。

慎按：《外集》所載《琴枕》詩本二首，其五古一首，已從施氏補注上卷移編第四十三卷中，此首諸刻本皆失載，今從别集采出。

書李宗晟水簾圖〔一〕

宗晟一軸《水簾圖》，寄與南舒李大夫。未向林泉歸得去，炎天酷日且令無。

〔一〕李宗晟：夏文彦《圖繪寶鑑》：「李宗晟，鄜時人。工畫山水寒林，學李成破墨，取象幽奇，林麓江皐尤爲盡善，評者謂得成之似。」

書龍馬圖

先皇御馬三千匹，仗下曾騎玉駱驄。金鼎丹成龍亦化，圉人空棧泣西風。

慎按：自《答王定國》以下，至此八首，諸刻本俱不載。《外集》編第七卷自登州還朝後作，今采録。

和錢四穆父寄其弟和

老來日月似車輪，此去知逢幾過春。昨夜冰花猶作柱，曉來梅子已生仁。

慎按：先生倅杭時，有次韻此題詩一首，已編第三十一卷中。此詩亦同時所作，王氏本載注中，今采出。

皎然禪師贈吴憑處士詩云世人不知心是道只言道在西方妙還如瞽者望長安長安在東向西笑東坡居士代答云

寒時便具熱時風，飢漢那知食藥功。莫怪禪師向西笑，緣師身在長安東。

燈花一首贈王十六

金粟釵頭次第多，起看缺月帶斜河。懸知瑞草橋邊夜〔一〕，笑指燈花説老坡。

〔一〕瑞草橋：蜀人王慶源所居，注見第三十卷《慶源王丈》詩下。

慎按：以上三首，諸刻本俱不載。據《外集》編第八卷守杭州時作，今采録。

王晉卿得破墨三昧又嘗聞祖師第一義故畫邢和璞房次律論前生圖以寄其高趣東坡居士既作破琴詩以記異夢矣復説偈云

前夢後夢真是一，彼幻此幻非有二。正好長松水石間，更憶前生後一作「復」生事。

和芝上人竹軒〔一〕

洞外復空中，千千萬萬同。勞師唱竹頌，知是阿誰風。

〔一〕芝上人：即曇秀，注見前。

戲贈秀老

拆却相公庵，泥却駙馬竹。天下人總知，流入《傳燈録》。

和晁美叔老兄〔一〕

反觀皆自直，相詆竟誰諛。事過始堪笑，夢中今了無。珍材尚空谷，瘦馬正長途。未識造物意，茫然同一爐。公自注：珍材空谷，以况老兄在閑郡。瘦馬，自謂也。

〔一〕晁美叔：公之同年，注見前。

慎按：以上四首，諸刻本俱不載。《外集》編第八卷守揚州時作，今據此采録。

元祐九年立春

熊白來山北，豬紅削劍南。春盤得青韭，臘酒寄黄柑。

慎按：以上一首，諸刻本不載。據《外集》編第九卷中守定州時作，今采録。

日夕山中忽然有懷

久卧名山雲，遂爲名山客。山深雲更好，賞弄終日夕。月銜樓間峰，泉漱階下石。素心自此得，真趣非外惜。鼯啼桂方秋，風滅籟歸寂。緬思洪厓術，欲往滄海隔。雲車來何遲，撫几空歎息。

暮　歸

牛羊下已久，寂寞掩柴扉。水鸛鳴城堞，飛螢上戟衣。夜凉江海近，天闊斗牛微。何日招舟子，寒江北渡歸。

待旦

夢破山谷冷，扶桑未放曉。披衣坐虛堂，缺月猶皎皎。揚泉漱寒冽，激齒冰雪繞。百體善堅壯，萬象覺清悄。簪履事朝謁，神魂飛窅渺。龕燈蚌珠剖，爐穗玉繩裊。浮念怳已消，真庭諒非杳。須臾霽霞起，赫奕射林表。高樹引涼蟬，深枝啅棲鳥。二蟲彼何爲，逐動自紛擾。悠悠天宇內，豈復論大小。覆盎舞醯雞，濃昏恣飛繞。定知達觀士，方寸常了了。世無陶靖節，此樂知者少。

慎按：以上三首，諸刻本不載。據《外集》編第九卷在惠州作，今采録。

約吴遠游與姜君弼喫蕈饅頭

天下風流筍餅餤，人間濟楚蕈饅頭。事須莫與繆漢喫，送與麻田吴遠遊。

除夜訪子野食燒芋戲作

松風溜溜作春寒，伴我飢腸響夜闌。牛糞火中燒芋子，山人更喫懶殘殘。

慎按：以上二首，諸刻本不載。據《外集》編第十卷在海南作，今采録。

北歸度嶺寄子由

青松盈尺間香梅，盡是先生去後栽。應笑來時無一物，手攜拄杖却空回。

鳴泉思思君子也君子抱道且殆而時弗與民咸思之鳴泉故基堙圮殆盡眉山蘇軾搔首踟躕作鳴泉思以思之

鳴泉鳴泉，經雲而潺湲。拔爲毛骨者修竹，蒸爲雲氣者霏烟。山夔莫能隱其怪，野翟詎敢藏其奸。茅廬肅肅，昔有人焉。其高如山，其清如泉。其心金與玉，其道砥與絃。執德没世，落月入地。英名皎然，陽曦麗天。舊隱寂寂，新篁娟娟。思彼君子，我心如懸。谷鳥在上，巖花炫前。鳴泉鳴泉，使我菀結而華顛。

慎按：以上二首，諸刻本不載。《外集》編第十卷北歸時作，今采録。

豐年有高廩詩

頌聲歌盛旦，多黍樂豐年。近見藏高廩，遥知熟大田。在疇紛已穫，如阜隱相連。魯史詳而記，神倉賦且全。春人洪蓄積，祖廟享恭虔。聖后憂農切，宜哉報自天。

慎按：此首諸刻本不載，今從《外集》第十卷采録。

萬菊軒〔一〕

一軒高爲黄花設，富擬人間萬石君。佳本盡從方外得，異香多在月中聞。引泉北澗分清露，開逕南山破白雲。此意欲爲知者道，陶翁猶自未離群。

〔一〕萬菊軒：《武林梵志》：萬松嶺畔有「報恩寺，唐（元和中）〔貞元間〕建，寺内有浣雲池、萬菊軒。」

慎按：此詩載《咸淳臨安志》、《武林梵志》，皆以爲東坡作，今采録。

韓幹馬

少陵翰墨無形畫，韓幹丹青不語詩。此畫此詩今已矣，人間駑驥漫争馳。

慎按：此詩見趙德麟《侯鯖録》，今采出。

送煮菜一本無此三字贈包安静先生

野菜此出珍又珍，送與西鄰病酒人。便須起來和熱喫，不消洗面裹頭巾。

沿流館中得二絶句

其一

淮西功德冠吾唐，吏部文章日月光。千載斷碑人膾炙，不知世有段文昌。

其二

李白當年流夜郎，中原無復漢文章。納官贖罪人何在，壯士悲歌淚萬行。

慎按：以上二首見《苕溪漁隱叢話》，云：「東坡（自）云：『紹聖間，（余）〔人〕得二詩於沿（溪）〔流〕館中，不知何人作也。今録之，以益篋笥之藏。』或云：『此〔二〕詩乃東坡竄海外時作，蓋自況也。』不知其果然否。」費袞《梁溪漫志》亦云：「東坡在翰林承旨，作《上清儲祥宮碑》，哲宗親書其額。紹聖黨禍起，磨去坡文，命蔡元長别撰。玉局遺文中有詩『淮西功德冠吾唐』云云。此詩乃東坡自作，蓋寓意儲祥事，特避禍，故託以得之（沿流館中）。味其句法可知矣。」《庚溪詩話》云：「後見韓无咎，云是江子我詩。」今録存俟考。

夢中賦裙帶

百疊猗猗風皺，六銖縰縰雲輕。植立含風廣殿，微聞環珮摇聲。

慎按：右六言一首，見《苕溪漁隱叢話》，「東坡云：『軾倅武林日，夢（上）〔神宗〕召入禁中，宫女圍侍，一紅衣女童捧紅靴一（雙）〔隻〕，命軾銘之。覺而記其一聯云：「寒女之絲，銖積寸累；天步所臨，雲蒸霧起。」既畢，進御。上極嘆其敏，使宫女送出。睇視裙帶間，有六言詩一首。』云云。又云：『軾自蜀應舉京師，道過華清宫，夢明皇命賦《太真裙帶（詩）〔詞〕》，乃前六言詩也。覺而記之，今書贈柯山潘大臨邠老。』云云。」本集又云：「予在黄州時，夢神考召入小殿賜宴，令作宫女裙銘。」云云。三説不同，因詩並録以備考。

王定國自彭城往南都時子由在宋幕求家書僕醉不能作獨以一絶句與之〔一〕

王郎西去路漫漫，野店無人霜月寒。泪盡粉箋書不得，憑君送與卯君看。

〔一〕宋幕：《潁濱遺老傳》：「張文定知睢陽，以學官見辟，從之。」

慎按：此詩見《大全集》中，先生知徐州時作，諸刻本失載，今采録。

司命宫楊道士息軒

無事此静坐，一日似兩日。若活七十年，便是百四十。黄金幾時成，白髮日夜出。開眼三千秋，速如駒過隙。是故東坡老，貴汝一念息。時來登此軒，目送過海席。家山歸未能一作「成」，題詩寄屋壁。

慎按：《苕溪漁隱叢話》云：「東坡云：『無事此静坐，便覺一日似兩日。若能處置，此生常似今日，年至七十，便是百四十歲。人世間何藥，能有此效？此方人人收得，但苦無好湯使，多嚥不下。』坡題《息軒》詩云云，正此意也。」曹能始《名勝志》云：息軒在儋州城南朝天宫中。此詩諸刻本不載，今采録。

贈黄州官妓

東坡五載黄州住，何事無言及李宜。却似西川一作「城南」杜工部，海棠雖好不吟詩。

慎按：《庚溪詩話》云：「東坡謫齊安時，樂籍中有李宜者，色藝不下他妓。坡將移臨汝，於飲餞處，力請詩句。坡半酣，笑贈云云。」又按，周昭禮《清波雜志》亦載此段，「李宜」作「李琪」，未詳孰是。今采録備考。

六言樂語

桃園未必無杏，銀鑛終須有鉛。荇帶豈能攔浪，藕花却解流連。

慎按：《春渚紀聞》：「(何)蘧(云：某)於揚州，得先生手畫古樂工，復作樂語『桃園未必無杏』云云，其後漢隸書『子瞻、禹功同觀』，真三絶也。」諸刻失載，今采録。

題領巾絶句

臨池妙墨出元常，弄玉嬌姿笑柳孃。吟雪要看鶩太傅，斷絃何必試中郎。

慎按：右一首見何蘧《春渚紀聞》，云：「嘉興李巨山，錢安道尚書甥也。先生嘗過安道小酌，其女數歲，以領巾乞詩，公即書絶句『臨池妙墨出元常』云云。」諸刻不載，今采録。

書裙帶絶句

任從酒滿翻香縷，不願書來繫綵牋。半接西湖横緑草，雙垂南浦拂紅蓮。

慎按：右一首亦見《春渚紀聞》，云：「嘗於陶安世家見東坡爲劉庚年君佐小女裙帶上，作散隸書絶句『任從酒滿翻香縷』云云。」諸刻失載，今采録。

虎跑泉

金沙泉湧雪濤香，灑作醍醐大地凉。解妬九天河影白，遥通百谷海聲長。僧來汲月歸靈石，人到尋源宿上方。更續《茶經》校奇品，山瓢留待羽僊嘗。

慎按：右一首見曹學佺《名勝志》。先生倅杭時，有《病中游祖塔院》七言律詩，子由和詩，凡二章，先生原唱亦應有二，諸刻本止存一首。《名勝志》載此篇，在「鳳翔大像寺」條下，因其地亦有虎跑泉也。今采録。

端硯詩

披雲離北巖，度嶺入中夏。重藉剪楚茅，方函斲英櫝。騷壇意臭逆，匠石語少一字奓。匪堊勞運斤，如帶防毁銙。礪少四字，觀隅整同厦。津津剖馬肝，索索模羊鮭。氣逼松滋豪，姻聯雪濤姹。登堂却蹣跚，飲水何甜問。守墨面宜黔，含貞口終啞。静惟有壽焉，玷尚可磨也。《魯史》記獲麟，晉帖題裹鲊。供給到唐文，護持等商斝。眉形空愛纖，風字仍嫌哆。載觀七八評，咸本六一寫。退然敢摩肩，信矣俱出跨。始知尹公他，不媚王孫賈。銘詩與器傳，篆刻當碑打。嚴韻拾孑遺，微才任聊且。後注云：《端硯聯句》既成，暮歸復拾餘韻，別賦一首，附録卷後。

慎按：右一首載卞氏《式古堂書畫彙考》第十卷，云：此詩東坡作「行草書，宋楮本小横卷」。按後注云云，則先生當别有《端硯聯句》，今刻本俱無，此首之真贋未可知也。姑存，備考。

張無盡過黄州徐君猷爲守有四侍人姓爲孫姜閻齊適張夫人携其一往婿家既暮復還乃閻姬也最爲徐所寵因書絶句云

玉筍纖纖揭繡簾，一心偷看緑蘿尖。使君三尺毬頭帽，須信從來只有簷。

慎按：右一首從《春渚紀聞》采出，諸刻本不載。

銅陵縣〔一〕陳公園雙池二首〔二〕

其　一

南北山光照緑蘿，濯纓洗耳不須多。天空月滿宜登眺，看取青銅兩處磨。

〔一〕銅陵：《（元和郡縣志）〔名勝志·池州府志勝·銅陵縣〕》：「梁南陵縣地，後廢爲治，屬池州。」

〔三〕陳公園：《名勝志》：「銅陵縣東北隅有陳公園，園内有雙池，蘇子瞻、黄魯直常游。」

其　二

落帆重到古銅官〔一〕，長是江風阻往還。要使謫僊迴舞袖，千年醉拂五松山〔二〕。

〔一〕銅官：《太平寰宇記》：「銅官山在銅陵縣十里，又名利國山。泉源冬夏不竭，可以浸鐵煮銅，即唐置冶處。」

〔二〕五松山：《輿地紀勝》：「五松山在銅官西南，舊有松，一本五枝，翠色參天。李太白詩：我來五松下，置酒窮躋攀。」

慎按：右二首見《池陽後集》，諸刻本不載，今采録。

咏檳榔

異味誰栽向海濱，亭亭直幹亂枝分。開花樹杪翻青𧃍，結子苞中皺錦紋。可療飢懷香自吐，能消瘴癘暖如薰。堆盤何物堪爲偶，蔞葉清新卷翠雲。

慎按：此詩語太淺直，似非先生作。曹能始《名勝志》載之，姑采録。

正月八日招王子高飲〔一〕

屋雪號風苦戰貧，紙窗迎日稍知春。正如薝蔔林中坐，更對芙蓉城裏人。昨想玉堂空冷徹，誰分銀榼送清醇。海山知有東南角，正看歸鴻作小顰。

〔一〕王子高：注見本集《芙蓉城》詩下。

慎按：右一首諸刻不載，見於蒲積中《歲時雜咏·今集》中，今采録。

醉中題鮫綃詩

天地雖虚廓，惟海爲最大。聖王皆祀事，位尊河伯拜。祝融爲異號，恍惚聚百怪。二氣變流光，萬里風雲快。靈旗摇虹纛，赤虬噴滂湃。家近玉皇樓，彤光照世界。若得明月珠，可償逐客債。

慎按：右一首，諸刻不載。《苕溪漁隱叢話》引《仇池筆記》云：「余一日醉卧，有魚頭鬼身者自海中來，云：『廣利王請端明。』（余）〔予〕被（髮）〔褐〕草履黄冠而去，亦不知身步入水中，但聞風雷聲。有頃，豁然明白，真所謂水晶宫殿也。其下驪目夜光，文犀尺璧，南金火齊，不可迎視，珊瑚琥珀，不知幾多也。廣利王佩劍冠服而出，從二青衣。余曰：『海上逐客，重煩邀命。』有頃，東華真人、南溟夫人造焉，出鮫綃丈餘，命題詩。余賦曰：『天地雖虛廓』云云。寫竟，進廣利，諸仙迎看，咸稱妙。獨廣利旁一冠簪者，謂之鼈相公，進言『蘇軾不避諱忌，祝融字犯王諱。』王大怒。余退而嘆曰：『到處被（鼈）相公斷壞。』苕溪漁隱曰：此事恍惚怪誕，殆類傳奇異聞所載。又，其詩亦淺近，不似東坡平日語，好事者爲之，以（誑世）〔附託其名〕耳。」又，按《仇池筆記》，相傳東坡自撰此一則，當在海外所紀。時有董必者，承奸相意，遣人至儋耳，逐出官舍。所云鼈相公者，蓋指董必也。此詩聊以寓意，亦非果有其事。胡仔疑爲好事者所託，吾不謂然。

無　題

簾卷窗穿户不扃，隙塵風葉任縱横。幽人睡足誰呼覺，欹枕床前有月明。

慎按：右一首見本集《與黄師是尺牘》，云：「近者，幼累舟中皆伏暑，自愍一年在道路矣。已決計旦夕渡江至毘陵矣。塵埃風葉滿室，隨掃隨有，然不可廢掃，以爲賢於不掃也。有詩録呈。」云云。據此，當是度嶺以後未到常州以前所作。諸刻本俱失載，今采録。

葛延之贈龜冠

南海神龜三千歲，兆協朋從生慶喜。智能周物不周身，未免人《詩話總龜》作「一」鑽七十二。

誰能用爾作小冠，岣嶁當作「勾漏」耳孫創其製。君今此去寧復來，欲慰相思時整視。

慎按：右一首見葛立方《韻語陽秋》第三卷，云：「東坡在儋耳時，余三從兄諱延之自江陰擔簦，萬里絶海往見，留一月。坡嘗誨以作文之法。（文載全集中。）吾兄拜其言，而書諸紳。嘗以親製龜冠爲獻，坡受之，而贈以詩『南海神龜三千歲』云云。今集中無此詩。余（嘗）〔曾〕見其親筆。」又，費補之《梁溪漫志》云：「東坡在儋耳，嘗爲葛延之作《龜冠》詩，葛以語胡蒼梧（珵）。」《詩話總龜》亦云然。據此三段，其爲先生海外作無疑。諸刻不載，今采録。

別海南黎民表

我本海南民，寄生西蜀州。忽然跨海去，譬如事遠游。平生生死夢，三者無劣優。知君不再見，欲去且少留。

慎按：右一首見（《詩話總龜》）〔《苕溪漁隱叢話・前集》卷四十〕引《冷齋夜話》，云：「余游儋耳，見黎民（表）爲余言：東坡無日不相從，嘗從乞園蔬，出其臨別歸海北詩『我本（海南）〔儋耳〕民』云云。其末云：『新釀甚佳，求一具。漫寫此詩，以折菜錢。』」諸刻不載，今采録。

雅安人日次舊韻二首

其一

人日滯留江上村，定知芳草怨王孫。題詩寄遠方揮翰，扶杖登高獨出門。柳色忍看成感嘆，花前歸思自飛翻。浮陽披凍雖才弄，已覺春工遍一元。

其二

似聞高隱在前村，坐膝扶床戲子孫。自賞春光携桂酒，喜逢晴色款柴門。屏間帶日金人活，頭上迎風綵勝翻。蓬鬢扶疎吾老矣，豈能舊貌改新元。

慎按：右二首諸刻不載，見宋蒲積中所選《歲時雜咏・今集》中，此詩編次《庚辰人日二章》之後。《年譜》：庚辰人日，先生在儋耳作七律二首。五月，聞赦。六月，渡海北歸。明年辛巳，度嶺。正月五日，過南安軍。則次韻人日詩，當作於此時。但雅安地名無可考，恐是南安之譌，存疑，俟考。

和代器之〔一〕

雨過郊原一番新，尋芳車馬踏無塵。普天冷食聞前古，蕭寺清游屬兩人。不作佺期問新曆，頗同之問感餘春。明年歸籍梨花上，應會群賢及四隣。

〔一〕器之：即劉安世，注見前四十五卷。

慎按：右一首見《歲時雜吟·今集》。按，先生北歸時，有《寒食與器之游南塔寺寂照堂》七律一首，此詩即次前韻。豈器之不能詩而先生代爲和章耶？諸刻不載，今補録。

自題金山畫像

心似已灰之木，身如不繫之舟。問汝平生功業，黄州惠州儋州。

慎按：《金山志》：李龍眠畫子瞻照，留金山寺。後東坡過金山，自題云云。周必大乾道庚寅《奏事録》亦載此詩。諸本皆無，今采録。

歸來引送王子立歸筠州

歸去來兮，世不汝求胡不歸？淘北望之横流兮，渺西顧之塵霏。紛野馬之決驟兮，幸余首之末𤖶。出彭城而南騖兮，眷邱隴而增欷。亂清淮而俯鑒兮，驚昔容之是非。念東坡之遺老兮，輕千里而款余扉。共雪堂之清夜兮，攬明月之餘輝。曾雞黍之未熟兮，嘆空室之伊威。我挽袖而莫留兮，僕夫在門歌《式微》。歸去來兮，路渺渺其何極。將稅駕於何許兮？北江之南，南江之北。於此有人兮，儼峩峩其豐碩。孰居約而爾肥兮？非糠覈其何食。久抱一而不試兮，愈温温而自克。吾居世之荒浪兮，視昏昏而聽默默。非之子莫振吾過兮，久不見恐自賊。吾欲往而道無由兮，子何畏而不即。將以彼爲玉人兮，以子爲之璞也。

慎按：王子立名適，子由之壻。以元祐四年歿於筠州，先生有詩哭之。此詞在黄州時送歸筠作。諸刻失載，今從《全集》采録。

黄泥坂詞

出臨皋而東騖兮，並葷祠而北轉。走雪堂之坡陀兮，歷黄泥之長坂。大江洶以左繚兮，渺雲濤之舒卷。草木層累而右附兮，蔚柯邱之葱蒨。余旦往而夕還兮，步徙倚而盤桓。雖信美而不可居兮，苟娱余於一眄。余幼好此奇服兮，襲前人之詭幻。老更變而自哂兮，悟驚俗之來患。釋寶璐而被繒絮兮，雜市人而無辨。路悠悠其莫往來兮，守一席而窮年。

時游步而遠覽兮，路窮盡而旋反。朝嬉黄泥之白雲兮，暮宿雪堂之青烟。喜魚鳥之莫余驚兮，幸樵蘇之我嫚。初被酒以行歌兮，忽放杖而醉偃。草爲茵而塊爲枕兮，穆華堂之清宴。紛墜露之濕衣兮，升素月之團團。感父老之呼覺兮，恐牛羊之予踐。於是蹶然而起，起而歌曰：月明兮星稀，迎余往兮餞余歸。歲既晏兮草木腓，歸來歸來兮，黄泥不可以久嬉。

慎按：黄泥坂在黄州。以下數篇，諸刻本俱不收入詩類。先生《和歸去來詞》，施氏原本既附《和陶》卷中，此亦有韻之詞也，何獨遺之？故與《清溪詞》、《上清詞》三章並采録。

清溪詞

大江南兮九華西，泛秋浦兮亂清溪。水渺渺兮山無蹊，路重複兮居者迷。爛青紅兮粲高低，松十里兮稻千畦。山無人兮雲朝掛，藹濛濛兮滄凄凄。嘯林谷兮號水泥，走鼪鼯兮下鳧鷖。忽孤壘兮隱重堤，杳冥茫兮聞犬雞。鬱萬瓦兮鳥翼齊，浮軒楹兮飛栱枅。雁南歸兮寒蜩嘶，弄秋水兮挹玻瓈。朝市合兮雜髦齯一作「倪」，挾簞瓢兮佩鋤犁。鳥獸散兮相扶携，隱驚雷兮鶩長霓。望翠微兮古招提，躋木杪兮翔雲梯。若有人兮恨幽棲，石爲門兮雲爲閨。塊虛堂兮法喜妻，呼猿狙兮子鹿麛。我欲往兮奉杖藜，獨長嘯兮謝阮嵇。

愼按：清溪在池州。先生作此詞，歲月莫考。諸刻不載，今從《全集》采録。

上清詞 原注：以宫名名篇。

君胡爲乎山之幽，顧宫殿兮久淹留。又曷爲一朝去此而不顧兮，悲此空山之人也。來不可得而知兮，去固不可得而訊也。君之來兮天門空，從千騎兮駕飛龍。隸星辰兮役太歲，儼晝降兮雷隆隆。朝發軫兮帝庭，夕弭節兮山宫。懭有妖兮虐下土，精爲星兮氣爲虹。愛流血之滂沛兮，又嗜瘧癘與螟蟲。嘯盲風而涕淫雨兮，時又吐旱火之爞融。銜帝命以下討兮，建千仞之修鋒。乘飛霆而追逸景兮，歘砉掃滅而無蹤。忽崩播其來會兮，走海岳之神公。龍車獸鬼不知其數兮，旗纛晻靄而冥濛。漸俯傴以旅進兮，鏘劍珮之相礱。司殺生之必信兮，知上帝之不汝容。既約束以反職兮，退戰慄而愈恭。澤允塞于四海兮，獨澹然其無功。君之去兮天門開，款閶闔兮朝玉臺。群僊迎兮塞雲漢，儼前導兮紛後陪。歷玉階兮帝迎勞，君良苦兮馬虺頹。閔人世兮迫隘，陳下土兮帝所哀。返瓊宫之嵯峨兮，役萬靈之喧豗。默清浄以無爲兮，時節狩於斗魁。詣通明而獻黜陟兮，軼蕩蕩其無回〔一〕。忽表裏之焕霍兮，光下燭於九垓。時游目以下覽兮，五岳爲豆，四溟爲盃。俯故宫之千柱兮，若毫端之集埃。來非以爲樂兮，去非以爲悲。謂神君之既返兮，曾顏咫尺之不違。升秘殿以内悖兮，魂凛凛而上馳。忽寤寐以有得兮，敢沐浴以獻辭。是耶非耶，臣不得而知也。

〔二〕軼蕩蕩：「軼」，疑應作「詄」。

慎按：《宋史·禮志》：「鑄神霄九鼎，奉安於上清寶籙宫。」但不詳何神及宫在何地。諸刻失載，今從《全集》采録。

醉翁操并引

琅邪幽谷，山水奇麗，泉鳴空澗，若中音會。醉翁喜之，把酒臨聽，輒欣然忘歸。既去十餘年，而好奇之士沈遵聞之，往游焉。以琴寫其聲，曰《醉翁操》，節奏疎宕，而音指華暢，知琴者以爲絶倫。然有其聲而無辭，雖爲作歌，而與琴聲不合。又依楚詞作《醉翁引》，好事者亦倚其辭以製曲，雖粗合均度，而琴聲爲辭所繩約，非天成也。後三十餘年，翁既捐館舍，而遵亦殁久矣。有廬山玉澗道人崔閑，特妙於琴，恨此曲之無詞，乃譜其聲，而請於東坡居士以補之云。

琅然，清圜，誰彈？響空山，無言。惟翁醉中知其天。月明風露娟娟，人未眠，荷蕢過山前，曰有心也哉，此賢。醉翁嘯咏，聲和流泉。醉翁去後，空有朝吟夜怨。山有時而童顛，水有時而回川。思翁無歲年，翁今爲飛仙，此意在人間，試聽徽外兩三絃。

慎按：琴操，亦古詩之流。此首諸刻本不載，今從《全集》中采録。

次韻借觀睢陽五老圖

國老安榮心自閒，紫袍金帶舊簪冠。星騎箕簸揚糠粃，斗掌權衡表漢桓，冬有愆陽嫌薄熱，夏多沴氣畏輕寒。賴得五賢清雅出，俾人敬慕肅容看。

慎按：右七言律詩一首，見《鐵網珊瑚》，格律句法全不類坡公作，姑據此采録。

題金山寺回文體

潮隨暗浪雪山傾，遠浦漁舟釣月明。橋對寺門松逕小，檻當泉眼石波清。迢迢緑樹江天曉，靄靄紅霞晚日晴。遥望四邊雲接水，碧峰千點數鷗輕。

慎按：右七言律詩一首，諸刻不載。今從魏慶之《詩人玉屑》第一卷采録。

贈姜唐佐

生長茅間有異芳，風流稷下古諸姜。適從瓊管魚龍窟，秀出羊城翰墨場。滄海何曾斷地脉，白袍端合破天荒。錦衣他日千人看，始信東坡眼目一作「力」長。

慎按：此詩諸刻不載，見《邵氏聞見後録》，云：「唐荆州每解送舉人，多不成名，號曰『天荒』。至劉蜕以荆州解及第，號『破天荒』。東坡嘗〔作〕〔以詩〕二句〔贈〕〔遺〕姜唐佐，『滄海』云云，用此事也。題其後云：『待子及第，當續後句。』唐佐自廣州隨〔解〕〔計〕過許昌，見潁濱時，東坡已下世，潁濱爲足成其詩。」云云。今補録。

水月寺

千尺長松掛薜蘿，梯雲嶺上一聲歌。湖山深秀有何處，水月池中桂影多。

慎按：右一首諸刻不載，今從《武林梵志》采録。

半月泉附題名「蘇軾曹輔劉季孫鮑朝懋鄭嘉會蘇固同遊元祐六年三月十一日」。

請得一日假，來遊半月泉。何人施大手，劈破水中天。

慎按：右一首諸刻不載。見談鑰《吴興志》：先生遊德清縣，題半月泉作也。石刻真跡在慈相寺中，余家有榻本。按，先生自杭守召還，在元祐辛未，集中有《三月六日别南北山諸道人》詩，與《半月泉題名》相距才五日。當是還朝時便道來游，歲月鑿鑿可據。而此詩本集失載，詩與《題名》字體大小不同，迥出兩手，疑後人因《題名》而贋作此詩。蓋先生時方還朝，何云「請假」？以此辨之，其爲假託，未可知也。存疑，俟考。

游何山

今古何山是勝游，亂峰縈轉繞滄洲。雲含老樹明還滅，石礙飛泉咽復流。徧嶺烟霞迷俗客，一溪風雨送歸舟。自嗟塵土先衰老，底事孤僧亦白頭。

慎按：右七言律詩一首，諸刻不載。見徐獻忠《吴興掌故集》第十卷，今采録。

自題臨文與可畫竹

石室先生清興動，落筆縱横飛小鳳。借君妙意寫篔簹，留與詩人發吟諷。

慎按：右一首見卞氏《式古堂畫考》，諸刻不載，今采録。

寶墨亭

山陰不見换鵝經，京口空傳《瘞鶴銘》。瀟灑謫僊來作郡，風流太守爲開亭。兩篇玉蕊塵初滌，四體銀鈎迹尚青。我久臨池無所得，願觀遺法快沉冥。

慎按：右一首見《京口三山志》中。劉昌《縣笥瑣探》云：寶墨亭，宋初建，以覆《瘞鶴銘》者，今廢。又，蘇子美《滄浪集》亦載此，疑因姓傳訛也。諸刻失載，今補録。

雙井白龍

巖泉未入井，蒙然冒沙石。泉嫩石爲厭，石老生罅隙。異哉寸波中，露此横海脊。先生酌泉笑，泉秀神龍蟄。舉手玉筯插，忽去銀釘擲。大身何時布，大翮翔霹靂。誰言鵬背大，更覺宇宙窄。

慎按：《冷齋夜話》云：「（南）海〔南〕城（中）〔東〕有兩井，相（近）〔去〕咫尺而異味，號雙井。井源出巖石罅中。東坡酌水，異之，曰：『吾尋白龍不見，今知家此水中乎？』同游〔者〕怪問其故，曰：『白龍當爲東坡出，請徐待之。』俄見其脊尾如〔生〕銀蛇狀。忽水（瀾）〔渾〕，有雲氣浮水面，舉首如插玉筯，乃泳而去。余至二井，太守張子修爲造庵井上，號思遠，亭名洞酌。（崖）〔岸〕有怪樹，樹枝之（脇）〔腋〕，有詩『巖泉未入井』云云。字畫如顔書，無名銜年月。此詩風格似東坡，而言『泉嫩』、『石老』，疑學者爲之也。」今據此，采録。

瑞金東明觀

浮金最好溪南景，古木樓臺畫不成。天籟遠兼流水韻，雲璈常聽步虛聲。青鸞白鶴蟠空下，翠草玄芝匝地生。咫尺仙都隔塵世，門前車馬任縱横。

慎按：右一首見《贛州舊志》，今采録。

題清淮樓

觀魚惠子臺蕪没，夢蝶莊生冢木秋。惟有清淮供四望，年年依舊背城流。

慎按：右一首諸刻不載。見《錦繡萬花谷·濠州絶句》中，今采録。

西湖絶句

畢竟西湖六月中，風光不與四時同。接天蓮葉無窮碧，映日荷花别樣紅。

慎按：右一首諸刻不載。見《錦繡萬花谷》，今采録。

戲答佛印

遠公沽酒飲陶潛，佛印燒猪待子瞻。采得百花成蜜後，不知辛苦爲誰甜。

慎按：《竹坡詩話》云：「東坡喜食燒猪（肉），佛印住金山時，每燒猪以待其來。一日，爲人竊

（去）〔食〕，東坡戲作小詩云云。」諸刻不載，今采録。

失題三首

其　一

木落沙明秋浦，雲卧此字訛烟淡瀟湘。曾學扁舟范蠡，五湖深處鳴榔。

其　二

望斷水雲千里，横空一抹晴嵐。不見邯鄲歸路，夢中略到江南。

其　三

公子只應見畫，此中我獨知津。寫到水窮天杪，定非塵土間人。

慎按：以上六言絶句三首，諸刻不載。今從《晚香堂蘇帖》采録。

來鶴亭

鴻漸偏宜丹鳳南，冠霞帔月影毵毵。酒酣亭上來看舞，有客新名唤作耽。

慎按：袁褧《楓窗小牘》云：「王大父時，有野鶴來棲，馴狎不去，蘇子瞻有詩云云。」褧之祖名彦方。此詩集中不載，今采録。

【校記】

一、《覓俞俊筆》注一引蘇軾《外集·雜題》云云，按，此引文見《蘇軾文集》卷七十《題跋》，題曰「書吴説筆」，非「雜題」也。

二、《銅陵縣陳公園雙池二首·其一》注一引《元和郡縣志》云云，誤。《元和郡縣志》無此引文，實引自曹學佺《名勝志·池州府志勝·銅陵縣》。

三、同上《其二》注一引《太平寰宇記》云云，今本《太平寰宇記》無此引文，實轉引自《名勝志·池州府志勝·銅陵縣》。○注二引《輿地紀勝》云云，今本《輿地紀勝》無此引文，實轉引自《名勝志·池州府志勝·銅陵縣》。

四、《别海南黎民表》「慎按」《詩話總龜》引《冷齋夜話》云云，誤，此段引文不見於《詩話總龜》，實引自胡仔《苕溪漁隱叢話·前集》卷四十引《冷齋夜話》。

五、《雙井白龍》「慎按」引《冷齋夜話》云云，按，《冷齋夜話》無此引文，實轉引自胡仔《苕溪漁隱叢話·前集》卷四十一。又，此段引文另見於阮閲《詩話總龜》卷四十七，然注出《野人閒話》。

他集互見詩卷四十九

古今體詩四十七首

慎按：唐、宋名家詩文間有互見他集者，如《馬退山茅亭記》載《獨孤及集》；《柳州謝表·其一》乃李吉甫郴州作，而皆入《子厚集》中；《大樂十二均圖》，楊次公作也，編於《嘉祐集》；《蠶對織婦文》，宋元憲作也，編於《米襄陽集》；《三先生論事録序》，陳同甫作也，編於《朱文公集》。如此之類，往往有之，但未有舛繆混雜幾及百篇如東坡詩之甚者也。李端叔有言，先生自嶺外歸，所作字多他人詩文。蓋紹聖以後，嚴禁蘇氏之學，至淳熙初，禁乃弛，後人得公手跡，便采入公集，承譌數百年，注者與讀者，漫不加辨。凡慎所駁正，非敢一毫臆斷，悉從諸家文集、詩話一一搜抉，校對其雷同者，另編二卷。如單行之什，則注云此詩亦見某人集；其或同時唱和，則依和詩例，附載各卷本詩之後，此卷中但列題目，云此詩附載第幾卷，覽者詳之。

老翁井〔一〕此詩施氏原本載《遺詩》卷首。

井中老翁誤年華，白沙翠石公一作「翁」之家。公來無踪去無跡，井面團團一作「圓」水生花。翁今與世兩何與，無事紛紛驚牧豎。改顏易服與世同，毋使世人知有翁。

〔一〕老翁井：老蘇公《嘉祐集·老翁泉銘序》云：「往（歲）〔數〕十年，山空月明，有老人偃息泉上，就之則隱而入於泉。洵甃石，作亭其上，銘曰：山起東北，翼而南西。涓涓斯泉，坌溢以瀰。斂以爲井，可飲萬夫。」按，梅聖俞有和詩，不具録。

慎按：朱子《晦菴詩話》云：「《老翁井》詩，在老蘇《送蜀僧去塵》之前，必非他人作。然不見於《嘉祐集》，亦不省其何説也？彼欲井中老翁改顔易服，不使人知，而後篇有『嫌瘦』『廢彈』之嘆，何耶？然其言怨而不怒，用意亦遠矣。」據此，則此詩與《送蜀僧去塵》二首，皆老蘇公作也。

送蜀僧去塵

十年讀《易》費膏火，盡日吟詩愁肺肝。不解丹青追世好，欲將芹芷薦君盤。誰爲善相寧嫌瘦。復一作「後」有知音可廢彈。拄杖掛經須倍道，故鄉春蕨已闌干。

慎按：《苕溪漁隱》引《石林詩話》云：「蘇明允詩不多見，然精深有味，語不徒發。如《讀〈易〉》詩云：『誰爲善相寧嫌瘦，後有知音可廢彈。』婉而不迫，哀而不傷，所作自不必多也。」云云。今合之朱子《詩話》，斷以爲老蘇作。

新城道中第二首詩，附載第九卷中。

慎按：《新城道中二首》：「東風知我欲山行」，東坡先生原作也，「身世悠悠我此行」，新城令晁端友和韻也。詳方回《瀛奎律髓》，注見第九卷。

虚飄飄第二首、第三首詩，俱附載三十卷中。

慎按：周紫芝《太倉稊米集》云：「元祐間，（黄）山谷作《虚飄飄》，蓋樂府之餘，當時諸公皆有和（詩）〔篇〕。（戊辰臘月）〔二十有八日〕夜讀《淮海集》，見之亦用其韻（作詩）。」云云。又，按《淮海集》「花飛不到地」一首，山谷原作也。「晝簷蛛結網」一首，東坡和詩也。「風寒吹絮浪」一首，少游和詩也。今據此駁正，注詳前。

題織錦圖上回文三首詩附載二十一卷中。

慎按：本集《題跋》云：「余少時見一江南本，其後有人題詩十餘首，皆奇絶。今記其三：第一首『春晚落花餘碧草』云云，第二首『紅手素絲千字錦』云云，第三首『羞看一首回文錦』云云。」以上三首，諸刻本俱訛入先生集中。今以本集《再次前韻》三首爲主，此三首則附於後，注詳前。

和人回文五首

其一

紅窗小泣低聲怨，永夕春寒斗帳空。中酒落花飛絮亂，曉鶯啼破夢匆匆。

其二

同誰更倚閒窗繡，落日紅扉小院深。東復西流分水嶺，恨兼一本作「無」，詎愁續斷絃琴。

其三

寒信風飄霜葉黄，冷燈殘月照空牀。看君寄憶傳文錦，字字縈愁寫斷腸。

其四

前堂畫燭夜凝淚，半夜清香荔惹衾。烟鎖竹枝寒宿鳥，水沉天色霽横參。

其五

蛾翠斂時聞燕語，淚珠彈處見鴻歸。多情妾似風花亂，薄倖郎如露草晞。

慎按：《淮海後集》載此五絶句，題云：「蘇子瞻記《江南集》所題詩，本不全，余嘗見之，記其五絶，今以補子瞻之遺。」考之《經籍志》，有《江南集》十卷，不載作者姓名，據此，則非東坡詩可知。施氏原本不載，新刻本載《續補》下卷，今改編。

送淡公二首

其一

燕本冰雪骨〔一〕，越淡蓮花風〔二〕。五言雙寶刀，聯響高飛鴻。翰苑錢舍人，詩韻鏗雷公。識本不識淡，仰咏嗟無窮。清韻生物表，朗玉傾壺中。常於冷竹坐，相語道意冲。嵩洛興不薄，稽江事難同。明日若不來，我作黄石翁。何以兀其心，爲君學虚空。

〔一〕燕本：《〔新〕唐書》：「賈島，范陽人。初爲浮屠，名無本，後舉進士。」

〔二〕越淡：未詳。

其二

坐重青草公，意合滄海濱。渺渺獨見水，悠悠不聞人。鏡浪洗手淥，剡花入心春。雖然防外觸，眼前遶衣新。行當譯文字，慰此吟殷勤。

慎按：《孟東野集》送《淡公詩》共十一首，此其二。不知何以訛入蘇集，今駁正。

黄州

南山一尺雪，雪盡山蒼然。澗谷深自暖，梅花應已繁。使君厭騎從，車馬留山前。行歌招野叟，共步青林間。長松得高蔭，盤石堪醉眠。祇樂聽山鳥，携琴寫幽泉。愛之欲忘反，但苦世俗牽。歸來始覺遠，明月高峰顛。

慎按：此詩亦見《歐陽公集》，題云「游琅邪山」。琅邪在滁州之南，故稱「南山」。歐公時知滁州，故自稱「使君」。山中有泉，若中音，會醉翁喜之，每把酒欣然忘歸，時有沈遵者，以琴寫其聲，爲《醉翁操》，故又云「携琴寫幽泉」。此詩斷爲歐公作無疑也。

古風

精神《淮海集》作「思」洞元化，白日昇高旻。俯仰凌倒景，龍行逸《淮海集》作「速」如神。半道過紫府，弭節聊逡巡。金牀設寶几，璀璨明月珍。仙者二三子，眷然骨月親。飲我霞石《淮海集》作「一」盃，放盃恍《淮海集》作「懷暖」如春。遂朝玉虛上，冠劍班列真。無端拜失儀，放棄《淮海集》作「斥」令自新。雲霄難遽反，下土多埃塵。淮南守天庖，嗟我復《淮海集》作「實」何人。

慎按：《抱朴子·祛惑篇》云：「河東蒲坂有項曼都者，入山學仙，十年而歸。家人問其故，曼都曰：『在山中，三年精思，有仙人來迎我，共乘龍而升天。良久，低頭視地，杳杳冥冥，上未有所至，而去地已絶遠。龍行甚疾，及到天上，先過紫府。仙人以流霞一杯與我飲，飲輒不饑渴。忽然思家，到天帝謁拜失儀，見斥來還，令當更自修積。昔淮南王劉安升天，見上帝而箕坐大言，自稱寡人。遂見謫，守天厨三年。吾何人哉？』河東因號曼都爲斥仙人。」云云。此詩全用此事，乃諷刺學仙之流，語多荒誕，與先生《和陶山海經》「古强本庸妄」一首略同。若出東坡手，則語意重複矣。《淮海前集》第四卷亦載此詩，中間數處微有同異，已附注本句下，并爲辨正。

游杭州山詩附載第七卷中。

慎按：右五言古一首，乃子由和子瞻《自净土寺步至功臣寺》作也，詩載《欒城集》第四卷中。諸刻本俱訛編《東坡集》，惟施氏原本不載，新刻本載《續補》上卷，今爲駁正。

無　題

引手攀紅櫻，紅櫻落如線《長慶集》作「似霰」。仰首看紅《長慶集》作「白」，下同日，紅日走《長慶集》作「委」如箭。年光《長慶集》作「芳」與時景，頃刻互《長慶集》作「猶」衰變。何當《長慶集》作「況是」血肉身，安得《長慶集》作「能」常强健。人心苦執迷，富《長慶集》作「慕」貴憂貧賤。憂《長慶集》作「愁」色常在眉，歡容不上面。吾今《長慶集》作「況吾」頭半白，把鏡非不見。惟應《長慶集》作「何必」花下盃，更待他人勸。

慎按：右一篇，乃白樂天《花下對酒》二首之一也。施氏原本不載，新刻本載《續補》上卷，今駁正。

古意

兒童《苕溪詩話》作「曹」鞭笞學官府，翁憐兒癡旁笑侮。翁出坐曹鞭復呵，賢於群兒能幾何。兒曹鞭人以爲戲，公怒鞭人血流一作「滿」地。等爲戲劇誰復《苕溪詩話》作「後」先，我笑謂翁兒更賢。

慎按：右一首，見張文潛《宛邱集》第十二卷《有感三首》之一也。「兒童」張集作「群兒」，「鞭人以爲戲」張集作「相鞭以爲戲」。《苕溪詩話》云：「張文潛『兒曹鞭笞學官府』云云，余謂此詩亦不可不令操權者知也。」《宋文鑑》選入二十二卷中，亦以爲張耒。據此三段，其爲文潛作無疑。施氏原本不載，新刻載《續補》上卷，今駁正。

雷州八首

其一

白髮坐鈎黨〔一〕，南遷瀕海州。灌園以餬口，身自雜蒼頭。籬落秋暑中，碧花蔓牽牛。誰知把耡人，舊日東陵侯。

〔一〕鈎黨：《後漢書·黨錮傳》：「後張儉事起，收捕鈎黨。」《宋史·秦觀傳》：「紹聖初，坐黨籍，出通判杭州。以增損《實録》，貶監處州酒税。繼削秩，徙郴州，編管横州，又徙雷州。徽宗立，放還，至藤州卒。」

其　二

荔子無幾何，黄甘遽如許。遷臣不惜日〔一〕，恣意移寒暑。層巢俯雲木，信美非吾土。草芳自有時，鶗鴂何關汝〔二〕。

〔一〕惜日：韓退之有「此日足可惜」詩，此反其意，故云「不惜日」。

〔二〕鶗鴂：《淮海集》作「鷤鴂」。

其　三

下居近流水，小巢依嶺岑。終日數椽間，但聞鳥遺音。爐香入幽夢，海月明孤斟。鷦鷯一枝足，所恨非故林。

慎按：「下居」《淮海集》作「卜居」，「嶺岑」《淮海集》作「嶔岑」。

其　四

培塿無松柏，駕言此焉游。讀書與意會，却掃可忘憂。尺蠖以時屈，其伸亦非求。得歸良不惡，未歸且淹留。

慎按：「此焉游」，《淮海集》作「出焉游」；「屈伸」二字，《淮海集》作「詘信」。

其　五

粤嶺風俗殊，有疾時一作「皆」勿藥。束帶趨房祀，用史巫紛若。絃歌薦繭栗，奴至洽觴酌。呻吟殊未已，更把雞骨灼。

慎按：「粤嶺」，《淮海集》作「駱越」；「房祀」，《淮海集》作「祀房」；「用史」，《淮海集》作「瞽史」；「奴至」，《淮海集》作「奴主」。

其　六

粤女市無常，所至輒成區。一日三四還，處處售鰕魚。青裙脚不襪，臭味猿與狙。孰云風土惡，白洲生緑珠〔一〕。

〔一〕白洲：按，《淮海集》「洲」作「州」。《能改齋漫録》云：「白州雙角山猶存緑珠井，今有緑珠水，相傳水旁間産美麗。」

其七

海康臘己酉〔一〕，不論冬孟仲。殺牛撾鼓祭，城郭爲傾動。雖非堯頒曆，自我先人用。苦笑荆楚人，嘉平臘雲夢〔二〕。

〔一〕臘己酉：羅璧《識遺》引《玉燭寶典》云：「臘祭先祖，蜡祭百神。唐貞觀初，丑蜡百神，〔卯祭社稷，〕辰臘宗廟。至開元定禮，始蜡臘同日。宋依和峴之議，(二)〔三〕祭同用戌日。」今曰「臘己酉」，蓋不遵宋制也。

〔二〕嘉平：《禮記》：「(仲)〔孟〕冬，臘先祖五祀。」疏云：「臘謂田獵所得禽，祭者以欲臘祭時，暫出田獵以取禽，非仲冬大閲之獵也。蔡邕云：夏曰清祀，殷曰嘉平，周曰蜡，秦曰臘。」《能改齋漫録》云：「考《史記》，秦惠王(五)十二年，初臘，及始皇三十一年十二月，更名臘曰嘉平。先是其邑歌謡曰：『神仙得者茅初成，帝若學之臘嘉平。』父老具言，此神仙之謡。(始皇欣然)〔於是〕有尋仙之(意)〔志〕，因改臘曰嘉平，則臘之名不始於秦矣。按，應劭《風俗通》引《禮傳》『夏曰嘉平』云云。以是知臘祭之名，始於三代，廢於始皇，而興於漢也。惟劭以嘉平爲夏祭，與蔡邕不同。」

慎按：「傾動」，《淮海集》作「沸動」；「苦笑」，《淮海集》作「大笑」。

其八

舊時日南郡，野女出成群。此去尚應遠，東風已如雲。蚩氓託絲布，相就通殷勤。可憐秋胡子，不遇卓文君。

慎按：「舊時」，《淮海集》作「舊傳」。「東風」，《淮海集》作「東門」。

慎按：右五言古詩八首，皆秦少游作也。按《淮海集》中有《雷陽書事》三首，「越嶺風俗殊」、「舊時日南郡」，乃其二。又有《海康書事》十首，今「白髮坐鈎黨」、「荔子無幾何」、「下居近流水」、「培塿無松柏」、「粤女市無常」、「海康臘己酉」，乃其六。先生遠謫海外，不應云「南遷瀕海州」。其與子由相遇，同行至雷，僅留月餘，一怱怱過客，豈有灌園鋤口之事？且計先生過雷渡海，在五六月間，今詩中一則曰「籬落秋暑中」，再則曰「黄甘遽如許」，三則曰「海康臘己酉」，四則曰「東風已如雲」，細玩詩意，皆謫居此地，自夏徂秋，背冬涉春，感時紀事之詞，斷斷非東坡作。考之《宋文鑑》，第二十卷中所選《海康書事》五首，亦以爲秦作，無疑也。八章施氏原本不載，新刻載《續補》上卷，今爲駁正。

申王畫馬圖

天寶諸王愛名馬〔一〕，千金争致華軒下。當時不獨玉花驄，飛電流雲絶瀟灑。兩坊岐薛寧與申，憑陵内廐多清新。肉騣汗血盡龍種，紫袍玉帶真天人。驪山射獵包原隰，御前急詔穿圍入。揚鞭一蹙破霜蹄，萬騎如風不能及。雁飛兔走驚絃開，翠華按轡從天回。五家錦繡變一作「徧」山谷，百里舄珥遺纖一作「塵」埃。青騾蜀棧兩超忽一作「西趨急」，高準濃娥散荆棘。回首追風趁日飛一本作「苜蓿連天鳥自飛」，五陵佳氣秋一作「春」蕭瑟〔二〕。

〔一〕天寶諸王：按，《舊唐書》，睿宗六子，其一早卒。竇后生明皇。劉后生讓皇帝憲，即寧王也。宫人柳氏生申王撝。崔孺人生岐王範。王德妃生薛王業。初出閤，列第於東都積善坊，號五王宅。洪容齋謂：明皇兄弟五人，岐、薛、申、寧而外，又有邠王守禮，而《舊唐書》不載。今考之，寧王、申王，兄也。岐王、薛王，弟也。與明皇而爲五。故當時目明皇爲三郎。申王薨於開元十二年，岐王薨於十四年，薛王薨於二十二年，惟寧王稍後，然亦歿於二十九年。天寶改元以後，諸王無一存者。此詩起句云「天寶諸王」，乃一時落筆之訛。又，王氏舊注謂：「岐、薛、申、寧，皆明皇弟。」不知何所據也。

〔二〕五陵：班孟堅賦：「南望杜霸，北眺五陵。」李善注：「高帝長陵，惠帝安陵，文帝灞陵，景帝陽陵，昭帝平陵，宣帝杜陵。」程大昌《雍録》云：「七帝七陵，而稱『五陵』者，劉良謂『高、惠、景、武、昭，五陵在北』，其説是也。在北，在渭之北也。後世言陵邑之盛，但曰五陵，語順也。」

慎按：《苕溪漁隱叢話》：此詩及《老人行》皆非東坡所作，故前集不載。又云：「蔡天啓爲王荆公所知，東坡《申王畫馬圖（歌）〔詩〕》，即天啓作，其氣格有類東坡，世因悮收入。其後，姑蘇居世英家刊東坡前、後《集》，遂删去。」云云。蔡天啓，名肇紹，聖元符間官中書舍人，嘗守睦州。後坐元祐黨遭斥。此詩施氏原本不載，新刻本載《續補》下卷，今駁正。

老人行

有一老翁老無齒，處處無人問年紀。白髮如絲向下垂，一雙眸子碧如水。不裹頭，又無履，相識雖多少知己。問翁畢竟何所止？笑言只在紅塵裏。秋風獵獵行雲飛，老人此意無人會，目注雲歸心自知。黄口小兒莫相笑，老人舊日曾年少。浪迹常如不繫舟，地角天涯知自跳。亦曾樂半夜，傳籌醉朱閣。美人如花弄絃索，只恨尊前明月落。亦曾憂羈旅，他鄉迫莫秋。故國日邊無信息，斷鴻空逐水長流。或安貧，或安富，或爵通侯封萬户。一任秋霜换鬢毛，本來面目長如故。水有蘋兮山有芝，人意雖存事已非。有時却憶經游處，都似茫茫春夢歸。邇來尤解安貧賤，不爲公卿强陪面。皎如明月在秋潭，動着依前還不見。還不見，可奈何，空使遠人增眷戀。但秖從他隨物轉，青樓黄閣長相見。若相見，莫殷勤，却是翁家舊主人。

慎按：《苕溪漁隱叢話》云：「《東坡文集》行於世者，惟《大全》、《備成》二集詩文最多，真僞相半。其後吴門居世英家刊大字前、後《集》，最爲善本。世傳《前集》乃東坡手自編者，繆誤絶少。如御史府諸詩，不欲傳之於世；《老人行》、《申王畫馬歌》，非其所作，故皆無之。」云云。胡仔，南宋人，其言必非無據。惟《澠水燕談録》則云：「張芸叟使遼，宿幽州館中，有題子瞻《老人行》於壁間者，芸叟題其後云：『誰傳佳句到幽都，逢着胡兒問大蘇。』按此二句，亦子由作，乃好事者傅會也。後人不察，遂采題壁詩入坡集耳，今駁正。

又贈老謙 一本題云「贈僧思誼」。

瀉湯舊得茶三昧，覓句近窺詩一斑。清夜漫漫困披覽一作「搜攬」，齋腸那得許慳頑。

慎按：吴曾《能改齋漫録》云此詩劉貢父作，故改編於此。

送公爲游淮南

負米萬里緣其親，運甓無度憂其身。讀書莫學流麥士，挾策莫比亡羊人。乃翁辛苦到白首，汝今强勉當青春。昔時管鮑以君霸，此兩士賈寧非貧。

慎按：此詩亦見《雞肋集》，晁无咎作也。前四句下晁自注云：「陶（潛）〔靖節云〕詩『既耕亦已種，時還讀我書』，即此意也。」今據此駁正。

池上二首

其一

小池新鑿會天雨，一部鼓吹從何來？有蟾正碧亂草色，時泅出没東南隈。井幹跳梁亦足樂，洞庭魚龍何有哉？能歌德聲莫入月，清池與爾俱忘回。

其二

不作太白夢日邊，還同樂天賦池上。池上新年有荷葉，細雨魚兒噞輕浪。男兒學《易》不應舉，幽人一友吾得尚。此池便可當長江，欲榜茅齋來蕩漾。

慎按：以上二首，一見《黄山谷集》，又見《晁无咎集》，題云「家池雨中」，今據此駁正。

贈仲素寺丞致仕歸隱潛山〔一〕

潛山隱君一作「居」七十四，紺瞳緑髪方《欒城集》作「始」謝事。腹中靈液變丹砂，江上幽居連福地。彭城爲我住三日，明月滿舟《欒城集》作「船」同一醉。丹書細字口傳訣，顧我沉迷真棄耳。年來四十髮蒼蒼，始欲求方救憔悴。他年若訪潛山居，慎勿逃人改名字。

〔一〕仲素：姓王，名景純。注見十五卷。

慎按：先生守徐州，有《贈王仲素寺丞》五言古詩一首，時子由亦在徐，此篇乃同時作。《欒城集》原題云「贈致仕王景純寺丞」。是年爲熙寧丁巳，子由己卯生，故云「年來四十髮蒼蒼」，其爲子由作無疑，今駁正。

揚州以土物寄少游

鮮鯽經年秘《淮海集》作「漬」醽醁，團臍紫蟹脂填腹。後春蓴茁活如《淮海集》作「滑於」酥，先社薑芽肥勝肉。鳥子《淮海集》作「鳧卵」纍纍何足道？點綴《淮海集》作「飣餖」盤餐亦時欲。淮南風俗事瓶罌，方法相傳竟留蓄《淮海集》作「旨蓄」。且同千里寄鵝毛，何用孜孜飲麋鹿。《淮海集》結處四句云：魚鱐蜃醢薦籩豆，山蔌溪毛例蒙録。輒送行庖當擊鮮，澤居備禮無麇鹿。

慎按：此詩亦見《淮海集》第六卷，題云「以蓴薑法魚糟蟹寄子瞻」。中間字句異同處，《淮海集》覺較勝。秦，高郵人，篇中以土人致土貢，語意特親切，其爲秦作無疑。新刻載《續補》上卷，今駁正。

再過泗上二首

其一

眼明初見淮南樹，十客相逢九吴語。旅程已付夜帆風，客睡不妨背船雨。黄甘紫蟹見江梅《張文潛集》作「海」，紅稻白魚飽兒女。殷勤買酒謝船《張文潛集》作「般」師，千里勞君勤轉櫓。

其二

繫舟淮北雨折軸，繫舟淮南風斷橋。客行有期日月疾，歲事欲晚霜雪驕。山根浪頭作雷吼，縮手敢試舟師篙。不用然犀照幽怪，要須拔劍斬長蛟。

慎按：右七言律詩二首，舊於張文潛《宛邱集》中曾見之，今所傳《張右史集》獨遺此，存疑，附志，以俟再考。

驪山〔一〕

君門如天深幾《宋文鑑》作「九」重，君王如帝坐法宫。人生難處是安穩，何爲來此驪山中？

複道淩《宋文鑑》作「連」雲接金闕，樓觀隱烟横翠空《宋文鑑》作「紅」林深霧《宋文鑑》作「谷」暗迷八駿，朝東暮西勞六龍。六龍西幸峨眉棧，悲風便入華清院〔二〕。霓裳蕭散羽衣空，麋鹿來遊猿鶴怨。我上朝元春半老〔三〕，滿地落花無人《宋文鑑》作「人不」掃。羯鼓樓高掛夕陽〔四〕，長生殿古生青草〔五〕。可憐吴楚兩醯雞，築臺未就已堪悲。長楊五柞漢幸免，江都樓城隋自迷。由來留《宋文鑑》作「流」連多喪國，宴安酖毒因奢惑。三風十愆古所戒，不必驪山可亡國。

〔一〕驪山：注見第三卷中。

〔二〕華清：《雍録》：華清宫，開元十年建，初名温泉宫，後改名。「在驪山最爲奢盛，百司皆有邸第。明皇常以十月往幸，歲竟乃歸。」《長安志》：華清宫四面皆有繚墻，内有朝元閣、長生殿、羯鼓樓。

〔三〕朝元：《長安志》：「朝元閣在華清宫東南，老君殿之北。天寶七載，改名降聖閣。」

〔四〕羯鼓樓：《雍録》：「羯鼓樓，在朝元閣東近南，繚墻之外。」

〔五〕長生殿：《長安志》：長生殿有二，其一在都城迎仙宫内，其一在驪山。在都城者，寢殿也。「在驪山者，齋殿也。（天子）有事於朝元閣，即齋沐（於此）〔殿〕。」

慎按：右七言古詩一首，亦見《宋文鑑》第十四卷，題云「驪山歌」，李廌作。皖江陳焯《宋詩選》因之。考《經籍志》，李廌有《濟南集》二十卷，今不傳，但據《宋文鑑》爲考證云。

次韻謝子高讀淵明傳

枯木嵌空微黯淡，古器雖存無古絃。袖中正有南風手，誰能聽之誰爲彈一作「傳」。風流豈落正始後，甲子不數義熙前。一山《山谷集》作「軒」黄菊平生事，無酒令人意缺然。

慎按：此詩見《山谷外集》第二卷。又，《中州集》蔡松年《銀州道中》詩云：「此時最憶涪翁語，無酒令人意缺然。」其爲山谷作無疑，今據此駁正。

滄洲亭懷古

湘水悠悠天際來，夾江古木抱山回。城中人物若可數，日晏市散多蒼苔。九疑巉天古雲埋，遥想帝子龍車迴。心哀目極何可望，九歌寂寂令人哀。

慎按：滄洲亭，無可考。《外集》作《蒼梧懷古》。此詩見沈遼《雲巢集》中。《宋文鑑》詩選，亦以爲沈遼作，今據此駁正。

戲咏子舟畫兩竹兩鸜鵒〔一〕

風晴日暖搖雙竹，竹間對語雙鸜鵒。鸜鵒之肉不可食《山谷集》作「餚」，人生不才果爲福。子舟之筆利如錐〔二〕，千變萬化皆天機。未知筆下鸜鵒語，何似夢中蝴蝶飛。

〔一〕子舟：《畫繼》：「黄彝，字子舟，潼川人。其名與字，初非『彝』與『子舟』也。山谷以其尚氣，故取二器以規之，自後折節。（文）與可每自言，（畫竹）（所作）不及子舟。」

〔二〕筆如錐：白居易《紫毫筆》詩：「尖如錐兮利如刀。」

慎按：右一首亦見《黄山谷集》。子舟乃黄斌老之弟，山谷詩中題子舟畫者甚多，此詩確係山谷格律，非蘇詩也。今駁正。

贈山谷子

黄童三尺世無雙，筆頭衮衮懸秋江。不憂老子難爲父，平生崛强今心一作「已」降。我來喜共阿戎語，應敵縱横如急雨。生子還如孫仲謀，豚犬漫多何足數。黄家小兒名拾得《陳後山集》作「小德」眉如長松眼如漆。只今數歲已動人，老人《後山集》作「夫」留眼看他日。笑君老蚌生明珠，自笑此物吾家無。君當置酒我當賀，有兒傳業更何須。

慎按：右一首亦見陳履常《後山集》，題云「贈黃氏子小德」。按，先生本集已有《次韻魯直嘲小德》詩二首，此詩當是陳作，今據《後山集》駁正。

昭陵六馬唐文皇戰馬也琢石象之立昭陵前客有持此石本示予爲賦之〔一〕

天將剗隋亂，帝遣六龍來。森然風雲姿，颯爽毛骨開。飈馳不及視，山川《宛邱集》作「立」儼莫回。長鳴視八表，擾擾萬駑駘。秦王龍鳳姿，魯《宛邱集》作「魚」鳥不足摧。腰間大白羽，中物如風雷。區區數豎子，搏《苕溪漁隱叢話》作「縛」取若提孩。手持掃天帚，六合如《宛邱集》作「無」塵埃。艱難濟大業，一一非常才。維時六驥足，績與英衛陪〔二〕。功成鏘八鸞，玉輅行天街。荒凉昭陵闕，古石埋蒼苔。

〔一〕昭陵六馬：《（元和郡縣志）〔長安志〕》：「太宗昭陵，因九嵕山爲陵，在醴泉北五十里。」《唐會要》：「上欲闡揚先帝徽烈，乃令匠人琢石，寫諸蕃君長，列於陵司馬門內。又刻石爲常所乘破敵馬六匹於闕下。」《長安志》：「六駿石像在陵後。」趙明誠《金石録·昭陵六馬贊》：「初，太宗以文德皇后之葬自爲文，刻石於昭陵。又琢石像平生征伐所乘六馬，爲贊之，皆歐陽詢八分書。」〇慎按，《昭陵六馬圖》石刻，其一曰拳毛騧，黃馬，黑喙，平劉黑闥時所乘，前中六箭，背中三箭；其二曰什伐赤，純赤色，平王世充時所乘，前中四箭，背中一箭；其三曰白蹄烏，純黑色，四蹄俱白，平薛仁杲所乘；其四曰特勒驃，黄白色，喙微黑，平宋金剛時所乘；其五曰颯路紫燕騮，平東都時所乘，前中一箭；其六曰青騅，蒼白雜色，平竇建德時所乘。前中五箭。

〔二〕英衛陪：《唐會要》：昭陵陪葬功臣，岑文本、房玄齡、李靖、李勣、魏徵、高士廉等。按史，李勣封英國公，李靖封衛國公。

慎按：右五言古一首，亦見張文潛《右史集》第八卷中，合之《苕溪叢話》及《宋文鑑》，皆以爲張耒作，今據此駁正。

題盧鴻一〔一〕一本無「一」字學士堂圖〔二〕

昔爲太室游別本作「花」，訛，盧巖在東麓。直上登封壇，一夜藾生足。徑歸不復往，巒壑空在目。安知有《十志》〔三〕別本作「千老」，大謬，舒卷不盈幅一本作「軸」，與結句韻重，訛。一處一盧生，裘葛蔭喬木。方爲世外人，行止何煩録。百年入篋笥，犬馬同一束。嗟余縛世累，歸末《欒城集》作「來」有茆屋。江干百畝田，清泉映修竹。尚欲逃世名，豈須《欒城集》作「復」上圖軸。

〔一〕盧鴻一：《舊唐書·隱逸傳》：「盧鴻一隱於嵩山，開元六年，徵至東都，謁見不拜，授諫議大夫，固辭，放還山，賜草堂一所。」《困學紀聞》云：「《唐舊史》鴻一蓋二名，與中岳《劉真人〔碑〕》所書合。《新史》删去一字，不知何據。當以《舊史》爲正。」

〔二〕學士堂圖：周密《雲烟過眼録》：「楊彦德家所藏盧鴻一《草堂圖》一卷，(乃)〔已〕是數百年物。李伯時曾臨一本，(曾)〔仍〕自書卷中歌一篇云：『甘泉建章空草莽，甲第紛紛誰復數。嵩岳徵君一草堂，却有畫圖傳萬古。巖巒奥勝帶烟霞，曠望幽盟空處所。微茫短幅幾臨模，便覽市朝如糞土。《輞川别業》王維畫，《君陽山記》希聲叙，胡將冰雪污囂塵，規模難勝非吾侶。』次則少游、仲殊、參寥繼之，皆一時聞人。」

〔三〕十志：〔《雲烟過眼録》〕：「李參云：『《玄居十志》者，謂《草堂》、《樾館》、《玄室》、《翠庭》、《期仙》、《滌煩》、《錦淙》、《碧潭》、《倒景》、《桃烟》。十者，天地之成數；志者，記述之總名。(皆圖中之景也。)十志今存其八，而遺《草堂》、《樾館》二紙。』」云云。新刻本「十志」訛作「千老」，殊不可解。

慎按：此詩亦見《欒城集》第十五卷中，題云「盧鴻草堂圖」。蓋子由曾試舉人，洛下有登嵩山諸什，故起句云然，東坡未嘗遊太室也。今駁正。

李白謫仙詩

我居青空裏，君隱黄埃中。聲形不相弔，心事難形容。欲乘明月光，訪君開素懷。天盃飲清露，展翼登蓬萊。佳人持玉尺，度君多少才。玉尺不可盡，君才無時休。對面一笑語，共躡金鰲頭。絳宫樓闕百千仞，霞衣誰與雲烟浮？

慎按：《東觀餘論》云：「我居（空青裹）〔清空表〕，君處紅埃中。仙人持玉尺，度君多少才。玉尺不可盡，君才無時休。此《上清寶典》李太白詩也。」云云。黄伯長但摘此六句，而不載全篇。檢《太白集》，乃無此詩，今據《東觀餘論》，改編此卷。

飲酒四首

其一

我觀人間世，無如醉中真。虚空爲銷殞，况乃百憂身。惜哉知此晚，坐令華髮新。聖人驟難得，日《淮海集》作「得」且致賢人。

其二

左手持《淮海集》作「執」蟹螯，舉觴屬雲漢。天生此神物，爲我洗憂患。山川同恍惚，魚鳥共蕭散。客至壺自傾，欲去不得閒。

其三

有客遠《淮海集》作「南」方來，酌我一盃茗。我醉方不啜，强啜忽復醒。既鑿渾沌氏《淮海集》一作「竅」，遂遠《淮海集》作「出」華胥境。操戈逐儒生，擧觴還酩酊。

其四

雷觴淡於《淮海集》作「如」水，經年不濡脣。爰有擾龍裔，爲造英靈春。英靈韻甚《淮海集》作「何」高〔二〕，蒲萄難與《淮海集》作「爲」隣。他年血食汝，當《淮海集》作「應」配杜康神。

〔二〕英靈春：《名勝志》：「〔英靈岡在〕雷州海康縣城北五里，（有英靈岡，）雷種陳氏，世居於此。」按，英靈春，酒名，當以此。必有劉姓者善釀，故云「爰有擾龍氏，爲造英靈春」。少游謫居此地年餘，故有「經年不濡脣」之句。

慎按：以上四首亦秦少游謫雷州時詩，載《淮海集》第四卷中。今據此駁正。

游山呈通判承議寫寄參寥師

煌煌世胄餘，夫子非碌碌。由來有詩書，所以能絶俗。得官本河朔，瓜期未易促。扁舟下南來，逸駕追鳴鵠。遇勝即徜徉，風餐兼露宿。嗟余偶傾蓋，一笑外羈束。杖策每過從，相携訪山谷。東風披鮮雲，繡錯出林麓。松門有時盡，幽景無斷續。崖轉聞鐘聲，林疎見華屋。銜山餘落景，歸迹猶躑躅。誰云鄴下歡，往事不可復。吾曹二三子，取樂亦云足。

願公寄新詩，一一能見録。船頭行北歸，囊橐有美玉。塵埃京洛人，亦與洗心目。

慎按：右一首，亦見《參寥子集》，題云「與曾仲錫通判同游天竺諸山」。以先生集考之，在定州時，曾爲通判，有《次韻曾仲錫承議荔支》詩，又有《送仲錫通判如京師》詩。今觀是詩云「得官本河朔，瓜期未易促。扁舟下南來，逸駕追鳴鵠」，意仲錫自離定州，未到京師，過杭與參寥子游，計東坡先生時已貶嶺南矣。此詩斷非先生作，今據《參寥集》爲駁正。

轆轤歌

新繫青絲百尺繩，心在君家轆轤上。我心皎潔君不知，轆轤一轉一惆悵。何處春風吹曉幕，江南緑水通珠閣。美人二八顔如花，泣向花前畏花落。臨春風，聽春鳥。别時多，見時少。愁人一夜不得眠，瑶井玉繩相對曉。

慎按：唐《顧况集》有《悲歌四首》，「新繫青絲百尺繩」四句，其第三首也；「何處春風吹曉幕」四句，其第四首也。惟「臨春風」以下六句，未詳作者姓名，要非東坡先生詩也。今據此駁正。

白鶴吟留鍾山覺海

白鶴聲可憐，紅鶴聲可惡。白鶴招不來，紅鶴揮不去。長松受穢死，乃以紅鶴故。北山道人曰：美者自美，吾何爲而喜？惡者自惡，吾何爲而怒？去自去耳，吾何駛《半山集》作「闕」而追？來自來耳，吾何妨而拒？吾豈厭喧而求静？吾豈好丹而非素？汝謂松死，吾無依焉《半山集》作「耶」，吾方捨陰而坐露。

愼按：右一首，見《王半山集》第二卷中，題云「白鶴吟示鍾山覺海元老」。首二句下尚有「白鶴静無匹，紅鶴喧無數」二句，不知何以脱落，又復訛入先生集。今駁正。

次韻張甥棠美述志名宗奭。

仲子甘心織屨避萬鍾，淵明不肯折腰爲五斗。一年鴻雁識來往，終日沐猴誰去取。知甥詩意慕兩君《雞肋集》作「甥詩意慕兩君間」，讀書要在存心久。平生所談性命奥，長棄不憂金石朽。我今已習鶖子定，猶復晨朝怖頭走。刳心先擬射聲別本作「毅」名，不作羊鄒悲《雞肋集》作「悽」峴首。雲梯雨矢集無方，我已中《雞肋集》作「心」灰同墨守。恐甥自是禹門鱗，未可潛逃入吾藪。琢磨晚覺孟光賢，畏我放言時被肘。甥能耡我青門瓜，正午時來休老手〔一〕。

〔一〕正午時來：按，《傳燈録》：「龐居士有女曰靈照。（居）士將入滅，謂靈照（曰）：『視日早晚（正）〔及〕午（時，來）〔以〕報。』（照）〔女〕遽報：『日已中矣，而有蝕也。』士出户觀，（女）〔靈照〕即登父坐，合掌坐化。（後）〔延〕七日，士亦化。龐婆走田中，謂子龐大曰：『汝父死矣。』龐大笑曰：

「嗄！」倚耡亦脱去。」詩中正用此事。補注繆引《晉書》石勒與李陽事，無關涉。

慎按：右一首，亦見晁无咎《鷄肋集》，題中無「張甥」二字，今據此駁正。

【校記】

一、《題織錦圖上回文三首》「慎按」引本集《題跋》云云，按，此題跋不見於四部叢刊本《經進東坡文集事略》、四庫本《東坡全集》，亦不見於中華書局本《蘇軾文集》，而另見於胡仔《苕溪漁隱叢話·後集》卷四十，稱「《淮海集》載東坡跋云」，然《淮海集》亦未見此跋。又，另見於宋桑世昌《回文類聚》卷一蘇軾《題織錦圖》題下注。

二、《昭陵六馬唐文皇戰馬也琢石象之立昭陵前客有持此石本示予爲賦之》注一引《元和郡縣志》云云，誤。《元和郡縣志》無此引文，實轉引自徐乾學《讀禮通考》卷九十《葬禮考·山陵·太宗昭陵》引《長安志》。

三、《題盧鴻一學士堂圖》注三引「李參云」，此段引文實出自周密《雲煙過眼録》卷三，初白漏引書名。

四、《次韻張甥棠美述志》注一引《傳燈録》云云，按，此引文《景德傳燈録》卷二十二有載，然無引文後半「龐婆走田中，謂子龐大曰：汝父死矣。龐大笑曰：嗄！倚耡亦脱去」一段，經查，此引文實轉引自覺岸《釋氏稽古略》卷三唐憲宗元和五年「龐居士」條，後注引《傳燈龐傳》。

他集互見詩卷五十

古今體詩四十三首

觀開西湖次吴左丞韻

偉人謀議不求多，事定紛紛自唯阿。盡放黿魚還緑浄，肯容蕭葦障前坡。一朝美事誰能紀，百尺蒼崖尚可磨。天上列星當亦喜，月明時下浴明疑當作「清」波。

慎按：右一首見《參寥子集》，題云「次韻吴承老推官觀開西湖」。又按，潛説友《咸淳臨安志》載此詩於西湖條下，亦以爲道潛作。細玩詩中多稱誦之辭，斷非東坡先生作。今據此駁正。

戲題巫山縣用杜子美韻

按，杜集《巫山題壁》詩所云「卧病巴東久，今年强作歸」，即此韻也。

巴俗深留客《瀛奎律髓》作「巴俗雖親我」，吴儂但《瀛奎律髓》作「暫」憶歸。直知難共語，不是故相違。東縣聞銅臭〔一〕，江陵換裌衣。丁寧巫峽雨，慎莫暗朝暉。

〔一〕東縣銅臭：任淵《山谷集注》：「舊見山谷跋云：『「銅臭」乃昌黎「照壁喜見蝎」之意，蓋過巫山用銅錢也。』按，巫山江上有二石，俗謂之銅錢、鐵錢堆，荆、夔自此分界。」《瀛奎律髓》亦云：「蜀人用鐵錢，過巫山縣始用銅錢。」

慎按：方回《瀛奎律髓》云：「山谷以紹聖二年謫黔州，元符戊寅移戎州，庚辰正月徽（宗）〔廟〕登極，離戎州，明年辛巳至峽州。蓋流離跋涉八年矣，未嘗有一詩及於遷謫。此出峽詩，起句石刻作『巴俗雖親我，吴儂暫憶歸』，細玩，則改本爲佳。」任淵《山谷詩注》云：篇中有「江陵換裌衣」之句，「山谷度（自巫山）至此已初夏矣。」云云。此詩載《山谷詩集》第十卷中。今據以上諸説爲駁正。

答晁以道索書〔一〕

閲世真難記，如公自不忘。其於書太簡，正以懶相妨。

〔一〕晁以道：《宋史》：晁説之，字以道，自號景迂子，補之從弟。舉進士，又舉博學宏詞科。有文集五十卷，名《嵩山集》。

慎按：右五言四句，見《陳後山集·寄晁以道》五言律詩之前半首也。其後四句云：「與有還家樂，終無却老方。莫須憂潦倒，未許細商量。」今據此駁正。

陳伯比和回字復次韻〔一〕

百里馮生寧屑去，湖海陳侯猶肯來。詩書好在家四壁，蒲柳翁然城一隈。騎上下山亦疎矣，儵從容出何爲哉。市橋十步即塵土，晚雨瀟瀟殊未回。

〔一〕陳伯比：名琦，初字元老，後改伯比。晁補之有《陳琦伯比字説》。

慎按：晁補之《雞肋集》有《家池雨中》二首，又，《次韻陳伯比》二首，此其第一首也。晁集中與伯比往還詩牘甚多，此首與上卷《池上》二首，格調自别，斷非東坡作。今駁正。

與道源游西莊遇齊道人同往草堂爲齊書此〔一〕

桑麻《半山集》作「楊」已零落，藻荇復消沉。園宅在人境，歲時傷我心。强穿南埭路，遥《半山集》作「共」望北山岑。欲與《半山集》作「覓」道人語，跨鞍聊一尋。

〔一〕道源：姓沈，失其名，與王介甫在金陵往還游好甚密。

慎按：右五言律一首，見《王半山集》，題云「元豐四年十月二十四日與道源過西莊遂游寶乘寺二首」，此其第一首也。中間三字不同。齊道人、西莊、草堂，俱失考。今據王集駁正。

答子勉三首〔一〕

其一

君不登郎省〔二〕，還應上諫坡〔三〕。才高殊未識，歲晚喜無他。櫪馬羸難出，隣雞凍不歌。寒爐餘幾火，灰裏撥陰何。

〔一〕子勉：《瀛奎律髓》云：「高荷，字子勉，江陵人。以五言律三十韻贄見山谷，山谷賞之，遂知名。後知某州，卒。詩入江西派（所著名《適適集》）。」《石林詩話》云：「高（子勉）〔荷〕，荆南人。學杜（詩）〔子美〕，頗得句法。晚爲童貫客，得蘭州通判。既不爲時論所與，其詩亦不傳。」《雪浪齋日記》載其詩，有「沙軟緑頭相並鴨，水深紅尾自跳魚」之句，亦殊有思致也。

〔二〕郎省：《唐書·百官志》：隋尚書省諸司郎及承務郎各一人。武德二年，改諸司郎爲郎中，承務郎爲員外郎。《宋史·職官志》：門下省有起居郎，掌記天子言動，與起居舍人對立於殿下螭首之側，謂之左右史。

〔三〕諫坡：《雍録》：「今世通呼諫議爲諫坡，蓋起於《因話録》『上坡』、『下坡』之説。坡者，含元殿前龍尾道，坡陀而高者也。唐制，兩省供奉，常在人主左右侍奉宣傳，故每御殿，則宰相與兩省官於未索扇之前，立欄楯之内，及扇開，便侍立於香案之前，取其先上而備供奉，其立班所以皆在坡上也。上坡、下坡，即以立班高下爲言。」

其二

驚人得佳句，或以傲王公。處士《山谷集》作「世」還《山谷集》作「要」清節，滑稽安足雄。深沉似康樂，簡遠到安豐〔一〕。一點無俗氣，相期林下風《山谷集》作「同」。

〔一〕安豐：《晉書》：「王戎封安豐侯，善發談端，賞其要會。」

慎按：《黄山谷集》有《次韻答高子勉》五言律詩，凡十首，「君不居郎省」云云，其第四首；「驚人得佳句」云云，其第六首也。今據此駁正。

其三

歐倩黄集作「靚」腰支柳一渦一本作「欲舞腰支柳一窠」，小梅催拍大梅歌〔一〕。舞餘片片《能改齋漫録》作「細點」梨花落《能改齋漫録》作「雨」，争奈黄集作「奈此」當塗風物《能改齋漫録》作「月」何〔二〕？

〔一〕歐梅：李端叔《跋山谷二詞後》云：「魯直自放廢中請當塗，一年方到官，既七日而罷。其章句所〔留〕〔能〕不多，所謂歐與梅者，皆當塗官妓也。」史容《山谷詩注》亦云：「大小梅皆太平州官妓。」

〔二〕當塗：《山谷年譜》：建中靖國元年，自戎州放還，辭免吏部員外郎，乞知太平州。崇寧元年壬午，領州事，到官九日而罷。按，當塗縣，晉成帝時始置，宋屬太平州。

慎按：右七言絶，亦見《黄山谷集·太平州》二絶句之一也。吴曾《能改齋漫録》云：「豫章得請守當塗，七日而罷。又數日，乃去。其詩云『歐倩腰支柳一渦』云云，又有《木蘭花》詞，結句云『歐舞梅歌君更酌』，自(批)〔注〕云：『歐、梅，當時二妓也。』」據此，則此詩爲山谷作無疑。今援證改編。

和子由次王鞏韻如囊之句可爲一噱

平生未省爲人忙，貧賤安閒氣味長。粗免趨時頭似葆，稍能忍事腹如囊。簡書見迫身今老，尊酒聞呼首一昂。欲挹《欒城集》作「挽」天河聊自洗，塵埃滿面鬢眉黄。

慎按：右一首，亦見《欒城集》第八卷中，題云「次韻王鞏自咏」，乃客徐州時與定國唱和之作。今據此駁正。

元祐癸酉八月二十七日於建隆章浄館書贈王覿〔一〕

海上東風犯雪來，臘前先折鏡湖梅。遥思禁苑青春夜，坐待宫人畫詔回。

〔一〕建隆：《汴宫遺跡志》：「太清觀在大梁門外西北，周世宗所建，宋太祖以建隆改元，遂更名曰建隆觀。」

慎按：右七言絶句一首見《會昌一品集》中，乃李文饒懷京國詩也。《萬首唐人絶句》載此詩，亦以爲李德裕作，題中明云「書贈王觀」，則此非東坡詩可知。今駁正。

東園

岑寂東園可散愁，膠膠擾擾夢神州《山谷集》作「游」。萬竿苦竹旌旗卷，一部鳴蛙鼓吹收《山谷集》作「休」。雨後月前天欲冷，身閒心遠地偏《山谷集》作「常」幽。杜門謝客恐生謗，且作人間鵰鶚游。

慎按：右七言律一首，見《黄山谷詩集》第十卷中，《次韻黄斌老晚游池亭》二首之一也。山谷與斌老唱和甚多，集中又有《答斌老獨游東園》五言古詩六首，東園必斌老所居，山谷嘗從之游者也。今駁正。

藏春塢

朱閣前頭露井多，碧桃一作「梧桐」花下美人過。寒泉未必能勝此，奈有銀缾一作「牀」素綆何？

慎按：此詩亦見《陸龜蒙集》，題云「野井」。又見《淮海集》，今駁正。

次韻參寥寄少游

巖棲木石已皤然，交舊何人慰眼前。素與晝公心印合〔一〕，每思秦子意珠圓。當年步月來幽谷〔二〕，拄杖穿雲冒夕烟。臺閣山林本無異，故應文字不離禪。

〔一〕晝公：《高僧傳》：「皎然名晝，湖州人。有逸才，然恥以文章名世。將入杼山，裒所著詩文火之。後人爲之稱曰：霅之晝，能清秀。」

〔二〕步月來幽谷：《淮海集·龍井題名記》云：「元豐二年中秋後一日，余自吴興過杭，龍井辨才法師以書邀余入山。比出郭，日已夕，航湖至普寧，遇參寥。是夕，天宇開霽，林間月明，可數毛髮。遂從參寥杖策並湖而行，出雷峰，度南屏，入靈石塢，得支徑，上風篁嶺，行二鼓，始至壽聖院，謁辨才於潮音堂。」云云。詩中「當年步月來幽谷，拄杖穿雲冒夕烟」二句，正與題名相合。

慎按：右七言律一首，乃辨才法師詩。本集先生自書此詩而題其後云：「辨才作詩，時年八十二矣。平生初不學作詩，如風吹水，自成文理。若參寥與吾輩詩，乃如巧人織錦耳。」又按，潛説友《咸淳臨安志》載辨才此詩於「龍井」條下，附見少游、參寥和詩。《淮海集》詩題云「辨才師以詩見寄繼聞示寂追次其韻」云云。即此首韻，則又其一證也。今駁正。

贈仲勉子文

雨昏南浦曾相對〔一〕，雪滿荆州喜再逢。有子才如不羈馬，知君心似後彫松。閒看書册應多味，老傍人門想更慵。何日晴軒觀《山谷集》作「親」筆硯，一杯相屬更從容。

〔一〕南浦：注詳本卷後《萬州》下。

愼按：右一首亦見《山谷集》，題云「和高仲本喜相見」。按，仲，本名宿。山谷過萬州，高爲太守，有《與萬州太守高宿游岑公洞夜雨連明絶句》，亦訛入《東坡集》中。萬州，唐爲南浦郡，與此詩起句正合，其爲黄作無疑。今據此駁正。

講武臺南有感〔一〕

山城九月冒朝寒《山谷集》作「月明猶在搭衣竿」，講武《山谷集》作「曉踏」臺南路屈盤。騶子雨中乘馬去，村童烟外倚墻看。鵶啼冢《山谷集》作「宰」木秋風急，鷺立漁船夜《山谷集》作「野」水乾。花似去年堪折贈，插花人去淚闌干〔二〕。

〔一〕講武臺：《元和郡縣志》：「晉陽有講武臺，在縣北十五里，顯慶五年置。」《宋史·太宗紀》：「興平二年九月，幸講武臺大閲。」未知孰是。

〔三〕淚闌干：《漢書・息夫躬絶命詞》：「涕（泗）〔泣〕流兮萑闌。」臣瓚注云：「萑闌，謂〔泣〕涕（泗）闌干也。」

慎按：右七言律一首，亦見《黄山谷集》中，間不同者十一字，今據此考正。

移合浦郭功甫見寄

君恩浩蕩似陽春，合浦何如在海濱。莫趁明珠《困學紀聞》作「莫向沙邊」弄明月，夜深無數采珠人〔一〕。

〔一〕采珠：〔《名勝志・廣東名勝志・廉州府合浦縣》〕：「〔《南越志》〕珠母海，在合浦縣南，中有七珠池。〔《南越志》〕：『珠有九品，大者名璫珠，次走珠，又次滑珠，又次磥砢珠，又次官兩珠，又次税珠，又次芺符珠。』《萩園雜記》：『蜑人采珠者，以大船環池，以石懸大絙，别以小繩繫諸蜑腰，没水拾蚌，置竹籃中，振繩則舶人汲取，緣絙上。不幸遇惡魚，有一綫之血浮水面，則葬魚腹中矣。』」

慎按：王應麟《困學紀聞》云：「東坡文章好譏刺，文與可戒以詩云：『北客若來休問事，西湖雖好莫吟詩。』晚年，郭功甫寄詩云：『莫向沙邊弄明月，夜深無數采珠人。』」云云。據此，則此詩乃郭功甫作。今駁正。

題懷素草帖

人人送酒不曾沽，終日松間掛一壺。草聖無石刻作「欲」成狂飲石刻作「便」發，真堪畫作《醉僧圖》〔一〕。

〔一〕醉僧圖：《宣和書譜》：「御府藏懷素草書帖一百餘種，内有《醉僧圖》詩。」又，劉餗《隋唐佳話》：「張僧繇作《醉僧圖》，道士每以此嘲僧，群僧貿。閻立本作《醉道士圖》，今並傳。」〇按，卞氏《式古堂書畫彙考》云：李龍眠《醉僧圖》卷，老泉書懷素詩「人人送酒不曾沽」云云，併倣其草法。

慎按：石刻先生自題云：「此懷素詩也，僕好臨之。人間當有數百本也。」後人不加深考，遂訛以此詩編入集中耳。又按，《萬首唐人絶句》載此詩，亦以爲懷素作，今據此駁正。

僕年三十九在潤州道上過除夜作此詩又二十年在惠州追録之以付過二首

其一

寺官官小未朝參，紅日半窗春睡酣。爲報隣雞莫驚覺，更容殘夢到江南。

〔一〕寺官：《宋史·職官志》：太常、宗正、光禄、衛尉、太僕、大理、鴻臚、司農、太府，共九寺。正卿、少卿而下，太常則有協律郎、奉禮郎、太祝，大理則有司直、評事。其七寺丞皆七品，主簿皆八品，統名寺官。

其二

釣艇歸時菖葉雨，繰車鳴處楝花風。長江昔日經游地，盡在如今夢寐中。

慎按：何薳《春渚紀聞》云：「錢唐關氏詩律精深妍妙，世守家法。子東二兄子容、子開，皆稱作者。『寺官官小未朝參』、『釣艇歸時菖葉雨』云云，（二首）此皆子容詩，世傳以爲東坡先生作，非也。」今以《年譜》考之，熙寧七年甲寅，先生年三十九，是冬自杭倅移知密州，在密度歲，有《除夜答段屯田》詩，起句云「龍鍾三十九，勞生已强半」，何曾在潤州過除夜耶？向疑此二絶句非先生作，不謂古人有先我言之者矣。今據此駁正。

萬州〔一〕太守高公宿約游岑公洞而夜雨連明戲贈二小詩〔二〕

其一

肩輿欲到岑公洞，正怯衝泥傍險行。定是岑公閟清境，春江一夜雨連明。

〔二〕萬州：《輿地廣記》：「萬州，秦、漢屬巴郡。後周立安鄉、南都二郡，後改安鄉曰萬州。唐立浦州，天寶中爲南浦郡。」《太平寰宇記》：「山南東道萬州，舊朐䏰縣地，後爲安鄉及萬川郡。貞觀八年，改爲萬州。」

〔三〕岑公洞：《名勝志》：「萬縣西山有岑公洞，在大江之南，廣六十餘丈，深四十餘丈。《圖經》云：『岑公名道顧，江陵人。隋末隱此。唐封冲妙大師、虚靈真人。』」《輿地碑目》：「萬州石刻有《岑公洞記》，元和八年段文昌撰。又有黄魯直題名，在岑公洞下巖寺。」

其二

蓬窗高枕雨如繩，恰似糟牀壓酒聲。今日岑公不能飲，吾儕猶《山谷集》作「聞」健可頻傾。

慎按：右二首，見《黄山谷集》，題云「萬州太守高仲本宿約游岑公洞而夜雨連明戲作」。按，《山谷年譜》：建中靖國辛巳，自戎州赦還，三月至峽州，作《萬州太守高仲本約游岑公洞》詩，同時又有《萬州下巖》二首。任淵注云：山谷有磨崖《題石》，載高仲本置酒事，年月歷歷可考，其爲黄作無疑。今據此駁正。

送柳宜歸

折脚鐺邊《山谷集》作「中」煨淡粥，曲枝《山谷集》作「腰」桑下飲離盃。書生《山谷集》作「知君」不是南遷客，魑魅驚人《山谷集》作「無情」須早回。

慎按：右一首，見《黄山谷外集》，題云「長沙留別青神」。史容注云：「崇寧二年十一月，山谷以荆南所作《承天塔記》，謫宜州，自潭州歷衡、永、全州、静江以趨貶所，作《長沙留別》詩云云。柳宜歸，無可考。今據《山谷詩注》爲駁正。

謝都事惠米

平生忍慾今忍貧，閉口逢人不少陳。俸薄身輕趙都事，也能作意向詩人。

慎按：右一首，亦見《陳後山集》，第三句作「俸薄身清趙都史」。今據此駁正。

次韻送張山人歸彭城〔一〕

羨君飄蕩一虚舟，來作錢塘十日游。水洗禪心都眼净，山供詩筆總眉愁。雪中乘興真聊爾，春盡思歸却罷休。何日五湖從范蠡，種魚萬尾橘千頭。

〔一〕張山人：即張天驥，自號雲龍山人。注見前。

慎按：右一首，施氏原注載先生「守杭」卷中。按，阮閲休《詩話總龜》云：「徐州張天驥不遠千里，見朱定國於錢唐，愛其風物，欲徙家居焉，春盡思歸，（定國）以詩戲之。」云云。起句「羨公飄蕩一孤舟」，第七句「何事却尋朱處士」，與集本小異。朱定國無可考。又按，本集有《行宿泗間見徐州張天驥次舊韻》七律一首，見後三十五卷中，即此首韻也。阮閎休以爲朱定國作，當必有據。今移編此卷，俟再考。

絶句三首

其一

松柏蕭森溪水南〔一〕，道人只《淮海集》作「爲」作兩團《淮海集》作「小圓」菴。市區收罷豚魚税，來與彌陀共一龕。

〔一〕水南：《淮海集》題云「處州水南菴」，即其地也。

其二

此身分付一蒲團，静對蕭蕭竹《淮海集》作「玉」數竿。偶爲老僧煎茗粥，自携修綆汲清泉。

慎按：以上二首，見《淮海集》第十一卷中。蓋少游於紹聖初坐黨籍，由國史編修官出，通判杭州。御史劉拯復論其增損《神宗實録》，貶監處州酒税。使者承望風指，伺候過失，不可得。以謁告寫佛書爲罪，削秩，徙郴州。此二首，正貶處州時作，故有「市區收税」、「一龕蒲團」之句，今據此爲駁正。

其　三

天風吹月入欄干，烏鵲無聲夜向《淮海集》作「子夜」闌。織女明星來枕上，乃《淮海集》作「了」知身不在人間。

慎按：右一首，亦見《淮海集》第十一卷中，題云「四時四首贈道流」，此其第二首也。趙德麟《侯鯖録》亦以「天風吹月入闌干」云云，乃秦少游《遊仙詞》四首之一。今據此駁正。

睡　起

柿葉滿《山谷集》作「鋪」庭紅顆秋，薰爐沉水度春《山谷集》作「衣」篝。松風夢與故人遇，自《山谷集》作「同」駕飛鴻跨九州〔一〕。

〔一〕駕飛鴻：郭璞《游仙詩》：「赤松臨上游，駕鴻乘紫煙。」李白詩：「不及廣成子，垂雲駕輕鴻。」

慎按：右一首，亦見《黄山谷外集》第九卷中，今據此駁正。

秋思寄子由

黄葉《山谷集》作「落」山川知晚秋，小蟲催女獻功裘〔一〕。老松閲世卧雲壑，挽著蒼《山谷集》作「滄」江無萬牛。

〔一〕獻功裘：《周禮》：「司裘，季秋獻功裘，以待頒賜。」注云：「功裘，卿大夫所服。」

慎按：右一首，亦見《黄山谷内集》第一卷中，今駁正。

侯　灘〔一〕

江邊《雲巢集》作「流」皎皎《雲巢集》作「激激」過侯灘，更上山腰《雲巢集》作「頭」看打《外集》作「矴」盤。百歲老兒《雲巢集》作「人」親擊鼓，城中憂患《雲巢集》作「樂」不相干。

〔一〕侯灘：《水經》：「漢水又東，逕猴灘。」注云：「山多（猿）猴〔猿〕，乘危啜飲，故灘受兹名。」按，「侯」，疑當作「猴」。

慎按：右一首，見沈遼《雲巢集》。按，遼字濬達。集中有《贈别子瞻》詩，兩公同時遊好，故沈詩訛入公集。今駁正。

火星巖

火星巖下石凌壁〔一〕《雲巢集》作「崚嶒」，閣上相忘《雲巢集》作「殿閣相望」止一僧。莫問人間興廢事，門前流水几前燈。

〔一〕火星巖：宋盧臧《永州三巖記》：「永之東南，三巖相望。火星巖亂石怪聳，後瞰山腹，往時有黄冠師宅其側，塑火星像，爲人祈福，因名。」

慎按：右一首，亦見沈遼《雲巢集》，今駁正。

謝惠貓兒頭笋

長沙一日《山谷集》作「月」煨籩《山谷集》作「鞭」笋，鸚鵡洲前人未知。走送煩公助湯餅，貓頭突兀鼠《山谷集》作「想」穿籬〔一〕。

〔一〕貓頭：韓子蒼《陵陽集》云：「湖南有大竹，世號貓頭。」任淵《陳後山詩注》云：「潭州有貓兒頭笋。」

慎按：右一首，見《黄山谷集》第十一卷中，與本詩不同凡三字，覺黄集較勝，今據此改正。

題净因堂

瞑倚蒲團卧《山谷集》作「挂」鉢囊〔一〕，半窗疎箔度微凉。蕉心不展待時雨，葵葉爲誰傾夕陽。

〔一〕挂鉢囊：《傳燈録》：「雲門曰：『高挂鉢囊，拗折拄杖。』」

慎按：右七言絶句，見《山谷内集·題净因壁二首》之一也。第一句「卧鉢囊」，一本又作「晝夢長」。今據此考正。

題净因院

門外黄塵不見山，箇《山谷集》作「此」中草木亦常閒。履聲如渡薄冰過，催粥華鯨吼夜闌。

慎按：右一首合前一首，乃山谷《題净因壁二絶句》也。新刻本分作二處，今據黄集駁正。

同景文咏蓮塘

塘上鈎簾對晚香，不知斜《山谷集》作「半斜紅」日已侵牀。江妃自惜《山谷集》作「羞出」凌波步一作「襪」，長在高荷扇影凉。

慎按：右一首亦見《黄山谷外集》十六卷中，今駁正。

竹枝詞

自過鬼門關外天〔一〕，命同人鮓甕頭船〔二〕。北人墮淚南人笑，青嶂無梯聞一本作「問」，訛杜鵑。

〔一〕鬼門關：《輿地廣記》：「容州北流縣有句扇山，在縣南三十里。兩石相對，（口）〔中〕闊三十步，俗號鬼門關。」

〔二〕人鮓甕：《名勝志》：「人鮓甕在巫峽下，蜀江最險處。」

慎按：右一首一見《黄山谷集》，再見《秦少游集》。第一句「自過」二字，黄作「日瘦」，秦作「身在」。第二句「同」字，秦作「輕」。第三句「墮淚」二字，秦作「慟哭」。第四句「青嶂無梯」四字，秦作「日落荒村」。今據二集駁正。

寄歐叔弼〔一〕

昔葬衣冠今在否？近來消息不須疑。曾聞圯上逢黄石，久矣留侯不見欺。

〔一〕歐叔弼：名棐，六一居士第三子。注見前。

慎按：右四句，乃《欒城集》中《贈蔡州壺公觀劉道士》七言律詩後半首也。今據子由集全録於左。詩引云：「元祐八年七月，曹焕至自安陸，爲予言：『過淮西，入壺公觀。觀懸壺之木老死久矣，環生孫蘖無數。聞有老道士劉道淵，年八十七，非凡人也。謁之，神氣甚清，服細布單衣，縫補殆遍。焕問其意，道淵悵然曰：「此故淮西守歐陽永叔所贈也。世人稱永叔工文詞，善辨論，忠信篤學而已。君知是人竟何從來耶？（我）〔公〕與（公）〔我〕有夙契，且齊年也。昔將去吾州，留此以別。吾服之三十年，嘗破而補之矣，未嘗垢而（浣）〔澣〕也。比嘗得其訊，吾亦去此不久矣。」焕聞之，愕然莫測。』徐問其故，皆不答。予少與兄子瞻皆從公游，究觀平生，固嘗疑公神仙（中）〔天〕人，非世俗之士也。公亦嘗自言：『昔與謝希深、尹師魯、梅舜俞數人同游嵩高，見蘚書大字於蒼崖絶澗之上，曰「神清之洞」。問同游者，惟師魯見之，以此亦頗自疑本世外人。』今聞道淵言，與曩意合，因作詩以示公子棐叔弼。其詩曰：『思潁求歸今幾時？布衣猶在老劉師，龍章舊有世人識，蟬蜕惟應野老知。昔葬衣冠今在否？近傳音問不須疑。曾聞圯上逢黄石，久矣留侯不見欺。』云云。」此事本末如此，今截去序文及前半首，令人讀之，茫然不解所謂。此種繆謁，向來注家刻本，從未有勘正者，至余始發之，覽者亦可識其苦心矣。

和黄龍〔一〕清老三首〔二〕

其一

萬山不隔中秋月，一雁能傳寄遠書。深密伽佗枯戰筆〔三〕，真誠相見問何如。

〔一〕黄龍：《名勝志》：黄龍山在寧州西一百八十里，上有黄龍崇恩院。唐乾寧中，晦機禪師得法於玄泉彦，嘗遇神僧，謂曰：「此去東北，遇洪即止，逢龍可住。」後住黄龍山，禪侣雲集。

〔二〕清老：慎按，《五燈會元》同時黄龍有二清，皆晦堂法嗣，一爲靈源惟清，一爲草堂善清。《釋氏稽古略》云：「元祐六年，黄山谷丁家艱，館黄龍山，從晦堂禪師祖心遊，與草堂惟清尤篤方外契。」云云。草堂乃善清，非惟清也。《稽古略》訛。

〔三〕深密伽陀：《稽古略》云：「秘密教（者），西天此土（流）傳〔流〕凡七世，由（慧）朗而下，厥嗣漸微。」（又）〔《翻譯名義集》卷一〕云：「修伽陀，（譯）〔秦〕言好去，（又）〔或〕名修伽度，此云善逝，第一上升，永不復還，故名善逝。」

其二

風前橄欖星宿落，月《山谷集》作「日」下桄榔羽扇開。静《山谷集》作「照」默堂中有相憶，清江《山谷集》作「秋」或遣化人來。

其　三

騎驢覓驢真《山谷集》作「但」可笑，以《山谷集》作「非」馬喻馬亦成癡。一天月色爲誰好，二老風流各《山谷集》作「只」自知。

慎按：右三首，見《黄山谷集》第十一卷末，以《釋氏稽古略》考之，確是山谷作，今據此駁正。

過土山寨〔一〕

南風日日縱篙撑，時喜北風將我行。湯餅一杯銀線亂，蔞蒿如《山谷集》作「數」筯玉簪横。

〔一〕土山寨：南宋人陳克《東南防守利便》云：「土山寨在上元縣東南三十里，周圍四里，高二十丈。石季龍將寇海道，蔡謨所統七千人，東至土山，西至江乘，鎮守八所，城壘凡十一。」又，《名勝志》云：「近半山寺康樂坊，太傅土山在焉。史云：謝安隱會稽東山。因築此擬之，無巖石，故曰土山。」二説未詳孰是。

慎按：右一首，亦見《山谷集》十一卷中，今駁正。

跋姜君一本作「公」，訛弼〔一〕課册〔二〕公自注：姜君，瓊州人，己卯閏九月，來從學於東坡，至儋耳，庚辰三月，方還瓊。

雲興天際，歘若車蓋。凝矑未瞬，瀰漫霮䨴。驚雷出火，喬木靡碎。殷地爇空，萬夫皆廢。霤綆四墜一本作「懸溜綆縋」，日中見昧一作「沬」。移晷而收，野無完塊。

〔一〕姜弼：字唐佐，見本集。

〔二〕（詩話總龜）〔《齊東野語》卷十〕：「李德裕《文章論》云：『文章當如千兵萬馬，風恬雨霽，寂無人聲。黃夢升題兄子庠之（文）〔辭〕云：「子之文章，電激雷震，雨雹忽止，闃然泯滅。」歐陽公《祭蘇子美》文云：「風雲變化，雨雹交加，忽然揮斤，霹靂轟車。須臾霽止而四顧，山川草木，開發萌芽。」東坡《題姜君弼課（册）〔策〕》云云，（亦）〔皆〕同。』此一機括也。」

慎按：葛立方《韻語陽秋》云：「瓊州進士姜唐佐，東坡極愛之，贈以詩曰：『滄海何曾斷地脉，白袍端合破天荒。』且告之曰：『子異日登科，當爲子成此篇。』及唐佐預廣州計偕，過汝陽見子由，時東坡已下世矣。子由因足成其篇，云：『生長茅間有異方，風流稷下古諸姜。適從瓊（管）〔筦〕魚龍窟，秀出羊城翰墨場。滄海何曾斷地脉，白袍端合破天荒。錦衣他日千人看，始信東坡眼力長。』唐佐是年省闈不利，有負錦囊之祝矣。東坡又嘗書唐佐課册：『雲興天際，歘若車蓋』云云。今亦刻集中，乃戲書劉夢得《楚望賦》（中語）〔也〕。」按，《楚望賦》全篇載《文苑英華》第一百二十七卷中，今據此駁正。

惠崇蘆雁〔一〕

惠崇烟雨蘆《山谷集》作「歸」雁，坐我瀟湘洞庭。欲買《山谷集》作「喚」扁舟歸去，故人云《山谷集》作「言」是丹青。

〔一〕惠崇：《圖繪寶鑑》：「建陽僧惠崇，工畫鵝雁，尤工小景，善爲寒汀遠渚、瀟灑虛曠之象，人所難到也。」

慎按：右六言絶句，亦見《黃山谷集》，題「鄭防禦畫夾」，五首之一也。入《宋文鑑》第二十六卷選詩中，亦以爲黃作，今據此駁正。

過嶺寄子由第二首詩載四十四卷中。

慎按：《欒城集》「山林瘴霧老難堪」七律一首，乃子由次韻子瞻過嶺詩韻也，注見前。

【校記】

一、《次韻參寥寄少游》注一引《高僧傳》云云，按，此引文《高僧傳》卷十九有載，然其文大異於引文，實乃轉引自覺岸《釋氏稽古略》卷三唐德宗真元九年「釋皎然」條。

二、《移合浦郭功甫見寄》注一引《南越志》云云，及《菽園雜記》，均乃轉引自曹學佺《名勝志・廣東名勝志》卷之九《廉州府合浦縣》「珠母海」條。

三、《和黄龍清老三首・其一》注三引《釋氏稽古略》後「又云修伽陀，譯言好去，又名修伽度，此云善逝，第一上升，永不復還，故名善逝」一段，誤。此段引文非出自《釋氏稽古略》，實引自宋法雲《翻譯名義集》卷一《十種通號》第一「修伽陀」條。

四、《跋姜君弼課册》注二引《詩話總龜》云云，誤。此段引文實出自周密《齊東野語》卷十「文意相類」條。

附録

後跋

先世父篤好東坡先生之詩，以施注編年不甚分明，而踳駁繆盭，間或不免，覃思積力，搜釋融洽餘三十年，而乃潰於成，藏諸篋衍，未嘗以示人也。

遭值家難，余年十二，隨侍請室，世父諄念此書爲一生精力所聚，恐一旦溘先朝露，將淹没不彰，求其人以付之而未得。既而世父蒙恩超雪，余侍先人遠戍長安。乾隆元年，余兄弟復蒙特恩，赦歸井里，距奉伯父之諱已九年於此矣。流離顛沛之餘，東西奔走，蹙蹙靡騁。九年，偕仲兄遊維揚，攜此稿謀諸好事，迄無將伯之助。既余筮仕武陟，偏災見告，陽武河口衝決，竭駑駘之力，補救不暇，迨被論南還，謝絶塵務，校理舊業，正其焉烏，訂其闕漏，先世父遐搜廣覽之苦心，未敢云窺其底奥。然是書之本末，亦麤略完備已。

歲在辛未，翠華南幸，迎鑾袁浦，即以是書繕本上呈乙覽，蒙恩賜緞四端，書留内府，誠人臣不世之遭逢，而先世父之精勤，九原可以稍慰矣。客歲遊楚，是書仍携行笈。巨浸稽天，驚風激浪，一舟掀舞，囊幐盡濕，書獨安然無恙。自吾世父之渡淮也，軒窗盡裂，而是書拔洪濤濁浪而出，與今正同，豈精靈不泯，有神物呵護之耶！

今將開雕於廣陵客舍，適武林杭堇浦太史來主講席，重煩勘定，體益加潔，例益加嚴。是書一出，洵蘇氏之功臣，施家父子之諍友哉！回憶圜扉土室之中，耳提面示，顯顯猶在目前，歲月蹉跎，人事乖迕，余以不肖，未能荷承先業，閲三十八年之久，乃得節衣縮食，辛勤以竟成此志，撫今追昔，不禁其涕泗之横集也。猶子岐昌，世父季孫也，勤學不倦，以詩世其家學，方任校讎之役，遽以病歿。從孫祖香踵成之，句櫛字比，以助余之不逮。仲兄七倫先生爲是書劬勞擘畫，旁皇終夜，絀於力而志不得遑，異日得返舊廬荒村老樹之間，繙書聽雨，釃濁酒而酹先靈，兄得弛其負擔，可以啓顔而一笑矣乎！

乾隆辛巳歲孟冬朔日侄男開敬跋

四庫全書總目

《補注東坡編年詩》五十卷通行本，國朝查慎行撰。慎行有《周易玩辭集解》，已著録。初，宋犖刻施注蘇詩，急遽成書，頗傷潦草。又，舊本黴黯，字迹多難辨識，邵長蘅等憚於尋繹，往往臆改其文，或竟删除以滅跡，併存者亦失其真。慎行是編，凡長蘅等所竄亂者，並勘驗原書，一一釐正。又於施注所未及者，悉蒐採諸書以補之。其間編年錯亂，及以他詩溷入者，悉考訂重編。凡爲正集四十五卷，又補録帖子詞、致語、口號一卷，遺詩補編二卷，他集互見詩二卷。别以年譜冠前，而以同時倡和散附各詩之後。

雖卷帙浩博，不免牴牾，如蘇轍《辛丑除日寄軾》詩，軾得而和，必在壬寅，乃亦入之辛丑卷末，則編年有差。《題李白寫真》詩，前後文義相屬，本爲一首，惠洪所説甚明。乃據《聲畫集》分爲二首，則校讎爲舛。《漁父詞》四首、《醉翁操》一首，本皆詩餘，乃列之詩集，則體裁未明。倡和詩中，所列曾鞏《上元遊祥符寺》詩、陳舜俞《送周開祖》詩、楊蟠《北固北高峰塔》詩、張舜民《西征三絶句》，皆與軾渺不相關，乃一概闌入。至於所補諸篇，如《怪石》詩指爲遭憂時作，不知《朱子語類》謂二蘇居喪無詩文。《鼠須筆》詩本軾子過作，而乃不信《宋文鑑》。《和錢穆父寄弟》詩已見三十一卷，乃全篇複見。《元祐九年立春》詩即《戲李端叔》詩中四句，已見三十七卷，乃割裂再出。《雙井白龍》詩，《冷齋夜話》明言非東坡作，乃反云據以補入。甚至李白《山中日夕忽然有懷》詩，亦引爲軾作，尤失於檢核。如斯之類，皆不免炫博貪多。其所補注，如《宋叔達家聽琵琶》詩「夢回猶識歸舟字」句，本用「箜篌朱字」事，見《太平廣記》，乃惟引「天際識歸舟」句，又誤謝朓爲謝靈運。《黃精鹿》詩本晝黃精與鹿，乃引雷斆《炮炙論》「黃精汁製鹿茸」事，皆爲舛誤。又如《紀夢》詩，引李白「粲然啓玉齒」句，不知先見郭璞《遊仙詩》。《遊徑山》詩引《廣異記》「孤雲兩角」語，不知先見辛氏《三秦記》。《端午》詩引屈原「飯筒」事，云據《初學記》所引《齊諧記》，不知《續齊諧記》今本猶載此條。皆爲未窮根柢。其他訛漏之處，爲近時馮應榴合注本所校補者，亦復不少。

然考核地理，訂正年月，引據時事，元元本本，無不具有條理，非惟邵注新本所不及，即施注原本亦出其下。現行蘇詩之注，以此本居最，區區小失，固不足爲之累矣。

蘇詩補注篇目索引

A

愛玉女洞中水既致兩缾恐後復取而爲使者見紿因破竹爲契使寺僧藏其一以爲往來之信戲謂之調水符　169
安國寺尋春　791
安國寺浴　791
安平泉　1897
安期生　1685
安州老人食蜜歌　1300

B

八月七日初入贛過惶恐灘　1544
八月十七日復登望海樓自和前篇是日牓出與試官兩人復留五首　298
八月十七日天竺山送桂花分贈元素　467
八月十日夜看月有懷子由并崔度賢良　296
八月十五日看潮五絶　386
八陣磧　22
跋姜君弼課册　2008
跋王進叔所藏畫　1793
罷徐州往南京馬上走筆寄子由五首　713
白帝廟　24
白鶴峰新居欲成夜過西鄰翟秀才二首　1667
白鶴山新居鑿井四十尺遇磐石石盡乃得泉　1676
白鶴吟留鍾山覺海　1982
白水山佛跡巖　1566
白塔鋪歇馬　923
百步洪二首　685
柏　767
柏家渡　1556
柏石圖詩　892
柏堂　383

半山亭 941
半月泉 1948
寶雞縣斯飛閣 99
寶墨亭 1949
寶山新開徑 418
寶山晝睡 360
北歸度嶺寄子由 1929
北山廣智大師回自都下過期而歸時率開祖無悔同訪之因留渌净堂竹鶴二絶 1911
北寺 167
北寺悟空禪師塔 310
北園 545
被酒獨行徧至子雲威徽先覺四黎之舍三首 1738
被命南遷途中寄定武同僚 1527
碧落洞 1552
臂痛謁告作三絶句示四君子 1365
鯿魚 63
辨道歌 1588
辯才老師退居龍井不復出入余往見之嘗出至風篁嶺左右驚曰遠公復過虎溪矣辯才笑曰杜子美不云乎與子成二老來往亦風流因作亭嶺上名曰過溪亦曰二老謹次辯才韻 1308
表弟程德孺生日 1490
别東武流杯 564
别公擇 1024
别海南黎民表 1940
别黄州 901
别歲 108
别子由三首兼别遲 920
冰池 532
丙子重九二首 1659
病後醉中 1276
病中大雪數日未嘗起觀號令趙薦以詩相屬戲用其韻答之 105
病中獨遊净慈謁本長老周長官以詩見寄仍邀遊靈隱因次韻答之 376
病中聞子由得告不赴商州三首 103
病中夜讀朱博士詩 1399
病中遊祖塔院 377
伯父送先人下第歸蜀詩云人稀野店休安枕路入靈關穩跨驢安節將去爲誦此句因以爲韻作小詩十四首送之 835
泊南牛口期任遵聖長官不至到

晚不及見復來 10
艑趠風 743
薄薄酒二首 552
薄命佳人 354
捕蝗至浮雲嶺山行疲苦有懷子由弟二首 468

C

蔡景繁官舍小閣 964
參寥惠楊梅 1288
參寥上人初得智果院會者十六人分韻賦詩得心字 1259
殘臘獨出二首 1631
滄洲亭懷古 1975
藏春塢 1991
曹既見和復次韻 863
曹溪夜觀傳燈録燈花燒一僧字上口占 1804
蟬 971
常潤道中有懷錢塘寄述古五首 444
常山贈劉鎡 1036
常州太平寺法華院薝蔔亭醉題 1009
常州太平寺觀牡丹 448
嘲子由 251
沉香石 1507
陳伯比和回字復次韻 1987
陳季常見過三首 850
陳季常所蓄朱陳村嫁娶圖二首 787
陳季常自岐亭見訪郡中及舊州諸豪争欲邀致之戲作陳孟公詩一首 800
陳州與文郎逸民飲别攜手河隄上作此詩 775
塵外亭 1546
呈定國 1246
成伯家宴造坐無由輒欲效顰而酒已盡入夜不欲煩擾戲作小詩求數酌而已 494
成伯席上贈所出妓川人楊姐 494
成都進士杜暹伯升出家名法通往來吴中 450
城南縣尉水亭得長字 755
乘舟過賈收水閣收不在見其子三首 739
程德孺惠海中柏石兼辱佳篇輒復和謝 1469
澄邁驛通潮閣二首 1772
池上二首 1971

重寄 762
重遊終南子由以詩見寄次韻 163
出城送客不及步至溪上二首 500
出都來陳所乘船上有題小詩八首不知何人作有感於余心者聊爲和之 200
出局偶書 1922
出峽 34
出潁口初見淮山是日至壽州 216
初貶英州贈馬夢得 1525
初別子由 606
初別子由至奉新作 922
初到杭州寄子由二絶 238
初到黄州 786
初發嘉州 3
初秋寄子由 880
初入廬山三首 905
初自徑山歸述古召飲介亭以病先起 402
除夜病中贈段屯田 487
除夜大雪留濰州元日早晴遂行中途雪復作 569
除夜訪子野食燒芋戲作 1928
除夜野宿常州城外二首 428
春步西園見寄 585
春菜 625
春日 1001
春帖子詞 1849
春夜 1893
慈湖夾阻風五首 1533
此君菴 543
此君軒 1284
次丹元姚先生韻二首 1471
次京師韻送表弟程懿叔赴夔州運判 1298
次舊韻贈清涼長老 1842
次前韻寄子由 1684
次前韻送劉景文 1382
次前韻再送周正孺 1225
次天字韻答岑巖起 1465
次韻參寥寄少游 1992
次韻參寥師寄秦太虚三絶句時秦君舉進士不得 684
次韻參寥同前 1331
次韻曹輔寄壑源試焙新芽 1292
次韻曹九章見贈 896
次韻曹子方龍山真覺院瑞香花 1334

次韻曹子方運判雪中同遊西湖　1329
次韻晁无咎學士相迎　1428
次韻陳海州乘槎亭　482
次韻陳海州書懷　481
次韻陳履常雪中　1393
次韻陳履常張公龍潭　1384
次韻陳時發太博雙竹　1908
次韻陳四雪中賞梅　846
次韻聰上人見寄　1521
次韻答邦直子由五首　590
次韻答寶覺　949
次韻答頓起二首　673
次韻答黄安中兼簡林子中　1341
次韻答賈耘老　1011
次韻答荆門張都官維見和惠泉詩　55
次韻答開祖　1911
次韻答李端叔　1055
次韻答劉涇　645
次韻答劉景文左藏　1253
次韻答馬忠玉　1338
次韻答滿思復　1056
次韻答錢穆父穆父以僕得汝陰用杭越酬唱韻作詩見寄　1368
次韻答舒教授觀余所藏墨　659
次韻答孫侔　761
次韻答王定國　663
次韻答王鞏　738
次韻答元素　853
次韻答章傳道見贈　335
次韻答張天覺二首　1183
次韻答子由　808
次韻代留別　353
次韻道潛留别　927
次韻德麟西湖新成見懷絶句　1409
次韻定國見寄　1448
次韻定慧欽長老見寄八首　1595
次韻段縫見贈　944
次韻法芝舉舊詩一首　1842
次韻范純父涵星硯月石風林屏詩　1453
次韻范淳父送秦少章　1429
次韻奉和錢穆父蔣穎叔王仲至四首　1459
次韻高要令劉湜峽山寺見寄　1644
次韻關令送魚　729
次韻郭功甫觀予畫雪雀有感二首　1841
次韻韓康公置酒見留　1171

次韻杭人裴維甫 943
次韻和劉貢父登黄樓見寄並寄子由二首 763
次韻和劉京兆石林亭之作石本唐苑中物散流民間劉購得之 77
次韻和王鞏 1074
次韻和王鞏六首 838
次韻和子由聞予善射 126
次韻和子由欲得驪山澄泥硯 125
次韻胡完夫 1051
次韻黄魯直嘲小德小德魯直子其母微故其詩云解著潛夫論不妨無外家 1208
次韻黄魯直赤目 1090
次韻黄魯直畫馬試院中作 1184
次韻黄魯直寄題郭明父府推潁州西齋二首 1248
次韻黄魯直見贈古風二首 657
次韻黄魯直書伯時畫王摩詰 1201
次韻黄魯直戲贈 1211
次韻黄魯直效進士作二首 1231
次韻黄夷仲茶磨 1215
次韻惠循二守相會 1671
次韻江晦叔二首 1833
次韻江晦叔兼呈器之 1834
次韻蔣潁叔 958
次韻蔣潁叔二首 1465
次韻蔣潁叔錢穆父從駕景靈宫二首 1448
次韻借觀睢陽五老圖 1947
次韻荆公四絶 939
次韻景仁留别 576
次韻景文山堂聽筝三首 1304
次韻孔常父送張天覺河東提刑 1149
次韻孔文仲推官見贈 303
次韻孔毅父集古人句見贈五首 871
次韻孔毅父久旱已而甚雨三首 858
次韻樂著作送酒 796
次韻樂著作天慶觀醮 796
次韻樂著作野步 793
次韻李邦直感舊 588
次韻李端叔送保倅翟安常赴闕兼寄子由 1519
次韻李端叔謝送牛戩鴛鴦竹石圖 1521
次韻李公擇梅花 748

次韻李修孺留別二首 1088
次韻林子中春日新隄書事見寄 1405
次韻林子中見寄 1300
次韻林子中蒜山亭見寄 1288
次韻林子中王彦祖唱酬 1279
次韻劉燾撫勾蜜漬荔支 1515
次韻劉貢父春日賜幡勝 1241
次韻劉貢父獨直省中 1129
次韻劉貢父李公擇見寄二首 521
次韻劉貢父省上 1117
次韻劉貢父叔侄扈駕 1171
次韻劉貢父所和韓康公憶持國二首 1168
次韻劉貢父西省種竹 1124
次韻劉景文登介亭 1294
次韻劉景文見寄 1362
次韻劉景文路分上元 1323
次韻劉景文送錢蒙仲三首 1290
次韻劉景文西湖席上 1338
次韻劉景文贈傅羲秀才 1442
次韻劉景文周次元寒食同游西湖 1276
次韻柳子玉二首 239
次韻柳子玉過陳絶糧二首 209
次韻柳子玉見寄 185
次韻潞公超然臺 547
次韻呂梁仲屯田 607
次韻馬元賓 1049
次韻毛滂法曹感雨 1257
次韻米黻二王書跋尾二首 1155
次韻穆父尚書侍祠郊邱瞻望天光退而相慶引滿醉吟 1455
次韻穆父舍人再贈之什 1054
次韻前篇 789
次韻錢穆父 1052
次韻錢穆父會飲 1454
次韻錢穆父馬上寄蔣穎叔二首 1488
次韻錢穆父王仲至同賞田曹梅花 1479
次韻錢穆父紫薇花二首 1301
次韻錢舍人病起 1073
次韻錢越州 1250
次韻錢越州見寄 1256
次韻潛師放魚 649
次韻秦觀秀才見贈秦與孫莘老李公擇甚熟將入京應舉 652
次韻秦少游王仲至元日立春三首 1473
次韻秦少游贈姚安世 1470

次韻秦少章和錢蒙仲 1249
次韻秦太虚見戲耳聾 730
次韻三舍人省上 1109
次韻僧潛見贈 647
次韻韶倅李通直二首 1807
次韻韶守狄大夫見贈二首 1805
次韻沈長官三首 453
次韻舒教授寄李公擇 655
次韻舒堯文祈雪霧猪泉 694
次韻述古過周長官夜飲 408
次韻水官詩 70
次韻宋肇惠澄心紙二首 1158
次韻送程六表弟 1200
次韻送徐大正 1028
次韻送張山人歸彭城 1998
次韻蘇伯固遊蜀岡送李孝博奉使嶺表 1434
次韻蘇伯固主簿重九 1303
次韻孫巨源寄漣水李盛二著作并以見寄五絶 483
次韻孫袐丞見贈 740
次韻孫莘老斗野亭寄子由 1024
次韻孫莘老見贈時莘老移廬州因以別之 352
次韻孫職方蒼梧山 482
次韻滕大夫三首 1503
次韻滕元發許仲塗秦少游 951
次韻田國博部夫南京見寄二絶 708
次韻完夫再贈之什某已卜居毘陵與完夫有廬里之約云 1054
次韻王滁州見寄 1389
次韻王覿正言喜雪 1064
次韻王定國倅揚州 1152
次韻王定國得晉卿酒相留夜飲 1234
次韻王定國得潁倅二首 1043
次韻王定國會飲清虚堂 1228
次韻王定國馬上見寄 671
次韻王定國南遷回見寄 969
次韻王定國書丹元子寧極齋 1487
次韻王定國謝韓子華過飲 1048
次韻王都尉偶得耳疾 1173
次韻王鞏獨眠 680
次韻王鞏留別 680
次韻王鞏南遷初歸二首 883
次韻王鞏顔復同泛舟 679
次韻王誨夜坐 197
次韻王晉卿奉詔押高麗宴射 1479
次韻王晉卿惠花栽栽所寓張退

傳第中 1244
次韻王晉卿上元侍宴端門 1244
次韻王郎子立風雨有感 1207
次韻王廷老和張十七九日見寄 683
次韻王廷老退居見寄二首 690
次韻王雄州還朝留别 1522
次韻王雄州送侍其涇州 1524
次韻王鬱林 1783
次韻王震 1047
次韻王忠玉游虎邱三首 1265
次韻王仲至喜雪御筵 1458
次韻吴傳正枯木歌 1481
次韻謝子高讀淵明傳 1975
次韻徐積 1031
次韻徐仲車 1404
次韻許冲元送成都高士敦鈐轄 1198
次韻許遵 1013
次韻顔長道送傅倅 691
次韻陽行先 1822
次韻楊褒早春 237
次韻楊次公惠徑山龍井水 1294
次韻楊公濟梅花十首 1317
次韻葉致遠見贈 942
次韻穎叔觀燈 1478
次韻袁公濟謝芎椒 1293
次韻曾仲錫承議食蜜漬生荔支 1500
次韻曾仲錫元日見寄 1517
次韻曾子開從駕二首 1113
次韻詹適宣德小飲巽亭 1262
次韻章傳道喜雨 502
次韻章子厚飛英留題 755
次韻張安道讀杜詩 202
次韻張昌言給事省宿 1108
次韻張昌言喜雨 1135
次韻張甥棠美述志 1983
次韻張甥棠美晝眠 1890
次韻張十七九日贈子由 679
次韻張舜民自御史出倅虢州留别 1154
次韻張琬 969
次韻趙德麟雪中惜梅且餉柑酒三首 1395
次韻趙景貺春思且懷吴越山水 1383
次韻趙景貺督兩歐陽詩破除酒戒 1364
次韻趙令鑠 1042
次韻趙令鑠惠酒 1044
次韻正輔表兄江行見桃花 1608

次韻正輔同游白水山 1606
次韻鄭介夫二首 1800
次韻致遠 943
次韻致政張朝奉仍招晚飲 1388
次韻仲殊雪中遊西湖二首 1330
次韻周邠 1051
次韻周邠寄雁蕩山圖二首 557
次韻周長官壽星院同餞魯少卿 408
次韻周開祖長官見寄 750
次韻周穜惠石銚 958
次韻朱光庭初夏 1079
次韻朱光庭喜雨 1080
次韻子由病酒肺疾發 814
次韻子由初到陳州二首 191
次韻子由彈琴 124
次韻子由寄題孔平仲草菴 848
次韻子由柳湖感物 236
次韻子由綠筠堂 192
次韻子由論書 117
次韻子由清汶老龍珠丹 1512
次韻子由三首 1702
次韻子由使契丹至涿州見寄四首 1270
次韻子由書李伯時所藏韓幹馬 1126
次韻子由書清汶老所傳秦湘二女圖 1513
次韻子由書王晉卿畫山水二首 1343
次韻子由書王晉卿畫山水一首而晉卿和二首 1342
次韻子由送陳侗知陝州 1084
次韻子由送家退翁知懷安軍 1120
次韻子由送蔣夔赴代州學官 580
次韻子由送千之姪 1072
次韻子由送趙屼歸覲錢塘遂赴永嘉 667
次韻子由所居六咏 1660
次韻子由五月一日同轉對 1191
次韻子由與顏長道同遊百步洪相地築亭種柳 586
次韻子由浴罷 1705
次韻子由月季花再生 1704
次韻子由贈吴子野先生二絶句 1737
次韻子由種杉竹 879
次周燾韻 1269
促織 970
崔文學甲攜文見過蕭然有出塵

之姿問之則孫介夫之甥也故復用前韻賦一篇示志舉 1828
催試官考較戲作 297
村醪二尊獻張平陽 1894

D

答晁以道索書 1986
答陳述古二首 515
答范淳甫 661
答海上翁 1734
答徑山琳長老 1844
答郡中同僚賀雨 711
答孔周翰求書與詩 619
答李邦直 528
答李公擇 603
答吕梁仲屯田 618
答任師中次韻 282
答任師中家漢公 604
答王定民 689
答王鞏 671
答仲屯田次韻 660
答周循州 1613
答子勉三首 1988
大風留金山兩日 722
大寒步至東坡贈巢三 874
大老寺竹間閣子 160
大秦寺 165
大行太皇太后高氏挽辭二首 1501
大雪獨留尉氏有客入驛呼與飲至醉詰旦客南去竟不知其誰 68
大雪青州道上有懷東武園亭寄交代孔周翰 570
代書答梁先 610
追作淮口遇風詩戲用其韻 1030
待旦 1928
待月臺 535
戴道士得四字代作 708
丹元子示詩飄飄然有謫仙風氣吴傳正繼作復次其韻 1486
儋耳 1771
儋耳山 1686
旦起理髮 1709
灙泉亭 536
禱雨張龍公既應劉景文有詩次韻 1378
到官病倦未嘗會客毛正仲惠茶乃以端午小集石塔戲作一詩爲謝 1410
到潁未幾公帑已竭齋厨索然戲作 1366

悼朝雲　1658
道者院池上作　1071
得鄭嘉會靖老書欲於海舶載書千餘卷見借因讀淵明贈羊長史詩云愚生三季後慨然念黄虞得知千載事上賴古人書次其韻以謝鄭君　1741
登常山絶頂廣麗亭　551
登玲瓏山　393
登望䄙亭　613
登雲龍山　681
登州海市　1036
登州孫氏萬松堂　1038
燈花一首贈王十六　1925
鄧忠臣母周氏挽詞　887
狄韶州煮蔓菁蘆菔羹　1808
狄詠石屏　1096
荻蒲　533
糴米　1701
地黄　1628
地爐　239
刁景純賞瑞香花憶先朝侍宴次韻　431
刁景純席上和謝生二首　441
刁同年草堂　431
弔李臺卿　861
弔天竺海月辯師三首　381
弔徐德占　863
丁丑二月十四日白鶴峰新居成自嘉祐寺遷入咏淵明時運詩云斯晨斯夕言息其廬似爲余發也乃次其韻長子邁與余别三年矣挈携諸孫萬里遠至老朽憂患之餘不能無欣然　1669
丁丑歲余謫海南子由亦貶雷州五月十一日相遇於藤同行至雷六月十一日相别渡海余時病痔呻吟子由亦終夕不寐因誦淵明詩勸余止酒乃和原韻因以贈别庶幾真止矣　1681
丁公默送蝤蛑　744
定惠院顒師爲余竹下開嘯軒　803
定惠院寓居月夜偶出　788
冬至日獨遊吉祥寺　312
冬至日贈安節　834
東川清絲寄魯冀州戲贈　1263
東府雨中别子由　1497
東湖　134
東欄梨花　585
東樓　1703
東坡　891

東坡八首　820
東坡居士過龍光求大竹作肩輿得兩竿南華珪首座方受請爲此山長老乃留一偈院中須其至授之以爲他時語録中第一問　1810
東亭　1702
東新橋　1656
東陽水樂亭　388
東園　1991
董儲郎中嘗知眉州與先人游過安邱訪其故居見其子希甫留詩屋壁　566
董卓　485
洞庭春色　1391
洞霄宫　401
豆粥　955
獨覺　1707
獨遊富陽普照寺　344
獨酌試藥玉滑盞有懷諸君子明日望夜月庭佳景不可失作詩招之　1371
讀道藏　142
讀後魏賀狄干傳　1902
讀晉史　1902
讀開元天寶遺事三首　109
讀孟郊詩二首　631
讀王衍傳　1902
讀仲閔詩卷因成長句　1918
杜介送魚　1102
杜介熙熙堂　645
杜沂游武昌以酴醿花菩薩泉見餉二首　798
妬佳月　148
端午遍遊諸寺得禪字　730
端午帖子詞　1860
端午游真如遲适遠從子由在酒局　919
端硯詩　1935
遁軒　438

E

二蟲　849
二公再和亦再答之　489
二樂榭　535
二十六日五更起行至磻溪天未明　143
二十七日自陽平至斜谷宿於南山中蟠龍寺　144
二鮮于君以詩文見寄作詩爲謝　1394
二月八日與黄夀僧曇穎過逍遥

堂何道士宗一問疾　1643
二月二十六日雨中熟睡至晚强起出門還作此詩意思殊昏昏也　794
二月三日點燈會客　876
二月十九日携白酒鱸魚過詹使君食槐葉冷淘　1585
二月十六日與張李二君遊南溪醉後相與解衣濯足因咏韓公山石之篇慨然知其所以樂而忘其在數百年之外也次其韻　1900

F

發廣州　1560
發洪澤中途遇大風復還　222
法惠寺横翠閣　336
法惠小飲以詩索周開祖所作　1907
泛潁　1360
泛舟城南會者五人分韻賦詩得人皆苦炎字四首　746
范景仁和賜酒燭詩復次韻謝之　1234
梵天寺見僧守詮小詩清遠可愛次韻　300
訪散老不遇　1921
訪張山人得山中字二首　632
風水洞二首和節推　342
風水洞聞二禽　1907
豐年有高廪詩　1929
奉敕祭西太一和韓川韻四首　1081
奉酬仲閔食新麪湯餅仍聞糴麥甚盛因以戲之　1917
奉和陳賢良　1038
奉和成伯大雨中會客解嘲　556
奉和成伯兼戲禹功　549
鳳翔八觀　126
佛日山榮長老方丈五絶　379
夫人閣四首　1868
夫人閣四首　1858
芙蓉　996
芙蓉城　638
扶風天和寺　150
浮山洞　221
傅堯俞濟源草堂　206
傅子美召公擇飲偶以病不及往公擇有詩次韻　641
復次放魚韻答趙承議陳教授　1354
復次韻謝趙景貺陳履常見和兼

簡歐陽叔弼兄弟 1357
富陽道中 1912
富陽妙庭觀董雙成故宅發地得丹鼎覆以銅盤承以瑠璃盆盆既破碎丹亦爲人争奪持去今獨盤鼎在耳二首 345
鰒魚行 1040

G

甘菊 1629
甘露寺 234
感舊詩 1350
橄欖 890
高郵陳直躬處士畫雁二首 966
葛延之贈龜冠 1939
庚辰歲人日作時聞黄河已復北流老臣舊數論此今斯言乃驗二首 1749
庚辰歲正月十二日天門冬酒熟予自漉之且漉且嘗遂以大醉二首 1751
枸杞 1629
孤山二咏 383
古别離送蘇伯固 1439
古纏頭曲 430
古風 1961
古意 1963
谷林堂 1439
故李誠之待制六丈輓詞 1147
故周茂叔先生濂溪 1268
觀大水望朝陽巖作 1788
觀杭州鈐轄歐育刀劍戰袍 994
觀湖二首 1312
觀净觀堂效韋蘇州詩 604
觀開西湖次吴左丞韻 1985
觀碁 1700
觀臺 1284
觀魚臺 219
觀張師正所蓄辰砂 810
觀子美病中作嗟嘆不足因次韻 641
觀子玉郎中草聖 421
光禄庵二首 525
桄榔杖寄張文潛一首時初聞黄魯直遷黔南范淳父九疑也 1611
廣倅蕭大夫借前韻見贈復和答之二首 1791
廣陵後園題申公扇子 1007
廣陵會三同舍各以其字爲韻仍邀同賦 224
廣州何道士衆妙堂 1798

廣州蒲澗寺 1558
龜山 718
龜山辯才師 959
歸來引送王子立歸筠州 1942
歸宜興留題竹西寺三首 1005
歸真亭 924
鬼蝶 972
癸丑春分後雪 349
郭綸 1
郭熙畫秋山平遠 1134
郭熙秋山平遠二首 1159
郭祥正家醉畫竹石壁上郭作詩爲謝且遺二古銅劍 928
虢國夫人夜游圖 1076
過安樂山聞山上木葉有文如道士篆符云此山乃張道陵所寓二首 11
過巴東縣不泊聞頗有萊公遺蹟 30
過大庾嶺 1547
過高郵寄孫君孚 1529
過廣愛寺見三學演師觀楊惠之塑寶山朱瑶畫文殊普賢 368
過海得子由書 1685
過淮 779
過淮三首贈景山兼寄子由 719
過建昌李野夫公擇故居 917
過江夜行武昌山上聞黄州鼓角 901
過舊游 523
過萊州雪後望三山 1039
過黎君郊居 1739
過嶺二首 1812
過嶺寄子由 1813
過嶺寄子由 2009
過廬山下 1539
過密州次韻趙明叔喬禹功 1034
過木櫪觀 26
過泗上喜見張嘉父二首 1030
過湯陰市得豌豆大麥粥示三兒子 1526
過土山寨 2007
過濰州驛見蔡君謨題詩壁上云綽約新嬌生眼底逡巡舊事上眉尖春來試問愁多少得似春潮夜夜添不知爲誰而作也和一首 1913
過文覺顯公房 1004
過溪亭 539
過新息留示鄉人任師中 778
過宜賓見夷牢亂山 5

過永樂文長老已卒　458
過於海舶得邁寄書酒作詩遠和之皆粲然可觀子由有詩相慶也因用其韻賦一篇并寄諸子姪　1718
過雲龍山人張天驥　600
過子忽出新意以山芋作玉糝羹色香味皆奇絶天上酥酡則不可知人間决無此味也　1697

H

海會寺清心堂　397
海南人不作寒食而以上巳上冢予攜一瓢酒尋諸生皆出矣獨老符秀才在因與飲至醉符蓋儋人之安貧守静者也　1721
海上道人傳以神守氣訣　1665
海棠　895
涵虚亭　538
寒菊　1795
寒具　1291
寒蘆港　542
寒食日答李公擇三絶次韻　636
寒食未明至湖上太守未來兩縣令先在　351
寒食宴提刑致語口號　1880
寒食夜　1889
寒食雨二首　852
寒食與器之游南塔寺寂照堂　1834
韓幹馬　1930
韓幹馬十四匹　614
韓康公挽詞三首　1192
韓康公坐上侍兒求書扇　1172
韓太祝送游太山　505
韓退之孟郊墓銘云以昌其詩舉此問王定國當昌其身耶抑昌其詩也來詩下語未契作此答之　1369
韓子華石淙莊　370
菡萏亭　541
漢水　57
杭州故人信至齊安　828
杭州牡丹開時僕猶在常潤周令作詩見寄次其韻復次一首送赴闕　447
濠州七絶　217
合浦愈上人以詩名嶺外將訪道南岳留詩壁上云閒伴孤雲自在飛東坡居士過其精舍戲和其韻　1776
何公橋　1553

和蔡景繁海州石室　888
和蔡準郎中見邀遊西湖三首　262
和參寥　898
和參寥見寄　688
和晁美叔老兄　1926
和晁同年九日見寄　562
和陳傳道雪中觀燈　1396
和陳述古拒霜花　302
和代器之　1942
和東方有一士　1671
和董傳留別　181
和段屯田荆林館　500
和頓教授見寄用除夜韻　505
和公濟飲湖上　1304
和歸去來兮詞　1761
和郭功甫韻送芝道人游隱静　1594
和何長官六言　809
和黄龍清老三首　2006
和黄魯直燒香二首　1103
和黄魯直食筍　881
和黄秀才鑒空閣　1795
和寄天選長官　1889
和蔣發運　1066
和蔣夔寄茶　524
和孔君亮郎中見贈　572
和孔郎中荆林馬上見寄　563
和孔密州五絶　584
和孔周翰二絶　604
和李白　926
和李邦直沂山祈雨有應　582
和林子中待制　1340
和流杯石上草書小詩　585
和劉長安題薛周逸老亭周善飲酒未七十而致仕　78
和劉道原寄張師民　257
和劉道原見寄　255
和劉道原咏史　256
和劉景文見贈　1381
和劉景文雪　1381
和柳子玉喜雪次韻仍呈述古　421
和魯人孔周翰題詩二首　559
和梅户曹會獵鐵溝　519
和穆父新凉　1139
和歐陽少師會老堂次韻　283
和歐陽少師寄趙少師次韻　284
和錢安道寄惠建茶　424
和錢穆父送別并求頓遞酒　1510
和錢四寄其弟龢　1267
和錢四穆父寄其弟和　1924

和秦太虛梅花 892
和人登海表亭 1910
和人回文五首 1958
和人假山 1069
和人見贈 985
和人求筆跡 313
和人雪晴書事 1917
和沈立之留別二首 301
和叔盎畫馬 1467
和述古冬日牡丹四首 419
和宋肇遊西池次韻 1187
和蘇州太守王規父侍太夫人觀燈之什余時以劉道原見訪滯留京口不及赴此會二首 443
和孫叔静兄弟李端叔唱和 1790
和孫同年卞山龍洞禱晴 738
和孫莘老次韻 644
和陶丙辰歲八月中於下潠田舍穫 1734
和陶庚戌歲九月中於西田穫早稻 1733
和陶和胡西曹示顧賊曹韻 1723
和陶九日閒居 1693
和陶擬古九首 1724
和陶乞食韻 1722
和陶始作鎮軍參軍經曲阿 1759
和陶田舍始春懷古 1731
和陶五月旦日作和戴主簿 1742
和陶怨詩楚調示龐主簿鄧治中 1742
和陶雜詩十一首 1754
和陶贈劉柴桑韻二首 1689
和田國博喜雪 693
和田仲宣見贈 986
和王定國 1921
和王晉卿 1165
和王晉卿送梅花次韻 1243
和王晉卿題伯時畫馬 1202
和王勝之三首 986
和王斿二首 967
和文與可洋川園池三十首 530
和吴安持使者迎駕 1178
和吴少卿絶句 1909
和鮮于子駿鄆州新堂月夜二首 663
和猶子遲贈孫志舉 1824
和章七出守湖州二首 520
和張昌言喜雨 1124
和張均題峽山 1897
和張耒高麗松扇 1146
和張子野見寄三絶句 523
和趙德麟送陳傳道 1400

和趙景貺栽檜 1373
和趙郎中捕蝗見寄 551
和趙郎中見戲二首 586
和芝上人竹軒 1926
和致仕張郎中春晝 315
和仲伯達 1001
和周正孺墜馬傷手 1099
和子由蠶市 116
和子由除日見寄 86
和子由除夜元日省宿致齋三首 1181
和子由次王鞏韻如囊之句可爲一噱 1990
和子由次月中梳頭韻 1617
和子由寒食 120
和子由記園中草木十首 153
和子由苦寒見寄 178
和子由柳湖久涸忽有水開元寺山茶舊無花今歲盛開二首 258
和子由木山引水二首 177
和子由盆中石菖蒲忽生九花 1649
和子由澠池懷舊 76
和子由四首 505
和子由送將官梁左藏仲通 651
和子由踏青 115
和子由聞子瞻將如終南太平宮谿堂讀書 140
和子由種菜久旱不生 159
和子由岐下詩 81
河復 612
賀陳述古弟章生子 415
鶴歎 1509
橫湖 531
紅梅三首 847
侯灘 2001
後十餘日復至 312
胡穆秀才遺古銅器似鼎而小上有兩柱可以覆而不蹶以爲鼎則不足疑其飲器也胡有詩答之 411
胡完夫母周夫人挽詞 208
壺中九華詩 1540
湖橋 530
湖上夜歸 350
虎兒 486
虎跑泉 378
虎跑泉 1935
虎邱寺 450
扈從景靈宮 1465
花落復次前韻 1573

華陰寄子由 180
畫車二首 1831
畫魚歌 317
淮上早發 1404
槐 766
懷仁令陳德任新作占山亭二絶 1033
懷西湖寄晁美叔同年 518
皇帝閣六首 1860
皇帝閣六首 1849
皇太妃閣五首 1867
皇太妃閣五首 1856
皇太后閣六首 1865
皇太后閣六首 1854
黄河 69
黄精鹿 1189
黄葵 996
黄樓致語口號 1877
黄魯直以詩饋雙井茶次韻爲謝 1089
黄泥坂詞 1943
黄牛廟 33
黄州 1960
黄州春日雜書四絶 1915
回先生過湖州東林沈氏飲醉以石榴皮書其家東老庵之壁云西隣已富憂不足東老雖貧樂有餘白酒釀來因好客黄金散盡爲收書西蜀和仲聞而次其韻三首東老沈氏之老自謂也湖人因以名之其子偕作詩有可觀者 475
惠崇春江晚景二首 1050
惠崇蘆雁 2009
惠山謁錢道人烹小龍團登絶頂望太湖 427
惠守詹君見和復次韻 1573
惠州近城小山類蜀道春與進士許毅野步會意處飲之且醉作詩以記適參寥專使欲歸使持此以示西湖之上諸友庶使知予未嘗一日忘湖山也 1583
惠州靈惠院壁間畫一仰面向天醉僧云是蜀僧隱巒所作題詩於其下 1565
會客有美堂周邠長官與數僧同泛湖往北山湖中聞堂上歌笑聲以詩見寄因和二首時周有服 362
會雙竹席上奉答開祖長官 1910
會飲有美堂答周開祖湖上見寄 1909

火星巖 2002
獲鬼章二十韻 1160

J

嵇紹似康 161
吉祥寺花將落而述古不至 354
吉祥寺僧求閣名 255
吉祥寺賞牡丹 254
汲江煎茶 1769
集英殿春宴口號 1873
集英殿秋宴口號 1876
耤田 1461
己未十月十五日獄中恭聞太皇太后不豫有赦作詩 768
紀夢 158
記夢 989
記夢回文二首 844
記所見開元寺吴道子畫佛滅度以答子由 119
祭常山回小獵 519
寄傲軒 1246
寄蔡子華 1266
寄鄧道士 1579
寄高令 1647
寄怪石石斛與魯元翰 991
寄虎兒 1570
寄黎眉州 549
寄劉孝叔 509
寄鰡合刷缾與子由 1512
寄吕穆仲寺丞 514
寄梅宣義園亭 1312
寄歐叔弼 2004
寄蘄簟與蒲傳正 990
寄題刁景純藏春塢 545
寄題清溪寺 38
寄題潭州徐氏春暉亭 1819
寄題興州鼂太守新開古東池 179
寄吴德仁兼簡陳季常 997
寄周安孺茶 1884
寄子由 858
犍爲王氏書樓 4
監洞霄宫俞康直郎中所居四詠 437
監試呈諸試官 285
見邸家園留題 584
見和仇池 1459
見和西湖月下聽琴 1459
見題壁 523
見子由與孔常父唱和詩輒次其韻余昔在館中同舍出入輒相聚飲酒賦詩近歲不復講故終

篇及之庶幾諸公稍復其舊亦太平盛事也 1106
江郊 1574
江上看山 15
江上値雪效歐陽體限不以鹽玉鶴鷺絮蝶飛舞之類爲比仍不使皓白潔素等字 18
江西一首 1541
江月五首 1622
江漲用過韻 1591
講武臺南有感 1993
將官雷勝得過字代作 700
將軍樹 392
將往終南和子由見寄 141
將之湖州戲贈莘老 313
將至廣州用過韻寄邁迨二子 1789
將至筠先寄遲适遠三猶子 917
郊祀慶成詩 1456
郊行步月作 1732
焦千之求惠山泉詩 281
皎然禪師贈吴憑處士詩云世人不知心是道只言道在西方妙還如瞽者望長安長安在東向西笑東坡居士代答云 1925
碣石菴戲贈湛菴主 1068
介亭餞楊傑次公 1298
借前韻賀子由生第四孫斗老 1707
今年正月十四日與子由別於陳州五月子由復至齊安以詩迎之 805
今詩 1315
金門寺中見李西臺與二錢唱和四絶句戲用其韻跋之 409
金山夢中作 957
金山妙高臺 1020
金山寺與柳子玉飲大醉卧寶覺禪榻夜分方醒書其壁 436
錦溪 392
近以月石硯屏獻子功中書公復以涵星硯獻純父侍講子功有詩純父未也復以月石風林屏贈之謹和子功詩并求純父數句 1452
京師哭任遵聖 576
荆門惠泉 54
荆州十首 46
景純復以二篇一言其亡兄與伯父同年之契一言今者唱酬之意仍次其韻 434
景純見和復次韻贈之二首 433

景貺履常屢有詩督叔弼季默倡和已許諾矣復以此句挑之 1367
徑山道中次韻答周長官兼贈蘇寺丞 398
洞酌亭 1772
九日次定國韻 1444
九日次韻王鞏 675
九日湖上尋周李二君不見君亦見尋於湖上以詩見寄明日乃次其韻 406
九日黄樓作 673
九日尋臻闍黎遂泛小舟至勤師院二首 403
九日邀仲屯田爲大水所阻以詩見寄次其韻 611
九日袁公濟有詩次其韻 1303
九日舟中望見有美堂上魯少卿飲以詩戲之二首 404
九月二十日微雪懷子由弟二首 101
九月十五日邇英講論語終篇賜執政講讀史官燕於東宫又遣中使就賜御書詩各一首臣軾得紫薇花絶句其詞云絲綸閣下文章静鐘鼓樓中刻漏長獨坐黄昏誰是伴紫薇花對紫薇郎翼日各以表謝又進詩一篇臣軾詩云 1163
九月十五日觀月聽琴西湖示坐客 1356
九月中曾題二小詩於南溪竹上既而忘之昨日再遊見而録之 174
聚星堂雪 1375
倦夜 1743
絶句 1839
絶句 1303
絶句二首 1892
絶句三首 1999
浚井 847

K

開先漱玉亭 914
客位假寐 100
客俎經旬無肉又子由勸不讀書蕭然清坐乃無一事 1694
孔長源輓詩二首 513
孔毅父妻挽詞 880
孔毅父以詩戒飲酒問買田且乞墨竹次其韻 884
哭刁景純 617

哭歐公孤山僧惠思示小詩次韻　300
哭王子立次兒子迨韻三首　1260
款塞來享　1232
餽歲　107
坤成節集英殿宴口號　1872

L

臘日游孤山訪惠勤惠思二僧　240
蠟梅一首贈趙景貺　1386
來鶴亭　1952
老人行　1969
老翁井　1955
樂全先生生日以鐵拄杖爲壽二首　827
雷州八首　1963
驪山　1973
驪山三絶句　79
李白謫仙詩　1979
李伯時畫其弟亮功舊隱宅圖　1809
李公擇過高郵見施大夫與孫莘老賞花詩憶與僕去歲會於彭門折花餽筍故事作詩二十四韻見戲依韻奉答亦以戲公擇云　736
李公擇求黄鶴樓詩因記舊所聞於馮當世者　294
李頎秀才善畫以兩軸見寄仍有詩次韻答之　422
李杞寺丞見和前篇復用元韻答之　243
李鈴轄坐上分題戴花　355
李氏園　137
李思訓畫長江絶島圖　676
李委吹笛　866
李憲仲哀辭　992
李行中醉眠亭三首　476
立春日病中邀安國仍請禹功同來僕雖不能飲當請成伯主會某當杖策倚几于其間觀諸公醉笑以撥滯悶也二首　527
立春日小集戲李端叔　1516
立秋日禱雨宿靈隱寺同周徐二令　375
吏隱亭　536
荔支嘆　1613
連日與王忠玉張金翁游西湖訪北山清順道潛二詩僧登垂雲亭飲參寥泉最後過唐州陳使

君夜飲忠玉有詩次韻答之 1277
連雨江漲二首 1592
蓮龜 1190
廉泉 1545
廉州龍眼質味殊絶可敵荔支 1775
浰陽早發 56
兩橋詩 1656
蓼嶼 533
林子中以詩寄文與可及余與可既没追和其韻 752
臨安三絶 392
臨城道中作 1525
凌虚臺 171
留别登州舉人 1041
留别蹇道士拱辰 1341
留别金山寶覺圓通二長老 442
留别廉守 1779
留别釋迦院牡丹呈趙倅 565
留别叔通元弼坦夫 712
留别雩泉 565
留題蘭皋亭 985
留題石經院三首 599
留題峽州甘泉寺 39
留題仙都觀 16
留題仙遊潭中興寺東有玉女洞洞南有馬融讀書石室過潭而南山石益奇潭上有橋畏其險不敢渡 95
留題顯聖寺 1817
留題徐氏花園二首 364
留題延生觀後山上小堂 95
劉醜厮詩 1510
劉貢父 224
劉貢父見余歌詞數首以詩見戲聊次其韻 420
劉監倉家煎米粉作餅子余云爲甚酥潘邠老家造逡巡酒余飲之云莫作醋錯着水來否後數日攜家飲郊外因作小詩戲劉公求之 898
劉景文家藏樂天身心問答三首戲書一絶其後 1379
劉孝叔會虎邱時王規父齋素祈雨不至二首 457
劉莘老 227
劉顗宫苑退老于廬山石碑菴顗陝西人本進士换武家有聲伎 1894
劉壯輿長官是是堂 1838
柳氏二外甥求筆迹二首 423

柳子玉亦見和因以送之兼寄其兄子璋道人 433
六觀堂老人草書 1361
六和寺冲師閘山溪爲水軒 312
六年正月二十日復出東門仍用前韻 873
六言樂語 1934
六月二十七日望湖樓醉書五絶 263
六月二十日夜渡海 1773
六月七日泊金陵阻風得鍾山泉公書寄詩爲謝 1531
六月十二日酒醒步月理髮而寢 1616
隆中 61
龍尾石研寄猶子遠 1582
龍尾硯歌 930
樓觀 98
樓觀 164
盧敖洞 501
盧山五咏 501
廬山二勝 914
陸蓮庵 1891
陸龍圖詵挽詩 207
鹿鳴宴 683
轆轤歌 1982
露香亭 538
吕與叔學士挽詞 1485

M

馬融石室 168
眉子石硯歌贈胡誾 949
梅花 995
梅花二首 783
梅聖俞詩中有毛長官者今於潛令國華也聖俞没十五年而君猶爲令捕蝗至其邑作詩戲之 471
梅聖俞之客歐陽晦夫使工畫茅菴已居其中一琴横牀而已曹子方作詩四韻僕和之云 1777
郿塢 98
美哉一首送韋城主簿歐陽君 1360
渼陂魚 173
夢歸惠州白鶴山居作 1688
夢雪 1888
夢中賦裙帶 1932
夢中絶句 1839
夢中作寄朱行中 1843
覓俞俊筆 1922
密州宋國博以詩見紀在郡雜詠

次韻答之 661
蜜酒歌 854
明日復以大魚爲饋重二十斤且求詩故復戲之 1372
明日南禪和詩不到故重賦數珠篇以督之二首 1825
明日重九亦以病不赴述古會再用前韻 403
嗚泉思思君子也君子抱道且殆而時弗與民咸思之嗚泉故基堙圮殆盡眉山蘇軾搔首踟蹰作嗚泉思以思之 1929
陌上花 394
莫笑銀杯小答喬太博 495
墨花 1012
木山 1220
沐浴啓聖僧舍與趙德麟邂逅 1463
暮歸 1927

N

南禪長老和詩不已故作六蟲篇答之 1824
南都妙峰亭 987
南華寺 1551
南康望湖亭 1541
南寺 167
南寺千佛閣 309
南堂五首 877
南溪有會景亭處衆亭之間無所見甚不稱其名予欲遷之少西臨斷岸西向可以遠望而力未暇特爲製名曰招隱仍爲詩以告來者庶幾遷之 170
南溪之南竹林中新搆一茆堂予以其所處最爲深邃故名之曰避世堂 162
南園 544
凝祥池 1466
牛口見月 7

O

歐陽晦夫惠琴枕 1778
歐陽晦大遺接䍦琴枕戲作此詩謝之 1780
歐陽季默以油烟墨二丸見餉各長寸許戲作小詩 1372
歐陽少師令賦所蓄石屏 212
歐陽叔弼見訪誦陶淵明事嘆其絶識既去感慨不已而賦此詩 1376
偶於龍井辯才處得歙硯甚奇作

小詩　1310
偶與客飲孔常父見訪方設席延請忽上馬馳去已而有詩戲用其韻答之　1126

P

潘推官母李氏挽詞　1101
磻谿石　97
龐公　1337
陪歐陽公燕西湖　213
彭祖廟　218
披錦亭　540
貧家净掃地　1734
平山堂次王居卿祠部韻　480
餅笙　1779
破琴詩　1345
菩提寺南漪堂杜鵑花　1291
僕領貢舉未出錢穆父雪中作詩見及三月二十日同游金明池始見其詩次韻爲答　1188
僕曩於長安陳漢卿家見吴道子畫佛碎爛可惜其後十餘年復見之於鮮于子駿家則已裝背完好子駿以見遺作詩謝之　654
僕年三十九在潤州道上過除夜作此詩又二十年在惠州追録之以付過二首　1995
僕去杭五年吴中仍歲大饑疫故人往往逝去聞湖上僧舍不復往日繁麗獨净慈本長老學者益盛作詩寄之　742
僕所藏仇池石希代之寶也王晉卿以小詩借觀意在於奪不敢不借然以此詩先之　1464
僕所至未嘗出游過長蘆聞復禪師病甚不可不一問既見則有間矣明日阻風復留見之作三絶句呈聞復並請轉呈參寥子各賦數首　1530

Q

七年九月自廣陵召還復館於浴室東堂八年六月乞會稽將去汶公乞詩乃復用前韻三首　1490
七月二十四日以久不雨出禱磻溪是日宿虢縣二十五日晚自虢縣渡渭宿於僧舍曾閣閣故曾氏所建也夜久不寐見壁間有前縣令趙薦留名有懷其人　143

七月五日二首 556
七月一日出城舟中苦熱 266
棲賢三峽橋 915
岐亭道上見梅花戲贈季常 826
岐亭五首 902
祈雪霧猪泉出城馬上作贈舒堯文 693
乞數珠贈南禪湜老 1819
起伏龍行 641
憩寂圖 1194
器之好談禪不喜游山山中筍出戲語器之可同參玉版長老 1835
遷居 1648
遷居臨臯亭 805
遷居之夕聞鄰舍兒誦書欣然而作 1688
攓雲篇 147
前詩 1314
虔守霍大夫監郡許朝奉見和復次前韻 1820
虔州八境圖八首 627
虔州景德寺榮師湛然堂 1821
虔州吕倚承事年八十三讀書作詩不已好收古今帖貧甚至食不足 1832
黔中得山胡 15
錢安道席上令歌者道服 426
錢道人有詩云直須認取主人翁作兩絶戲之 428
羌蜋 971
喬將行烹鵝鹿出刀劍以飲客以詩戲之 549
喬太博見和復次韻答之 488
秦穆公墓 139
秦少游夢發殯而葬之者云是劉發之柩是歲發首薦秦以詩賀之劉涇亦作因次其韻 955
琴枕 1923
琴枕 1778
青牛嶺高絶處有小寺人迹罕到 469
清明日聞過誦書聲節閑美感念少時悵焉追懷先君宫師之遺意且念淮德二幼孫無以自遣乃和淵明二篇隨意所寓無復倫次也 1719
清溪詞 1944
清遠舟中寄耘老 1556
頃年楊康功使高麗還奏乞立海神廟於板橋僕嫌其地湫隘移書使遷之文登因古廟而新之

楊竟不從不知定國何從見此書作詩稱道不已僕不能記其云何也次韻答之　1461
慶源宣義王丈以累舉得官爲洪雅主簿雅州户掾遇吏民如家人人安樂之既謝事居眉之青神瑞草橋放懷自得有書來求紅帶既以遺之且作詩爲戲請黄魯直秦少游各爲賦一首爲老人光華　1195
秋懷二首　299
秋思寄子由　2001
秋晚客興　1305
秋興三首　1306
屈原塔　19
去杭州十五年復遊西湖用歐陽察判韻　1251
去年秋偶游寶山上方入一小院闃然無人有一僧隱几低頭讀書與之語漠然不甚對問其鄰之僧曰此雲闍黎也不出十五年矣今年六月自常潤還復至其室則死葬數月矣作詩題其壁　465
去歲九月二十七日黄州生子遯小名幹兒頎然穎異至今年七月二十八日病亡於金陵作二詩哭之　933
去歲三月自水東嘉祐寺還居合江樓迨今一年多病鮮歡頗懷水東之樂得歸善縣後隙地數畝父老云此古白鶴觀也意欣然欲居之乃和此詩二首　1666
去歲與子野游逍遥堂日欲没因並西山叩羅浮道院至已二鼓矣遂宿於西堂今歲索居儋耳子野復來相見作詩贈之　1695
勸農六首　1690

R

人參　1627
人日獵城南會者十人以身輕一鳥過槍急萬人呼爲韻得鳥字　699
壬寅二月有詔令郡吏分往屬縣減決囚禁自十三日受命出府至寶雞虢郿盩厔四縣既畢事因朝謁太平宫而宿於南谿谿堂遂並南山而西至樓觀大秦寺延生觀仙遊潭十九日乃歸作詩五百言以記凡所經歷者寄子由　88

壬寅重九不預會獨遊普門寺僧閣有懷子由 100
任師中挽詞 885
日日出東門 876
日夕山中忽然有懷 1927
戎州 8
入館 1903
入寺 1701
入峽 13
阮籍嘯臺 68
瑞金東明觀 1950
潤州甘露寺彈筝 479

S

三朵花 844
三萼牡丹 1338
三泉 502
三送張中 1736
三月二十九日二首 1677
三月二十日多葉杏盛開 1523
三月二十日開園三首 1523
三月四日游白水山佛跡巖沐浴於湯泉晞髮於懸瀑之下浩歌而歸肩輿却行以與客言不覺至荔支浦上晚日葱曨竹陰蕭然時荔子纍纍如芡實矣有父老年八十五指以告余曰及是可食公能携酒來遊乎意欣然許之歸卧既覺聞兒子過誦淵明歸田園居詩六首乃悉次其韻始余在廣陵和淵明飲酒二十首今復爲此要當盡和其詩乃已耳今書以寄妙總大士參寥子 1599
散郎亭 1556
僧惠勤初罷僧職 466
僧清順新作垂雲亭 360
僧爽白雞 311
山茶 997
山茶 1795
山村五絶 347
山光寺送客回和芝上人韻 1437
山行見月四言 1919
山陰陳跡 1343
單同年求德興俞氏聚遠樓詩三首 479
上堵吟 58
上韓持國 1170
上清詞 1945
上巳日與二三子攜酒出游隨所見輒作數句明日集之爲詩故辭無倫次 896

上巳日與二子迨過遊塗山荊山記所見　1403
上元過祥符僧可久房蕭然無燈火　338
上元侍飲樓上三首呈同列　1474
上元夜　1580
上元夜過赴儋守召獨坐有感　1717
芍藥　1794
少年時嘗過一村院見壁上有詩云夜涼疑有雨院静似無僧不知何人詩也宿黄州禪智寺寺僧皆不在夜半雨作偶記此詩故作一絶　788
邵伯梵行寺山茶　965
申王畫馬圖　1968
神女廟　29
神釋　1640
神宗皇帝挽詞三首　1003
沈諫議召遊湖不赴明日得雙蓮於北山下作一絶持獻沈既見和又别作一首因用其韻　282
生日蒙劉景文以古畫松鶴爲壽且貺佳篇次韻爲謝　1469
生日王郎以詩見慶次其韻並寄茶二十一片　891
聖燈巖　502
失題　1896
失題三首　1952
十二月二十八日蒙恩責授檢校水部員外郎黄州團練副使復用前韻　772
十二月二十五日酒盡取米欲釀米亦竭時吴遠游陸道士皆客於余因讀淵明歲暮和張常侍詩亦以無酒爲嘆乃用其韻贈二子　1664
十二月十七日夜坐達曉寄子由　1708
十二月十四日夜微雪明日往南溪小酌至晚　174
十一月二十六日松風亭下梅花盛開　1570
十一月九日夜夢與人論神仙道術因作一詩八句既覺頗記其語録呈子由弟後四句不甚明了今足成之耳　1625
十一月十三日與幾先自竹西來訪慶老不見獨與君卿供奉蟾知客東閣道話久之　965
十月初吉菊始開乃與客作重九因次淵明己酉歲九月九日一

首胡廣飲菊潭而壽然李固傳贊云其視胡廣猶糞土也1698
十月二日初到惠州 1564
十月二日將至渦口五里所遇風留宿 214
十月二十日恭聞太皇太后升遐以軾罪人不許成服欲哭則不敢欲泣則不可故作挽詞二章 769
十月十六日記所見 223
十月十四日以病在告獨酌1370
十月十五日觀月黄樓席上次韻 689
石鼻城 97
石蒼舒醉墨堂 189
石鼓歌 127
石鏡 393
石塔寺 1435
石炭 697
石芝 803
石芝 1507
食檳榔 1621
食甘 874
食荔支二首 1646
食雉 63
始於文登海上得白石數升如芡實可作枕聞梅丈嗜石故以遺其子子明學士子明有詩次其韻 1255
世傳徐凝瀑布詩云一條界破青山色至爲塵陋又僞作樂天詩稱羡此句有賽不得之語樂天雖涉淺易然豈至是哉乃戲作一絶 912
是日偶至野人汪氏之居有神降於其室自稱天人李全字德通善篆字用筆奇妙而字不可識云天篆也與余言有所會者復作一篇仍用前韻 846
是日宿水陸寺寄北山清順僧二首 307
是日至下馬磧憩於北山僧舍有閣曰懷賢南直斜谷西臨五丈原諸葛孔明所從出師也 146
是日自磻溪往陽平憩於麻田青峰寺之下院翠麓亭 144
軾以去歲春夏侍立邇英而秋冬之交子由相繼入侍次韻絶句四首各述所懷 1129
軾欲以石易畫晉卿難之穆父欲兼得二物穎叔欲焚畫碎石乃復次前韻并解二詩之意1468

試院觀伯時畫馬絶句 1922
試院煎茶 290
守歲 108
首夏官舍即事 507
授經臺 165
壽星院寒碧軒 1280
壽州李定少卿出餞城東龍潭上 216
叔弼云履常不飲故不作詩勸履常飲 1364
書艾宣畫四首 1189
書辯才白雲堂壁 1311
書晁補之所藏與可畫竹三首 1140
書晁説之考牧圖後 1485
書丹元子所示李太白真二首 1499
書韓幹二馬 1788
書韓幹牧馬圖 577
書皇親畫扇 1142
書黄筌畫翎毛花蝶圖二首 1888
書黄庭内景經尾 1208
書渾令公燕魚朝恩圖 1336
書寄韻 1891
書焦山綸長老壁 440
書李公擇白石山房 912
書李世南所畫秋景二首 1142
書李宗晟水簾圖 1924
書林逋詩後 1000
書林次中所得李伯時歸去來陽關二圖後 1212
書劉君射堂 982
書劉景文所藏宗少文一筆畫 1281
書劉景文左藏所藏王子敬帖 1280
書龍馬圖 1924
書麐公詩後 780
書破琴詩後 1346
書普慈長老壁 440
書裙帶絶句 1934
書雙竹湛師房二首 417
書泗州孫景山西軒 719
書堂嶼 1787
書王定國所藏王晉卿畫著色山二首 1245
書王定國所藏烟江疊嶂圖 1226
書文與可墨竹 1073
書軒 531
書鄢陵王主簿所畫折枝二首 1144
蜀僧明操思歸龍邱子書壁 867

鼠須筆 1923
述古聞之明日即至坐上復用前韻同賦 354
述古以詩見責屢不赴會復次前韻 408
數日前夢人示余一卷文字大略若諭馬者用吃蹶兩字夢中甚賞之覺而忘其餘戲作數語足之 1893
數日前夢一僧出二鏡求詩僧以鏡置日中其影甚異其一如芭蕉其一如蓮花夢中與作詩 826
霜筠亭 537
雙鳧觀 66
雙井白龍 1950
雙石 1411
水月寺 1948
睡起 2000
睡起聞米元章冒熱到東園送麥門冬飲子 1842
司馬君實獨樂園 594
司命宫楊道士息軒 1933
司竹監燒葦園因召都巡檢柴貽勖左藏以其徒會獵園下 175
思成堂 924
四明狂客 1344
四時詞 829
四望亭 220
四月十一日初食荔支 1612
泗州除夜雪中黄師是送酥酒二首 975
泗州南山監倉蕭淵東軒二首 973
泗州僧伽塔 716
泗州遇倉中劉景文老兄戲贈一絶 719
宋復古瀟湘晚景圖三首 695
宋叔達家聽琵琶 329
送安惇秀才失解西歸 189
送碧香酒與趙明叔教授 560
送表弟程六知楚州 1067
送表忠觀錢道士歸杭 750
送别 1884
送蔡冠卿知饒州 249
送參寥師 687
送曹輔赴閩漕 1206
送岑著作 253
送昌化軍使張中 1735
送晁美叔發運右司年兄赴闕 1436
送陳伯修察院赴闕 1406

送陳睦知潭州 1061
送程德林赴真州 1438
送程建用 1087
送程七表弟知泗州 1205
送程之邵僉判赴闕 1311
送春 506
送戴蒙赴成都玉局觀將老焉 1057
送淡公二首 1959
送鄧宗古還鄉 1258
送杜介歸揚州 1102
送段屯田分得于字 499
送頓起 675
送范純粹守慶州 1045
送范德孺 1046
送范景仁游洛中 574
送范中濟經略侍郎分韻賦詩得先字且贈以魚枕杯四馬箠一以元戎十乘以先啓行爲韻 1483
送佛面杖與羅浮長老 1625
送公爲游淮南 1970
送顧子敦奉使河朔 1118
送虢令趙薦 1900
送杭州杜戚陳三掾罷官還鄉 407
送胡掾 660
送黄師是赴兩浙憲 1482
送惠州監押 1622
送家安國教授歸成都 1176
送賈訥倅眉二首 1085
送蹇道士歸廬山 1210
送江公著知吉州 1325
送蔣穎叔帥熙河 1476
送將官梁左藏赴莫州 665
送金山鄉僧歸蜀開堂 952
送酒與崔誠老 1918
送孔郎中赴陝郊 633
送李公恕赴闕 623
送李公擇 642
送李供備席上和李詩 507
送李陶通直赴清溪 1307
送劉攽倅海陵 193
送劉道原歸覲南康 199
送劉寺丞赴餘姚 731
送柳宜歸 1997
送柳子玉赴靈僊 436
送魯元翰少卿知衛州 579
送路都曹 1392
送吕昌朝知嘉州 1247
送吕希道知和州 196
送吕行甫司門倅河陽 1123

送穆越州 1019
送南屏謙師 1269
送牛尾貍與徐使君 828
送歐陽辯監澶州酒 1162
送歐陽季默赴闕 1380
送歐陽推官赴華州監酒 1369
送歐陽主簿赴官韋城四首 1358
送千乘千能兩姪還鄉 1221
送錢承制赴廣西路分都監 1112
送錢穆父出守越州二首 1202
送錢藻出守婺州得英字 194
送喬施州 562
送喬仝寄賀君六首 1173
送任伋通判黄州兼寄其兄孜 190
送邵道士彦肅還都嶠 1787
送沈逵赴廣南 954
送蜀人張師厚赴殿試二首 709
送蜀僧去塵 1956
送司勳子才丈赴梓州 1904
送宋構朝散知彭州迎侍二親 1133
送宋君用遊輦下 1905
送孫勉 675
送孫著作赴考城兼寄錢醇老李邦直二君於孫處有書見及 745
送筍芍藥與公擇二首 643
送王伯敭守虢 1070
送王竦朝散赴闕 1387
送文與可出守陵州 197
送鮮于都曹歸蜀灌口舊居 1786
送襄陽從事李友諒歸錢塘 1480
送小本禪師赴法雲 1335
送顏復兼寄王鞏 596
送楊奉禮 611
送楊傑 1026
送楊孟容 1104
送俞節推 760
送淵師歸徑山 749
送運判朱朝奉入蜀 1398
送曾仲錫通判如京師 1509
送曾子固倅越得燕字 186
送張安道赴南都留臺 204
送張嘉父長官 1407
送張嘉州 1302
送張天覺得山字 1151
送張軒民寺丞赴省試 315
送張職方吉甫赴閩漕六和寺中作 257
送趙寺丞寄陳海州 515

送鄭户曹 626
送鄭户曹賦席上果得榧子 659
送芝上人遊廬山 1438
送周朝議守漢州 1218
送周正孺知東川 1223
送竹几與謝秀才 1012
送子由使契丹 1252
送煮菜贈包安静先生 1930
蘇潛聖挽詞 562
蘇州閭邱江君二家雨中飲酒二首 452
蘇州姚氏三瑞堂 453
蘇子容母陳夫人挽詞 1002
宿海會寺 396
宿建封寺曉登盡善亭望韶石三首 1548
宿九僊山 394
宿臨安净土寺 268
宿望湖樓再和 275
宿餘杭法喜寺後緑野堂望吴興諸山懷孫莘老學士 266
宿州次韻劉涇 581
蒜山松林中可卜居余欲僦其地地屬金山故作此詩與金山元長老 962
歲寒知松柏 1231
歲晚相與饋問爲饋歲酒食相邀呼爲别歲至除夜達旦不眠爲守歲蜀之風俗如是余官於岐下歲暮思歸而不可得故爲此三詩寄子由 107
孫巨源 225
孫莘老寄墨四首 982
孫莘老求墨妙亭詩 291

T

塔前古檜 311
臺頭寺步月得人字 701
臺頭寺送宋希元 701
臺頭寺雨中送李邦直赴史館分韻得憶字人字兼寄孫巨源二首 608
太白辭 148
太白山下早行至横渠鎮書崇壽院壁 94
太夫人以无咎生日置酒書壁一絶 1435
太皇太后閤六首 1862
太皇太后閤六首 1852
太守徐君猷通守孟亨之皆不飲酒以詩戲之 831

太虛以黄樓賦見寄作詩爲謝　674
潭　166
湯村開運鹽河雨中督役　305
唐道人言天目山上俛視雷雨每大雷電但聞雲中如嬰兒聲殊不聞雷震也　364
堂後白牡丹　585
桃花源　1760
陶驥子駿佚老堂二首　924
滕達道輓辭二首　1432
滕縣時同年西園　682
藤州江上夜起對月贈邵道士　1784
題次公蕙　1292
題馮通直明月湖詩後　1799
題過所畫枯木竹石三首　1766
題懷素草帖　1995
題金山寺回文體　1947
題净因堂　2003
題净因院　2003
題李伯時畫趙景仁琴鶴圖二首　1224
題李伯時淵明東籬圖　1201
題靈峰寺壁　1798
題領巾絶句　1934
題盧鴻學士堂圖　1978
題毛女真　1511
題女唱驛　1898
題清淮樓　1951
題沈氏天隱樓　1910
題雙竹堂壁　1907
題孫思邈真　944
題王晉卿畫後　1347
題王維畫　1896
題王逸少帖　999
題文與可墨竹　1100
題西湖樓　1906
題西林壁　907
題楊次公春蘭　1291
題永叔會老堂　284
題雲龍草堂石磬　681
題織錦圖上回文三首　1957
天漢臺　534
天聖二僧皆蜀人不見留二絶　1908
天水牛　971
天竺寺　1546
田國博見示石炭詩有鑄劍斬佞臣之句次韻答之　711
鐵溝行贈喬太博　495
鐵拄杖　815

聽僧昭素琴　466
聽賢師琴　473
停雲　1695
同景文咏蓮塘　2003
同柳子玉游鶴林招隱醉歸呈景純　432
同年程筠德林求先墳二詩　924
同年王中甫挽詞　555
同前　1506
同秦仲二子雨中遊寶山　1250
同邵同年戲贈賈收秀才三首　319
同王勝之游蔣山　945
同正輔表兄游白水山　1604
銅陵縣陳公園雙池二首　1936
投南華長老一偈　1804
荼蘼洞　541
塗山　217
退圃　437

W

晚遊城西開善院泛舟暮歸二首　1916
萬菊軒　1930
萬山　61
萬松亭　784
萬州太守高公宿約遊岑公洞而夜雨連明戲贈二小詩　1996
汪覃秀才久留山中以詩見寄次其韻　399
亡伯提刑郎中挽詩二首甲辰十二月八日鳳翔官舍書　1901
王伯敭所藏趙昌花四首　995
王定國自彭城往南都時子由在宋幕求家書僕醉不能作獨以一絶句與之　1932
王復秀才所居雙檜二首　328
王鞏屢約重九見訪既而不至以詩送將官梁交且見寄次韻答之交頗文雅不類武人家有侍者甚慧麗　608
王鞏清虚堂　737
王晉卿得破墨三昧又嘗聞祖師第一義故畫邢和璞房次律論前生圖以寄其高趣東坡居士既作破琴詩以記異夢矣復説偈云　1925
王晉卿示詩欲奪海石錢穆父王仲至蔣穎叔皆次韻穆至二公以爲不可許獨穎叔不然今日穎叔見訪親睹此石之妙遂悔前語僕以爲晉卿豈可終閉不

予者若能以韓幹二散馬易之者蓋可許也復次前韻 1467
王晉卿所藏著色山二首 1230
王晉卿作煙江疊嶂圖僕賦詩十四韻晉卿和之語特奇麗因復次韻不獨紀其詩畫之美亦爲道其出處契闊之故而終之以不忘在莒之戒亦朋友忠愛之義也 1227
王莽 485
王齊萬秀才寓居武昌縣劉郎洑正與伍洲相對伍子胥奔吳所從渡江也 797
王氏生子致語口號 1878
王維吳道子畫 132
王文玉挽詞 1436
王頤赴建州錢監求詩及草書 187
王鄭州挽詞 1245
王中父哀辭 963
王仲至侍郎見惠稱栝種之禮曹北垣下今百餘日矣蔚然有生意喜而作詩 1487
王子直去歲送子由北歸往返百舍今又相逢贛上戲用舊韻作詩留別 1832
往富陽新城李節推先行三日留風水洞見待 340
往年宿瓜步夢中得小絶録示謝民師 1721
往在東武與人往反作粲字韻詩四首今黄魯直亦次韻見寄復和答 703
望夫臺 20
望海樓晚景五絶 288
望雲樓 534
韋偃牧馬圖 1797
維摩像楊惠之塑在天柱寺 133
文登蓬萊閣下石壁千丈爲海浪所戰時有碎裂淘灑歲久皆圓熟可愛土人謂此彈子渦也取數百枚以養石菖蒲且作詩遺垂慈堂老人 1256
文與可有詩見寄云待將一段鵝溪絹掃取寒梢萬尺長次韻答之 650
聞辯才法師復歸上天竺以詩戲問 651
聞潮陽吳子野出家 1492
聞公擇過雲龍張山人輒往從之公擇有詩戲用其韻 642

聞李公擇飲傅國博家大醉二首 640
聞林夫當徙靈隱寺寓居戲作靈隱前一首 1431
聞錢道士與越守穆父飲酒送二壺 1326
聞喬太博換左藏知欽州以詩招飲 548
聞洮西捷報 843
聞正輔表兄將至以詩迎之 1603
聞子由瘦 1693
聞子由爲郡寮所捃恐當去官 882
問大冶長老乞桃花茶栽東坡 856
問淵明 1310
蝸牛 972
卧病彌月聞垂雲花開順闍黎以詩見招次韻答之 1275
卧病逾月請郡不許復直玉堂十一月一日鎖院是日苦寒詔賜官燭法酒書呈同院 1216
巫山 27
巫山廟上下數十里有烏鳶無數取食於行舟之上舟人以神之故亦不敢害 29
吾謫海南盡賣酒器以供衣食獨有一荷葉杯工製美妙留以自娱乃和淵明連雨獨飲二首 1740
吾謫海南子由雷州被命即行了不相知至梧乃聞尚在藤也旦夕當追及作此詩示之 1679
吴江岸 765
吴中田婦嘆 318
吴子野將出家贈以扇山枕屏 1492
吴子野絶粒不睡過作詩戲之芝上人陸道士皆和予亦次韻 1663
無題 1962
無題 1939
無題 1568
無錫道中賦水車 449
無言亭 537
五郡 164
五禽言 812
五色雀 1722
五月十日與吕仲甫周邠僧惠勤惠思清順可久惟肅義詮同泛湖游北山 361
午窗坐睡 1710

武昌銅劍歌 802
武昌西山 1090
武昌主簿吴亮君采攜其友人沈君十二琴之説與高齋先生空同子之文太平之頌以示予予不識沈君而讀其書如見其人如聞十二琴之聲予昔從高齋先生遊嘗見其寳一琴無銘無識不知其何代物也請以告二子使從先生求觀之此十二琴者待其琴而後和元豐五年閏六月 865
武昌酌菩薩泉送王子立 809

X

西湖絶句 1951
西湖秋涸東池魚窘甚困會客呼網師遷之西池爲一笑之樂夜歸被酒不能寐戲作放魚一首 1353
西湖壽星院此君軒 1283
西湖戲作 1379
西塞風雨 1344
西山詩和者三十餘人再用前韻爲謝 1095
西山戲題武昌王居士 801
西蜀楊耆二十年前見之甚貧今見之亦貧所異於昔者蒼顔華髮耳女無美惡富者妍士無賢不肖貧者鄙使其逢時遇合豈減當世之士哉頃宿長安驛舍聞泣者甚怨問之乃昔富而今貧者乃作一詩今以贈楊君 182
西太一見王荆公舊詩偶次其韻二首 1083
西新橋 1657
西齋 508
昔在九江與蘇伯固唱和其略曰我夢扁舟浮震澤雪浪横空千頃白覺來滿眼是廬山倚天無數開青壁蓋實夢也昨日又夢伯固手持乳香嬰兒示予覺而思之蓋南華賜物也豈復與伯固相見於此耶今得來書知已在南華相待數日矣感嘆不已故先寄此詩 1803
息壤詩 45
惜花 504
谿光亭 539
溪堂留題 1898
溪陰堂 1013

熙寧中軾通守此郡除夜直都廳囚繫皆滿日暮不得返舍因題一詩於壁今二十年矣衰病之餘復忝郡寄再經除夜庭事蕭然三圄皆空蓋同僚之力非拙朽所致因和前篇呈公濟子侔二通守 1314
席上代人贈别三首 363
洗兒戲作 888
喜劉景文至 1377
喜王定國北歸第五橋 1048
禊亭 540
戲答佛印 1951
戲答王都尉傳柑 1476
戲和正輔一字韻 1610
戲書 1337
戲書李伯時畫御馬好頭赤 1203
戲書吴江三賢畫像三首 454
戲題巫山縣用杜子美韻 1985
戲咏子舟畫兩竹兩鸜鵒 1976
戲用晁補之韻 1141
戲贈 313
戲贈虔州慈雲寺鑒老 1829
戲贈孫公素 1770
戲贈田辯之琴姬 1888
戲贈秀老 1926
戲周正孺二絶 1099
戲子由 246
戲足柳公權句 1883
戲作鮰魚一絶 945
戲作切語竹詩 1919
戲作種松 784
蝦蟆 971
蝦蟆碚 33
峽山寺 1555
仙都山鹿 17
仙遊潭五首 166
峴山 60
香橙徑 544
祥符寺九曲觀燈 337
襄陽古樂府三首 58
襄陽樂 59
逍遥臺 219
小兒 508
小圃五咏 1627
小飲公謹舟中 1019
小飲西湖懷歐陽叔弼兄弟贈趙德麟陳履常 1385
曉至巴河口迎子由 806
蝎虎 972
蝎虎 598
擷菜 1664

攜妓樂游張山人園 646
謝曹子方惠新茶 1278
謝陳季常惠一揞巾 855
謝都事惠米 1998
謝關景仁送紅梅栽二首 1322
謝惠貓兒頭笋 2002
謝郡人田賀二生獻花 504
謝人惠雲巾方舄二首 851
謝人見和前篇二首 492
謝蘇自之惠酒 183
謝王澤州寄長松兼簡張天覺二首 1167
謝運使仲適座上送王敏仲北使 1498
謝張太原送蒲桃 1902
辛丑十一月十九日既與子由別於鄭州西門之外馬上賦詩一篇寄之 75
莘老葺天慶觀小園有亭北向道士山宗説乞名與詩 326
新茶送簽判程朝奉以餽其母有詩相謝次韻答之 1279
新城陳氏園次晁補之韻 470
新城道中 346
新城道中 1957
新渡寺送任仲微 1398
新渡寺席上次趙景貺陳履常韻送歐陽叔弼比來諸君唱和叔弼但袖手旁觀而已臨別忽出一篇頗有淵明風致坐皆驚嘆 1383
新居 1735
新年五首 1637
新釀桂酒 1572
新葺小園二首 1899
新渠詩 64
新灘 32
新灘阻風 32
興龍節集英殿宴致語口號 1869
興龍節侍宴前一日微雪與子由同訪王定國小飲清虚堂定國出數詩皆佳而五言尤奇子由又言昔與孫巨源同過定國感念存殁悲嘆久之夜歸稍醒各賦一篇明日朝中以示定國也 1229
行瓊儋間肩輿坐睡夢中得句云千山動鱗甲萬谷酣笙鐘覺而遇清風急雨戲作此數句 1682
行宿泗間見徐州張天驥次舊韻 1442
形贈影 1639

杏花白鷴　1190
秀州報本禪院鄉僧文長老方丈　327
秀州僧本瑩静照堂　188
虚飄飄　1200
虚飄飄　1957
徐大正閒軒　961
徐君猷挽詞　887
徐使君分新火　852
徐熙杏花　1793
徐元用使君與其子端常邀僕與小兒過同游東山浮金堂戲作此詩　1785
徐州送交代仲達少卿　583
許州西湖　67
續麗人行　640
雪後便欲與同僚尋春一病彌月雜花都盡獨牡丹在爾劉景文左藏和順闍黎詩見贈次韻答之　1275
雪後到乾明寺遂宿　835
雪後書北臺壁二首　490
雪後至臨平與柳子玉同至僧舍見陳尉烈　421
雪浪石　1503
雪林硯屏率魯直同賦　1096
雪溪乘興　1344
雪夜獨宿柏仙庵　563
雪齋　705
循守臨行出小鬟復用前韻　1673

Y

鴉種麥行　314
雅安人日次舊韻二首　1941
沿流館中得二絶句　1931
閻立本職貢圖　1388
顔闔　1887
顔樂亭詩　573
嚴顔碑　19
鹽官部役戲呈同事兼寄述古　308
鹽官絶句四首　309
秧馬歌　1542
陽關曲三首　602
揚州以土物寄少游　1972
楊康功有石狀如醉道士爲賦此詩　1028
姚屯田挽詞　253
椰子冠　1704
野人廬　543
野鷹來　58
夜泊牛口　6

夜泛西湖五絶 275
夜過舒堯文戲作 688
夜夢 1687
夜燒松明火 1746
夜卧濯足 1710
夜行觀星 56
夜飲次韻畢推官 638
夜直秘閣呈王敏甫 182
夜直玉堂攜李之儀端叔詩百餘首讀至夜半書其後 1233
夜至永樂文長老院文時卧病退院 423
夜坐與邁聯句 861
葉待制求先墳永慕亭詩 1374
葉公秉王仲至見和次韻答之 1242
葉教授和溽字韻詩復次韻爲戲記龍井之遊 1299
葉濤致遠見和二詩復次其韻 934
謁敦詩先生因留一絶 1892
夷陵縣歐陽永叔至喜堂 40
怡然以垂雲新茶見餉報以大龍團仍戲作小詩 1264
移合浦郭功甫見寄 1994
遺直坊 1039
以黄子木拄杖爲子由生日之壽 1716
以屏山贈歐陽叔弼 1382
以雙刀遺子由子由有詩次其韻 706
以玉帶施元長老元以衲裙相報次韻二首 950
異鵲 1261
逸堂 438
薏苡 1630
憶黄州梅花五絶 1920
憶江南寄純如五首 1450
飲湖上初晴後雨二首 340
飲酒詩二十首 1412
飲酒四首 1980
飲酒臺 501
影答形 1640
潁人大廟 64
潁州初别子由二首 210
雍秀才畫草蟲八物 970
永安宫 25
永和清都觀道士童顔鬒髮問其年生於丙子蓋與予同求此詩 1836
咏檳榔 1937
咏二疏 1641

咏怪石 1906
咏荆軻 1642
咏三良 1641
咏湯泉 1567
用定國韻贈二十姪震 1075
用過韻冬至與諸生飲酒 1743
用和人求筆跡韻寄莘老 316
用舊韻送魯元翰知洺州 1077
用前韻答西掖諸公見和 1063
用前韻再和霍大夫 1826
用前韻再和孫志舉 1828
用前韻再和許朝奉 1827
用前韻作雪詩留景文 1380
用王鞏韻送其姪震知蔡州 1075
遊寶雲寺得唐彦猷爲杭州日送客舟中手書一絶句云云明日送彦猷之子垌赴鄂州遇微雨感嘆前事因和其韻作兩首送之且歸其書唐氏 1323
遊博羅香積寺 1584
遊道塲山何山 320
遊東西巖 395
遊洞之日有亭吏乞詩既爲留三絶句於洞之石壁明日至峽州吏又至意若未足乃復以此授之 37
遊桓山會者十人以春水滿四澤夏雲多奇峰爲韻得澤字 707
遊惠山 723
遊金山寺 231
遊净居寺 781
遊徑山 271
遊三游洞 36
遊太平寺净土院觀牡丹中有淡黄一朵特奇爲作小詩 449
遊張山人園 644
遊中峰杯泉 1284
游城東學舍作 1739
游城南謝氏廢園作 1723
游杭州山 1962
游何山 1949
游鶴林招隱二首 439
游靈隱高峰塔 467
游靈隱寺得來詩復用前韻 245
游靈隱寺戲贈開軒李居士 376
游廬山次韻章傳道 501
游羅浮山一首示兒子過 1561
游山呈通判承議寫寄參寥師 1981
游武昌西山寒谿西山寺 800
游諸佛舍一日飲釅茶七盞戲書勤師壁 406

有美堂暴雨 385
有言郡東北荆山下可以溝畎積水因與吴正字王户曹同往相視以地多亂石不果還遊聖女山山有石室如墓而無棺槨或云宋司馬桓魋墓二子有詩次其韻二首 615
有以官法酒見餉者因用前韻求述古爲移厨飲湖上 339
又次前韻贈賈耘老 757
又次韻二守同訪新居 1672
又次韻二守許過新居 1672
又和景文韻 1283
又書王晉卿畫四首 1343
又送鄭户曹 656
又一首答二猶子與王郎見和 855
又贈老謙 1970
宥老楮 1699
渝州寄王道矩 12
予初謫嶺南過田氏水閣東南一峰豐下鋭上里人謂之雞籠山予更名獨秀峰今復過之戲留一絶 1818
予前後守倅餘杭凡五年夏秋之間蒸熱不可過獨中和堂東南頰下瞰海門洞視萬里三伏常蕭然也紹聖元年六月舟行赴嶺外熱甚忽憶此處而作是詩 1533
予去杭十六年而復來留二年而去平生自覺出處老少麤似樂天雖才名相遠而安分寡求亦庶幾焉三月六日來别南北山諸道人而下天竺惠净師以醜石贈行作三絶句 1339
予少年頗知種松手植數萬株皆中梁柱矣都梁山中見杜輿秀才求學其法戲贈二首 1441
予昔作壺中九華詩其後八年復過湖口則石已爲好事者取去乃和前韻以自解云 1840
予以事繫御史臺獄獄吏稍見侵自度不能堪死獄中不得一别子由故作二詩授獄卒梁成以遺子由 771
余過温泉壁上有詩云直待衆生總無垢我方清冷混常流問人云長老可遵作遵已退居圓通亦作一絶 911
余將赴文登過廣陵而擇老移住

石塔相送竹西亭下留詩爲別　1023
余舊在錢塘伯固開西湖今方請越戲謂伯固可復來開鏡湖伯固有詩因次韻　1463
余來儋耳得吠狗曰烏觜甚猛而馴隨予遷合浦過澄邁泅而濟路人皆驚戲爲作此詩　1771
余遷惠州一年衣食漸窘重九伊邇尊俎蕭然乃和淵明貧士七篇以寄許下高安宜興諸子姪并令過同作　1618
余去金山五年而復至次舊詩韻贈寶覺長老　721
余昔過嶺而南題詩龍泉鐘上今復過而北次前韻　1811
余喜淵明歸去來辭因集字爲十詩　1763
余與李廌方叔相知久矣領貢舉事而李不得第愧甚作詩送之　1185
余主簿母挽詩　515
於潛令刁同年野翁亭　355
於潛女　356
於潛僧緑筠軒　358
魚蠻子　860
榆　765
虞姬墓　220
漁父四首　991
雨後行菜圃　1630
雨晴後步至四望亭下魚池上遂自乾明寺前東岡上歸二首　794
雨夜宿净行院　1775
雨中過舒教授　655
雨中看牡丹　795
雨中明慶賞牡丹　254
雨中遊天竺靈感觀音院　259
與參寥師行園中得黄耳蕈　685
與程正輔遊碧落洞　1607
與道原游西莊遇齊道人同往草堂爲齊書此　1987
與頓起孫勉泛舟探韻得未字　672
與郭生遊寒溪主簿吴亮置酒郭生喜作挽歌酒酣發聲坐爲凄然郭生言吾恨無佳詞因爲略改樂天寒食詩歌之坐客有泣者其詞曰　1918
與胡祠部遊法華山　756
與客遊道場何山得烏字　741
與李彭年同送崔岐歸二曲馬上

口占 1899
與梁先舒焕泛舟得臨釀字二首 589
與梁左藏會飲傅國博家 635
與臨安令宗人同年劇飲 359
與毛令方尉游西菩寺二首 472
與孟震同遊常州僧舍三首 1008
與莫同年雨中飲湖上 1252
與歐育等六人飲酒 994
與潘三失解後飲酒 816
與秦太虚參寥會於松江而關彦長徐安中適至分韻得風字二首 728
與舒教授張山人參寥師仝游戲馬臺書西軒壁兼簡顔長道二首 681
與述古自有美堂乘月夜歸 384
與王郎昆仲及兒子邁遶城觀荷花登峴山亭晚入飛英寺分韻得月明星稀四首 753
與王郎夜飲井水 748
與葉淳老侯敦夫張秉道同相視新河秉道有詩次韻二首 1331
與趙陳同過歐陽叔弼新治小齋戲作 1374
與正輔游香積寺 1605
與周長官李秀才游徑山二君先以詩見寄次其韻二首 390
與子由同游寒溪西山 807
玉津園 1460
玉女洞 169
玉盤盂二首 546
玉堂栽花周正孺有詩次韻 1101
浴日亭 1560
欲往湖州見孫莘老别公輔希元彦遠醇之穆仲 1912
御史臺榆槐竹柏四首 765
寓居定惠院之東雜花滿山有海棠一株土人不知貴也 792
寓居合江樓 1565
鬱孤臺 1820
鬱孤臺 1545
淵明讀山海經十三首其七皆仙語余讀抱朴子有所感用韻賦之 1649
元豐七年有詔京東淮南築高麗亭館密海二州騷然有逃亡者明年軾過之嘆其壯麗留一絶云 1032
元豐四年十月二十二日謁王文父齊萬於江南坐上得陳季常書報是月四日种諤領兵深入

破殺西夏六萬餘人獲馬五千匹衆喜忭唱樂各飲一巨觥　842
元翰少卿惠谷簾水一器龍團二枚仍以新詩爲貺嘆味不已次韻奉和　405
元日次韻張先子野見和七夕寄莘老之作　333
元日過丹陽明日立春寄魯元翰　429
元修菜　875
元祐癸酉八月二十七日於建隆章净館書贈王覿　1990
元祐九年立春　1927
元祐六年六月自杭州召還汶公館我於東堂閱舊詩卷次諸公韻三首　1348
元祐五年十二月十二日同景文義伯聖途次元伯固蒙仲遊七寶寺題竹上　1313
元祐元年二月八日朝退獨在起居院讀漢書儒林傳感申公故事作小詩一絶　1069
袁公濟和復次韻答之　1296
圓通禪院先君舊遊也四月二十日晚至宿焉明日先君忌日也乃手寫寶積獻蓋頌佛一偈以贈長老僊公僊公撫掌笑曰昨夜夢寶蓋飛下著處輒出火豈此祥乎乃作是詩院有蜀僧宣逮事訥長老識先君云　908
遠樓　439
約公擇飲是日大風　637
約吴遠游與姜君弼喫蕈饅頭　1928
月華寺　1549
月兔茶　353
月夜與客飲杏花下　709
越州張中舍壽樂堂　251
閲世堂詩贈任仲微　1396
雲龍山觀燒得雲字　691
雲師無著自金陵來見予廣陵且遺予支遁鷹馬圖將歸以詩送之且還其畫　1440
篔簹谷　542

Z

雜詩二首　1172
再次前韻三首　824
再次韻答田國博部夫還二首　710
再次韻答完夫穆父　1056

再次韻德麟新開西湖　1409
再次韻曾仲錫荔支　1503
再觀邸園留題　604
再過常山和昔年留別詩　1035
再過超然臺贈太守霍翔　1035
再過泗上二首　1973
再和　244
再和　1242
再和　1243
再和　1604
再和　1117
再和并答楊次公　1289
再和二首　1104
再和二首　1115
再和潛師　894
再和楊公濟梅花十絶　1327
再送二首　1477
再送張中　1736
再用前韻　1609
再用前韻　1571
再用數珠韻贈湜老　1823
再遊徑山　399
在彭城日與定國爲九日黄樓之會今復以是日相遇於宋凡十五年憂樂出處有不可勝言者而定國學道有得百念灰冷而顔益壯顧予衰病心形俱悴感之作詩　1443
在潁州與德麟同治西湖未成改揚州三月十六日湖成德麟有詩見懷次其韻　1408
曾元恕游龍山吕穆仲不至　350
贈包安静先生茶二首　1632
贈别　353
贈蔡茂先　1903
贈常州報恩長老二首　1009
贈陳守道　1586
贈狄崇班季子　696
贈東林總長老　906
贈杜介　1021
贈葛葦　1024
贈黄山人　856
贈黄州官妓　1933
贈惠山僧惠表　727
贈江州景德長老　928
贈姜唐佐　1947
贈李道士　1153
贈李兕彦威秀才　1770
贈梁道人　970
贈嶺上老人　1810
贈嶺上梅　1811
贈劉景文　1307

贈潘谷 960
贈蒲澗信長老 1559
贈虔州術士謝晉臣 1821
贈錢道人 728
贈青灘將謝承制 1912
贈清凉寺和長老 1532
贈人 856
贈山谷子 1976
贈善相程傑 1288
贈上天竺辯才師 260
贈詩僧道通 1837
贈孫莘老七絶 322
贈曇秀 1593
贈王覿 1493
贈王寂 1024
贈王仲素寺丞 602
贈王子直秀才 1582
贈武道士彈賀若 1347
贈寫御容妙善師 616
贈寫真何充秀才 474
贈眼醫王彦若 993
贈袁陟 1002
贈月長老 1367
贈章默 1014
贈張刁二老 459
贈張繼愿 602
贈鄭清叟秀才 1789
贈治易僧智周 416
贈仲勉子文 1993
贈仲素寺丞致仕歸隱潛山 1971
贈朱遜之 1363
霅上訪道人不遇 735
齋日口號 1873
詹守攜酒見過用前韻作詩聊復和之 1575
章錢二君見和復次韻答之 976
章質夫寄惠崔徽真 1136
章質夫送酒六壺書至而酒不達戲作小詩問之 1626
張安道見示近詩 677
張安道樂全堂 516
張近幾仲有龍尾子石硯以銅劍易之 931
張競辰永康所居萬卷堂 1838
張庖民挽辭 942
張寺丞益齋 624
張文裕挽詞 517
張無盡過黄州徐君猷爲守有四侍人姓爲孫姜閻齊適張夫人携其一往婿家既暮復還乃閻姬也最爲徐所寵因書絶句云 1936

張先生 785
張子野年八十五尚聞買妾述古令作詩 416
張作詩送硯反劍乃和其詩卒以劍歸之 932
障日峰 502
朝雲詩 1568
昭君村 31
昭陵六馬唐文皇戰馬也琢石象之立昭陵前客有持此石本示予爲賦之 1977
召還至都門先寄子由 1447
趙昌四季 1794
趙成伯家有麗人僕忝鄉人不肯開樽徒吟春雪美句次韻一笑 493
趙倅成伯母生日致語口號 1878
趙德麟餞飲湖上舟中對月 1399
趙既見和復次韻答之 560
趙景貺以詩求東齋榜銘昨日聞都下寄酒來戲和其韻分一壺作潤筆也 1390
趙郎中見和戲復答之 557
趙郎中往莒縣逾月而歸復以一壺遺之仍用前韻 561
趙令晏崔白大圖幅徑三丈 1108
趙閱道高齋 759
謫居三適 1709
真覺院有洛花花時不暇往四月十八日與劉景文同往賞枇杷 1282
真興寺閣 136
真興寺閣禱雨 142
真一酒 1583
真一酒歌 1767
正月八日招王子高飲 1938
正月二十六日偶與數客野步嘉祐僧舍東南野人家雜花盛開扣門求觀主人林氏媪出應白髮青帬少寡獨居三十年矣感嘆之餘作詩記之 1581
正月二十日與潘郭二生出郊尋春忽記去年是日同至女王城作詩乃和前韻 846
正月二十四日與兒子過賴仙芝王原秀才僧曇穎行全道士何宗一同游羅浮道院及棲禪精舍過作詩和其韻寄邁迨一首 1580
正月二十一日病後述古邀往城外尋春 339
正月二十一日往岐亭郡人潘古

郭三人送余於女王城東禪莊院 819
正月九日有美堂飲醉歸徑睡五鼓方醒不復能眠起閱文書得鮮于子駿所寄雜興作古意一首答之 334
正月十八日蔡州道上遇雪次子由韻二首 776
正月五日與兒子過出游作 1715
正月一日雪中過淮謁客回作二首 981
姪安節遠來夜坐三首 832
躑躅 1794
紙帳 240
至濟南李公擇以詩相迎次其韻二首 571
至秀州贈錢端公安道并寄其弟惠山老 326
至真州再和二首 947
中秋見月懷子由 670
中秋月 603
中秋月三首 668
中山松醪寄雄州守王引進 1520
中隱堂詩 121
種茶 1676
種德亭 646
種松得徠字 702
仲天貺王元直自眉山來見余錢塘留半歲既行作絶句五首送之 1285
舟行至清遠縣見顧秀才極談惠州風物之美 1557
舟中聽大人彈琴 9
舟中夜起 721
周夫人挽詞 1908
周公廟廟在岐山西北七八里廟後百許步有泉依山湧冽異常國史所謂潤德泉世亂則竭者也 160
周教授索枸杞因以詩贈録呈廣倅蕭大夫 1792
周循州彦質在郡二年書問無虚日罷歸過惠爲余留半月既别和此詩追送之 1674
朱亥墓 70
朱壽昌郎中少不知母所在刺血寫經求之五十年去歲得之蜀中以詩賀之 304
諸葛鹽井 24
諸公餞子敦軾以病不往復次前韻 1122

竹 767
竹鰡 172
竹閣 384
竹鶴 1189
竹樓見憶 524
竹塢 532
竹葉酒 62
竹枝詞 2004
竹枝歌 21
渚宫 52
追和沈遼項贈南華詩 1803
追和戊寅歲上元 1753
追和子由去歲試舉人洛下所寄暴雨初晴樓上晚景五首 365
追餞正輔表兄至博羅賦詩爲別 1608
子由將赴南都與余會宿于逍遥堂作兩絶句讀之殆不可爲懷因和其詩以自解余觀子由自少曠達天資近道又得至人養生長年之訣而余亦竊聞其一二以爲今者宦游相別之日淺而異時退休相從之日長既以自解且以慰子由云 598
子由生日 1715
子由生日以檀香觀音像及新合印香銀篆盤爲壽一首 1518
子由新修汝州龍興寺吴畫壁 1527
子由在筠作東軒記或戲之爲東軒長老其壻曹焕往筠余作一絶句送曹以戲子由曹過廬山以示圓通慎長老慎欣然亦作一絶送客出門歸入室趺坐化去子由聞之仍作二絶一以答余一以答慎明年余過圓通始得其詳乃追次慎韻 910
子由自南都來陳三日而別 775
子由作二頌頌石臺長老問公手寫蓮經字如黑蟻且誦萬遍脅不至席二十餘年予亦作二首 886
子玉家宴用前韻見寄復答之 434
子玉以詩見邀同刁丈遊金山 436
紫宸殿正旦口號 1875
紫團參寄王定國 1514
自昌化雙谿館下步尋谿源至治平寺二首 357
自金山放船至焦山 232
自净土步至功臣寺 269

自徑山回得吕察推詩用其韻招之宿湖上 274
自雷適廉宿於興廉村净行院 1774
自普照游二菴 344
自清平鎮遊樓觀五郡大秦延生仙遊往返四日得十一詩寄舍弟子由同作 164
自題金山畫像 1942
自題臨文與可畫竹 1949
自僊游回至黑水見居民姚氏山亭高絶可愛復憩其上 170
自笑一首 1568
自興國往筠宿石田驛南廿五里野人舍 916
椶筍 1334
縱筆 1658
縱筆三首 1744
走筆謝吕行甫惠子魚 1123
詛楚文 131
醉睡者 1893
醉題信夫方丈 1313
醉翁操 1946
醉中題鮫綃詩 1938
昨見韓丞相言王定國今日玉堂獨坐有懷其人 1145
作書寄王晉卿忽憶前年寒食北城之遊走筆爲此詩 702
坐上復借韻送岢嵐軍通判葉朝奉 1254
坐上賦戴花得天字 638